ジョイス・キャロル・オーツによる他の作品

Do With Me What You Will
Marriages and Infidelities
The Edge of Impossibility:
TRAGIC FORMS IN LITERATURE
Wonderland
The Wheel of Love
Them
Expensive People
A Garden of Earthly Delights
Upon the Sweeping Flood
With Shuddering Fall
By the North Gate
Anonymous Sins (POEMS)
Love and Its Derangements (POEMS)
Angel Fire (POEMS)
Scenes from American Life:
CONTEMPORARY SHORT FICTION (EDITOR)
The Hungry Ghosts

JOYCE CAROL OATES

ジョイス・キャロル・オーツ 著
吉岡葉子 訳

新しい天、新しい地

――文学における先見的体験――

H・ジェイムズ、V・ウルフ、ロレンス（詩）、ベケット、プラス、オコナー、メイラー、カフカ他論

開文社出版

母と父
キャロライン・オーツとフレデリック・オーツへ

ああだめだ、おれにはそれが、新しい世界がどのようなものかを語ることができない、あの狂おしい、驚くべき発見の喜びを語ることができない。おれがそれを語り終えないうちに、もう喜びで狂ってしまう、おれのあとにくるものは、この新しい世界のなかに、おれを、この有頂天の狂人を見つけるだろう。

――D・H・ロレンス　「新しい天地」

悪は存在しない。いったんお前が閾《いき》を越えれば、全てが善である。いったん別の世界に入れば、お前は黙らなければならない。

――フランツ・カフカ　『日記』（一九二二）

目次

謝　辞

本書にある論文は、さまざまに変更を加えているが、以下の雑誌に掲載されていたものである。

"The Art of Relationships: Henry James and Virginia Woolf," in *Twentieth Century Literature*, October, 1964.

"The Hostile Sun: The Poetry of D. H. Lawrence," a two-part essay, in *American Poetry Review*, Nov.-Dec., 1972, and *The Massachusetts Review*, Winter, 1973, and as a separate publication by *Black Sparrow Press*, 1973.

"Anarchy and Order in Beckett's Trilogy," in *Renascence*, Spring, 1962.

"The Nightmare of Naturalism: Harriette Arnow's *The Dollmaker*," in *Rediscoveries*, ed. David Madden (Crown Publishers, 1971), and reprinted as the "Afterword" in the Avon reissuing, 1972.

"The Death Throes of Romanticism: The Poetry of Sylvia Plath," in *The Southern Review*, Fall, 1973.

"The Visionary Art of Flannery O'Connor," a two-part essay, in *Thought*, Winter, 1966, and *The Southern Humanities Review*, Summer, 1973.

"The Teleology of the Unconscious: The Art of Norman Mailer," in *The Critic*, Nov. / Dec., 1973.
"Out of Stone, Into Flesh: The Imagination of James Dickey," in *Modern Poetry Studies*, Summer, 1974.
"Kafka's Paradise," in *Hudson Review*, Winter, 1973-74.

再版の許可を与えてくれたことに対して、以上の全ての雑誌と編集者の方々に感謝を申し上げる。

序文

ある作家たちには、イェイツが根本的な個人の役割と想像した茫漠たる「感情の潮流」によって彼らに負わされる仕事、つまり二つの世界――目に見える物質的な「現実」の世界と、いうまでもなく真実だが物理的には実証できない別の世界――に立つあの困難な仕事がふりかかってくる。かたや神秘家たちがいる。彼らはたぶん人間が近づけるまさに一番高い意識の世界を経験しただろうが、決して文学を創り出さず、もし彼らのヴィジョンを他者に伝えるなら、直接口で言わざるをえない。神秘家の経験した意識は、芸術の媒介を通して彼の読者ならびに彼の想像から自らを遠ざける芸術家の自意識ではない。そうではなく、これらの神秘家たちは、彼らの言い表しがたいヴィジョンは彼ら自身の個性とは別個のものではないので、肉体で、直接に、他者と向かい合うのである。いったん人が、カフカが言うところの、あの閾《いき》を越えれば、いったん人が宇宙の神聖と統一体を直接経験すれば、「悪」（あるいは分裂）は根絶され、そして

「全てが善である。」肯定のみがある。肯定さえなくて、存在のみがある。すると人は「黙ら」なければならない。

しかし結局、永遠は時間の連続性を好む。もし先見性のある個人が、自分の経験を個人的に記録するつもりはなく黙っていても、他の人が彼の代わりに記録するだろう。つまり、他の芸術家が彼独自の個性に照らして、その元の経験を解釈することになるだろう。そのようにして、個人の自発的で神秘的な経験から、我々はその経験を徐々に、必然的に、知性化してきた――宗教、哲学、科学、正統芸術、さらに文明そのものが生まれた。ウォルト・ホイットマンは、自分が書いた詩は自分の人生に付随したものであると言った。ロレンスに近かった人々によって強調されているように、ロレンスはしばしば自分の本当の芸術は自分の人生、つまり自分の人生を生きたことだと主張した。しかし現代の神秘家は往々にして自分自身の経験の分析者であり、記録者であり、知的な好奇心あふれる観察者であろうとする。そして両世界を総合しようと試みて、つまりなぜ二つの世界（「肉体」と「精神」）は二つではなく、一つであるかを比喩的に説明しようと試みることで、彼は芸術らしいものを創り出すかもしれないが、普通の経験からはかなりかけ離れているので、その芸術は、とても理解しづらいものである。

そのような芸術家は自分の想像力の真生性を強烈に信じている。ブレイクやイェイツと同じくらい徹底的に自分を知っていようと、あるいは自己表現の必要性が主として無意識なものであろうと、彼らは基本的には宗教的な役割を継承しており、彼らの芸術は彼らの真実を伝えるための手段、「媒体」にすぎない。知識の仲介者のように、翻訳家のように、彼らはあれこれの方法で隠喩を生み出そうとする。つまり、ほとんどの人々が決して気づかない、あるいは気づいてもただ「それは堕落している」と公言することになるような世界を肯定しようとする。ある者はじっくり時間をかけて、ヴァージニア・ウルフのように、絶妙に完成された芸術家になる。またある者は創造の興奮に取りつかれて、とても速く書いてしまうので――ロレンスや晩年近くのリルケ、またほとんどの作家がある時期そうであるように――非個人的な力、成熟、人生そのものの活力の開花を経験するようである。そのような芸術家は自分を通して語る、間違いなく超個人的な精神と思われるものを経験したので、通例この精神の全ての発現を肯定し、普通の世界を「善」と「悪」、「客観」と「主観」に区分するのは誤った推論であるとみなすのである。彼らはエゴ、あるいは文明の集合的エゴの範囲の外側にある力に進んで共感する意志をしばしばはっきりと表す。そして「美学」は文明の発明であるので、芸術が道徳より高次であるとみなす人々を彼らは時には激しく非難するかもしれない。ロレンスは我々の時代で最も優れた芸術家の一人であるけれども、真の人間の芸術の真髄はある種の共感であり、芸術家に彼の宗教的な経験の深さを表明させてくれる方法であるとロレンスが主張するとき、ロレンスは第一に先見性のある人であり、次に芸術家である。

東洋では、神秘家の「方法」が知識人の「方法」と相反することはない。また神秘的な経験と知的業績が必ずしも愛や普通の仕事より優れているわけでもない。人はその人の個性の性向によって進路を選び、その進路は終わってはいない。西洋では、しかしながら、我々の抱える困難は明白である。共同体社会が一つにまとまっているという認識は真に感じられないし、進路は本来目的として捉えられ、異なる個性は異なるものとしてではなく、奇妙に、そして傲慢にも、不和で……相容れないものとさえ認識される。「新しい天」「新しい地」を垣間見た人々は、唯一の現実は伝統と一致すると考える人々には敵と見られ、そして自ら敵であるとしばしば情熱的に宣言する。我々の文化の前提を考慮に入れれば、そのような衝突は悲劇的ではなく、ただ当然のことである。我々は、個人間の対立は必要不可欠のものとして予定された文化の中で生きているように思われる。

しかるにこの対立の中から、なんと素晴らしい芸術が開花してきたことだろう！　宗教的な作家たちが想像する調和と引き換えに、我々は彼らの苦悶に満ちた芸術作品を放棄しただろうか。カフカがあの方法この方法で隠喩を使って創造した迷宮のような地獄を、彼は本当に楽しまなかっただろうか。例外的な個人が「精神」対「肉体」という我々の文化の対立的な要素を自らの中に総合し、そして時代の明らかに「悲劇的」な個性を自らの中に経験するとき、偉大な芸術が生まれる。対立的な要素が必ずしも個人の霊魂の部分としてみなされないとき、そしてそのいくらかが世界に向かって外へ投射されるとき、偉大な芸術は生まれないかもしれないが、非常に刺激的で闘争的な芸術はいつも生まれるだろう——時にはサミュエル・ベケットにおけるような、絶望を超えた絶望、ある時点で絶望が喜劇に変わるような、信じられないほど洗練された「技巧的でない」芸術が生まれるだろう。

全ての神秘家があるがままの世界秩序と折り合いをつけるわけではなく、彼らのほとんどは——彼らの意識的で「知的」な意志に反してでも——何らかの種類の肯定をせざるをえない。社会における芸術家の元来の役割は単純な肯定であり、模倣であり、教えであった。他の人々はさておき、芸術家が自ら唯一無二の個人として経験したときのみ、彼の芸術は危険な、破壊的なものになり、そのような自分のアイデンティティの認識、自分自身の特別なアイデンティティを認知する衝撃は、同時に、悲劇的な経験をする可能性でもある。芸術の一形式としての悲劇がそうであったと同じくらい意識的に、美しく発展する前に、そしてそのヴィジョンの前提が共同体社会によって共有される前に、一個人としての芸術的な個人はこの認知の成長とこの孤立を経験しなければならなかった。認知の成長と孤立の経験は、邪悪な「堕落」としてではなく、必要な成長、進化、精神の開花として考えられなければならないというのが先見的な体験の重要な部分である。

真剣な芸術家は世界の尊厳を強く主張するというのが私の信念である——絶望の淵にいる芸術家ですら、授かったものをなんとか変えるために自分の芸術の力を主張する。おそらく作家の役割や職務は、まさに最悪のことをはっきりと口に出し、その時代の最も邪悪で恐ろしい数々の可能性を人々の意識の中に押し上げることであり、その結果そのような可能性は対処されて、ただ恐れるだけではなくなる。そのような芸術家は、実際は、——時々彼ら自身の個人的な概念とは全く別に——彼らが感じるはっきりした形のない、無意識の恐怖に適したイメージを突き止めようとして時代に奉仕しているのに、しばしば邪道で不快だと非難される。しかしながら、この研究の対象になっている先見的な作家のほとんどは、本当は全く肯定的である——一人か二人を除く全ての作家が生命力そのものと、芸術家と生命力との関係を力強く肯定していて、そしてこれらの作家の中で最も絶望的な作家シルヴィア・プラスの中に、私は（彼女が「心」と呼んだ）エゴの限界への猛烈な焦燥や激しい自己嫌悪を見るが、自殺という形で終わらなかったならば、エゴの限界への焦燥や自己嫌悪はもしかしたら彼女が吸収した時代のあのような不純を彼女から洗い清めたかもしれないし、彼女が感じた先見的な体験は人間としての可能性であると彼女に知らしめたかもしれない。

本書の論述の順番は気持ちのおもむくままに並べられているだけである。理想的には、カフカで始めて、カフカで終わるべきである。私は二〇年以上も前に初めてカフカを読んだのだが、「地獄」として間違えられている「楽園」というものについての彼の驚くべき理解力が、あれほど恐ろしくて美しい文学作品を創造したからである。

1 関係性の芸術
——ヘンリー・ジェイムズとヴァージニア・ウルフ

芸術は見えているものを再生するのではない。
芸術が我々に見させるのである。
クレー「創造の信条」

「写実的」な想像性はヘンリー・ジェイムズとヴァージニア・ウルフの作品からは後退している。二人の小説の世界では、あらゆるものが発生する自然の、肉体の、生物学上の世界の徴候が全く見出せられないからである。彼らの人物は人間の肉体を持たない精神である。彼らは幽霊のように時間と空間に住み、主観の複雑さに耽っているので、その超自然性に違和感があるようには全く思われない。実際、彼らの虚構の世界には超自然的な何かがあって、その世界はきらきらと光り、移り変わるモザイク模様のような審美的な熟慮の中で、欲求も苦痛もなく存在している。そのうえそれらの世界は奇妙に限定されている。ヘンリー・ジェイムズとヴァージニア・ウルフに対する典型的な批判的意見として、次の二つがある。『小説の諸相』でE・M・フォースターが述べたもの（ジェイムズの前提とは「彼が我々に小説を提供する前に、人間関係の大部分が消えてしまわなければならないということである」）と、『イギリス小説』でウォルター・アレンが述べたもの（ウルフは「非常に狭い限界のある作家で、……「彼女の人物は」同じように考え、感じ、一連の感覚を持つ審美主義者の傾向がある」）である。

非難されているのは、両作家の描く人物は、実際人々が生きるようには人生という領域を生きていないという点、そして人物たちは、社会的な闘争、悪と苦悩、宗教的な懐疑についての多くの疑問や作品としての人生に欠くことのできない何らかの疑問も、無視されている世界に住んでいるように思える点である。一般的には、二人を賞賛する人々でさえ、ジェイムズとウルフの小説ではその美的感受性があまりに人生を束縛しているので、人生を歪め、曲解し、現実の世界の豊かさと俗性をほとんど考慮に入れていないと感じる。私はジェイムズとウルフが多くの重要な面で類似していると示唆するつもりはない。意外にも、二人は形式面では、明らかに全然同じタイプではない。ジェイムズは、伝統的な小説のプロットほどは分かりやすいわけではではないが、それと同じくらいきわめて厳密に形式を準備しているし、ウルフは、人物とともに、人生の自由な絶え間ない変化の中に意図を発見しようと努めている。テーマとしては、ジェイムズは理想化された人間の道徳的教育に取りつかれている――伯爵夫人であろうとアメリカからの屈強なアダム的な航行者であろうと――、一方ウルフは、なんとかして日常生活を超越する意味を日常生活の中から案出しようという、必要ではあるが困難は必定の試みに関心がある。

しかしながら、両者はより大きな、「本物」の世界との関わり合いの中で自らを明確にしようとする主観的な世界を創造することにおいてよく似ているが、『船出』や『鳩の翼』におけるように、しばしばその過程が破滅をもたらしてしまう。両者は細やかな心理的な観察の実践において最も似ているが、ウルフはジェイムズよりはるかに自由に、はるかに工夫を凝らして模索している。そして両者ともそれぞれの心理的な観察に慎重で、性急でなく、ときに容赦なく忠実である点で似ている。二人の芸術に関して最も興味深いのは、しかしながら、普通の知的な読者には、彼らの芸術は生身の人間性が奪われているように思われる点である。ディケンズ、オースティン、トウェイン、ジョイスといった他の小説家の人物に関してはできるように思えるのだが、ジェイムズとウルフの世界から作中人物を取り出すと、彼らが異なる環境で生き延びることができるとは思えないのである。だがこの明白な弱点は、しかしながら、ジェイムズとウルフの文学には不可欠の要素と考えられるだろう。

例えばサッカレーやコンラッドといった代表的な作家を思い浮かべるだけで、ジェイムズとウルフによって受け入れられている現実の姿は、サッカレーやコンラッドの現実とはひどく異なっていると分かる。サッカレーとコンラッドはほとんどの点で似ていないが、彼らにとって現実は歴史として設定され、客観的に定義されているだろう。ジェイムズとウルフにとって、現実は主観的な現象である——もっと正確に言えば、互いに関連があるか、あるいはないかもしれない一連の果てしなく続く主観的現象である。他の人々の秘密の生活は秘密のままである。人はその秘密の中に侵入できず、人々の間で交わされる一致の少しのきらめきは消滅しやすく、信頼されえない。死者さえ死んだかどうかはっきりしない。ミリー・シールとラムゼイ夫人は彼女たちの死後も「現実」に影響を及ぼすが、彼女たちの他者への影響力が遺族の側に突然に理解をもたらすことはない。人間の本質は、神秘に覆われていて、それが表現されて存在しているただこの瞬間とともに永遠なものである——それらはその瞬間から抜き取られることも、総括されることも、理解されることも、忘れられることとさえできない。もし現代芸術において、事物は存在せず、関係のみが存在するということが自明の理であるのなら、この所見はジェイムズとウルフの文学を説明するに十分に効果的だろう。両者の関心は第一に人間関係の、神秘と美と悲劇であって、個人の「個性」を形成する現実の深さではない。本来目的としての人物の創造は、他の作中人物と社会的心理的に均等の役割を果たさず完結していて、形而上的な基盤があることを暗示しているが、ジェイムズとウルフはこの基盤を利用しているようではなく、選択しているようでもない。彼らの形而上学は、人間は他の人々——彼が意思疎通できる他の知的な意識——との関係においてのみ自己認識を獲得し、自分の「人生」を経験するという示唆を共通して持っている。さらに、一個人としての個人の「現実」はこのような関係によって決定されるが、それらの関係はもっぱら一時的で、とりわけウルフにおいては、信頼できないものである。人間は神や国や「家系」によって自分を定義するという古い感覚は、ジェイムズとウルフにおいては精神によって経験した以外のどんな現実も現実としては認めない、という現代の非宗教的な知識人の感受性に取って代わられている。

I

ジェイムズの偉大な神話は本質的には堕落の神話である。ジェイムズにとって、ホーソンとメルヴィルが彼のピューリタンの先祖の継承者であるけれども、堕落はある種のささやかな償いの勝利を意味するはずの「教育」と同様に、致命的な退廃の汚点をもたらしたという点で遺憾なことである。ジェイムズの世界は、すると、本質的に理想化された世界と定義されなければならない。『ねじの回転』の荒廃したエデンの園は、もっと認識可能な社会的な主題にまで拡大されなければならない。無垢の楽園は、リチャードソンのクラリッサよりむしろホーソンのヒルダの洗練され教化された子孫である、一連の純潔な女性主人公たちの内面に不安定に引き継がれている――イギリス小説においては現実が元来文学の目的であるが、アメリカ的な純潔は現実であるというより、むしろ神話的な比率にまで拡がる精神的な純潔を特徴とする。このアメリカ的な純潔の例として、イザベル・アーチャー、裏切られた子供メイジー、マイルズとフローラの子供たち、マギー・ヴァーヴァー、ミリー・シール、そして「あまりに善良なので」蒐集品を競えず、ポイントンの蒐集品を失ってしまうフリーダがいる。マサチューセッツ州ウレット（ここでは無垢は硬化し、不毛と陳腐に変わっている）からパリ（ここでは直観的な生活は硬化し、浅ましさに変わっている）まで遣わされる使者ランバート・ストレザーもアメリカ的な純潔の例である。やもめで、一人息子を亡くしているストレザーであるが、彼はヨーロッパが与えるかに見える豊かな生活と簡単に折り合いをつけるのではなく、この「本物の」生活がその下に隠し持っている悪の教唆に気づかされ、打ちのめされるに至るまで、彼の使者としての役割は遂行されないのである。『使者たち』（一九〇三）においてジェイムズは、先ほど引用した意見をフォースターに導き出させたように、経験というものが生活よりむしろ思考性を帯びるように精密に描いている。同時にジェイムズは、拡がるけれど限定されたストレザーの意識を通してのみ物語は語られるという、第三人称限定の視点を使って語りの技法を開拓し、完成させた。この小説は、主人公が彼と他の人々との関係、他の人々の相互関係をひたすら解読することを通して、自己と世界の現実を知るに至る教育を綿密に記録したものと定義できるだろう。読者は目に見えるように表現された音楽、パートナーを次々に入れ替えて踊るダンスを思い浮かべる。パートナーたちは、オースティンにおけるような「真実」と「善」という実は同一のものに向かって引っ張る引力ではなく、知ることに向かって容赦なく引き寄せる働きをする。読者はストレザーを小説から切り離して想像することはできないと感じる。ストレザーの置かれている精神的な環境がストレザーという人間の本質を明確にし、ストレザーになる。感受性の人間としてのストレザーにとって、そのような人間は現代でも珍しくはないが、現在を徐々に傷つけ、だめにするのは、差し迫っていないことを考えてしまうことである。すなわち「ぼくが恐怖と言うのは、そのほかの考えに取りつかれているという意味なのです」とストレザーは言う。果てしなく思考の修正を続けるこの世界の現実は、アメリカの小説にある暴力の現実ほど真正でないと言えるだろうか。前者は精神に深く関わった現実であり、後者は肉体に深く関わった現実である。H・G・ウェルズのような批評家の反対にもかかわらず、全体としての現実として精神的な経験の正当性を理解し、主張している点において、ジェイムズは超越主義者から確かに影響を受けた。重要な意味において、全ての芸術は理想化されたものであって、理想化の除外は、理想化を内包しているのと同じくらい、少なくとも意義がある。ジェイムズにとって、現実をその深みにまで精査するために必要な技巧はきわめて厳密かつ精緻であるので、調べられる範囲は制限されなければならないのである。ジェイムズの技巧は行動の小説には効果的にとけ込めるはずがないし、とけ込むべきだという理由もなければ、また「全体としての人生」に関わっていないので、ジェイムズの技巧がなぜか不完全だとか、人間的でないとか、つまりフォースターが言ったように、虚勢されているとみなされなければならない理由もない。

ウルフと同様にジェイムズの芸術には、芸術は人生を支配するという示唆、「構成上許容される」小説の差し迫った必要は人生の自由な流れを変えなければならないという示唆がある。そしてとりわけウルフには、精巧なエピファニーは人物を照らし出す手段というよりむしろ目的そのものになるという示唆があり、まるで小説は旧式な意味での「人物」のためだけの小説であるかのようだ。ジェイムズの最も満足のゆく作品であり、たぶん最もジェイムズ的な作品である『鳩の翼』(一九〇二) を詳細に熟考するならば、しかしながら、この作品はある悲劇的な経験をした感受性と心の反映を描くにあたって、今まで試みられた中で確かに最も精神を消耗したにちがいないと分かるだろう。重要なのは経験であり、審美的な功績は二義的である。小説の筋は昔からある伝説的とも言えるものである。まもなく死ぬアメリカの女相続人ミリー・シールは、彼女の「愛する人」であるマートン・デンシャー (彼は別の女性を愛している) に裏切られる。デンシャーが愛しているその女性、美しく強靱なケイト・クロイは、ミリーとデンシャーが結婚し、ミリーが予定通り死ぬことで、ミリーの財産が自分たちの元に入り、自分たちの人生を完成できるだろうという野望を抱いて、情事を指図する。ミリーはそのもくろみを承知し、そのことで彼女の死は早まるが、それでも彼女は自分の金を青年に遺贈する。この行為はミリーを裏切った二人の心の中に、彼らの人生を変えるほどの厳しい道徳的判断を迫ることになる。ミリーはドストエフスキーの作品に出てくる聖人、弱者、絶望している人といった無抵抗な犠牲者たちを我々に思い出させる。だがドストエフスキーが考えたように、彼らは逆説的には世界中で最も偉大な力を備えている。ミリーが彼女の力を確保しているのは、彼女の「運命」への恭順な態度である。しかしミリーの恭順な態度は、例えば『白痴』の自滅的なナスターシャ・フィリポヴナのようなドストエフスキーの小説の女性たちが見せる、ねじけた被虐的な従順さというより、むしろキリストのように自分を他者の罪に譲り渡すことにより罪人の心に道徳的な変質をもたらす質のものである。だからといってジェイムズはキリスト教的であるというわけではなく、表向き宗教的問題に関心を寄せているというわけでもない。しかし小説の進展、犠牲と道徳的悟りにいたるまでのまさにそのリズム、無私の愛の力というテーマ、これら全てはキリスト教であろうとギリシャ神話的な悲劇であろうと、間違いようもなく宗教的経験と類似するものである。ミリーはアダム的な無垢と救世主という象徴的な役割を具現しており、アダム的な無垢から救世主への移行は、彼女が悪と遭遇することによって早められる。ミリーは鳩であり、その翼を広げて、汚れた者を覆い、彼女の無垢は死という安全なところに運ばれる（つまりミリーは魂としての鳩である）。これはR・P・ブラックマーが言及しているように、詩篇六八の鳩である。「あなたがたは羊のおりの間に横たわるとき、銀でおおわれた、鳩の翼。その羽はきらめく黄金でおおわれている。」何にもまして、ミリーはいけにえの犠牲者である。「あなたはなぜそんなことをわたくしにおっしゃるの？」とミリーはめずらしく一瞬弱気に、ケイトに訴える。

ケイトは答える。

「理由は、あなたが鳩だからよ」この返事を聞くと同時に、ミリーはこの上なく優しく敬意をこめて抱擁されていた。それは親しみをこめた抱擁でもなれなれしい抱擁でもなく、ほとんど儀式的な抱擁だった……

まるで犠牲となるのが無垢の役割であり、運命であるかのように。自分が身代わりになって罪を受け止めることが無垢な人の必然的な悲運であるかのように。もしミリーが弱さに負い目を感じているなら、生きること、すなわち、愛し愛されることだけが彼女の烈しい欲望であろうし、そして彼女は自分というものを完全に消し去ることでこの「弱さ」に打ち勝つ。この行為は、真に愛する人の受動性であり、シェイクスピアの言葉のように「変化を見つける」とき変化するのではなく、裏切りにもかかわらず愛し続ける人の受動性である。憐れなアメリカの女相続人はジェイムズの技巧を通してのみ、悲劇的な特質を獲得している。というのも状況そのものはほとんど悲劇的ではないからである。

おおざっぱに要約すれば、その状況とは、読者が初めてミリーと出会う第三部の初めでミリーが抱いている従来からある恐怖——女が二人連れでヨーロッパ旅行に出かけるとき、「いの一番にだまされ、やられる」というある恐怖——の当然の成り行きではないだろうか。まさしくその通りである。しかし残酷な経験それ自体は重要なことではない。この小説を偉大なものにしているのは、自分の経験についてのミリーの意識であり、ケイトとデンシャーの側の罪の意識である。この小説の「迫真性」は、関わっている全ての者における道徳心の教育であり、道徳心の成長である。ミリーは生と死の悲劇的な知識を我々に示すための道具であり、生は死（死を知ること）を通してのみ完遂されるのであり、鳩は生きながらえている死、死してある生の象徴になっている——そしてジェイムズはその象徴に「なる」実際のプロセスにおいて、かなり古くさいイメージを使って見せている。ギリシャ神話のアテ〔訳注　人を悪事に駆り立て罪を罰する女神〕はここでは打ち負かされている。というのも無垢による悪の吸収、その苦しみを他者に回し伝えることによって悪の力を継続させることの拒否は、ミリーの沈黙によってもたらされているからである。ストリンガム夫人は悲しみにくれて、ミリーの沈黙を「彼女は顔を壁に向けました」という陳腐な言葉で表している。精神の美は、ミリーと正反対の人であるケイト・クロイの「生活の才能」を陰らせ、鳩の力はどう猛な豹の力を陰らせている。

ヴァージニア・ウルフは一九二一年九月二一日付けの日記の中で『鳩の翼』について感想を

述べている。「……だからもう一度読み直すことはできなくなる。精神的な把握力とひろがりは素晴らしい。たった一つのたるんだ、しまりのないセンテンスもないのだが、ただ、この臆病さか意識かなんだか分からないが、そのためにひどく骨抜きになってしまっている。」真実はといえば、もちろん、小説は「もう一度」読まれなければならないし、初めの読み方は非常に表面的にすぎるということである。ウルフが異議を唱えている臆病さと意識は小説それ自体の題材そのものである。技巧がなければ、喜劇的ではない結末を除けば、王政復古期の英国喜劇にかなり近いものである。小説を骨抜き状態か少なくとも洗練しすぎだと思わせているのは、きわめて詳細に動機と判断を探究している執念にある。だがジェイムズは決して不明瞭ではない。どのエピソードも「行為」を前進させ、行為は三人ないし四人の主要人物間の関係の状態である。ジェイムズの力量は積み上げていく力量である。ジェイムズと一緒になって、裏切られたミリーの経験を味わう読者だけが、デンシャーが突然このように認識した現実を真に理解できる。

……デンシャーはぎりぎりの線まで追いつめられた者の衝動あるいは救いとして、ケイトと互いの腕に抱かれて固く眼をつぶり、取り返しのつかないお互いについての知識を暗黒の中に葬り去る必要を繰り返し感じた。

ジェイムズの教育をもってしても、けだものを教育して人間に変える、不道徳を教育して道徳心に変える、のは等しく不可能である。

『黄金の盃』（一九〇四）は悪、つまり俗世間によって誘いの声をかけられる無垢のテーマを引き続き描いているが、この作品における本質的で、そしてかなり驚くべき相違は、この作品以前のヒロインたちはその無垢ゆえに打ち負かされたのに対して、若いヒロイン、マギー・ヴァーヴァーは彼女の無垢によって勝利を収めることができる点である。これは一番分かりやすい教育の物語であって、「無垢」を道連れにして人生を放棄することを拒否している点においてて、『鳩の翼』よりは人生に忠実であるが、純潔と人生そのものを同等とする（『ビリー・バッド』を思い出す）傾向のある『鳩の翼』よりは芸術として感銘度が少ない。このことは、これ以前の『メイジーの知ったこと』と、そして類似がかなり不吉であるが『ねじの回転』で予示している「道徳心」の目覚めに関与している。『黄金の盃』はずっと、そして今も判断しづらく批判的に受けとめられている。評価を困難にしている原因は、一つにはジェイムズが用いている技巧にある――物語はマギーの物語であるが、マギーは第二巻になるまで我々にとって意識としては現れない。もう一つの原因は、ヴァーヴァー家の一応は理想化された世界を構成している暗示、体裁、儀式、そして見せかけが豊かに織り交ぜられている点にある。『黄金の盃』が三部作の最後の作品であるという説が『黄金の盃』を一作品として理解することをさらに複雑にしている。読者は三作品（他の二作品は『鳩の翼』と『使者たち』）が「精神的な三部作」を構成しているというブラックマーの提案を受け入れはするが、これらの小説はジェイムズの父から引き継がれたスウェーデンボリの神秘主義を表現したものであるという学説は、有益というよりはむしろ紛らわしいと感じる。

本質的に家族の物語である小説の進展は、各個人の役割の変化によって、また全員にとって濃く、険悪な事態になりそうな含みのあるドラマに参加していることを各個人が発見することによって、決定される。「もろもろの主題のうち最も人間的な主題とは、人生の混乱の中から、禍福あざなえる縄の如く、助くるものと落し入れるものとが分かち難く結びついていることを示し、……片面はある者の正義であり安楽であるが、残りの片面はある者の不義であり苦痛である［ことについて熟考することである］」と、ジェイムズは『メイジーの知ったこと』のニューヨーク版の序文で述べている。若い女相続人マギー・ヴァーヴァーは、姦通している彼女の夫とマギーと同じ年頃の義母を操るようになり、ずっと続いていた薄汚れた状況から勝利を勝ち取ることができるとき、『黄金の盃』では安楽と苦痛が取り換えられている。小説の結論は、道徳的なレベルではなく社会的なレベルでの秩序の再建、言い換えれば、個人の保護ではなく、むしろ社会制度的なもの――結婚、「愛」、文明、の制度――の保存に関与し、依存している。もしジェイムズの作品にただ一つ偉大なアイロニーが含まれているのなら、それは彼の導く「啓示」のまさにその瞬間に、関係と形式の中に個人を閉じ込めているというアイロニーである。ブレイクの田園詩の中の子羊や子供たちが日の光をいっぱい浴びているように、ジェイムズの人物はたいてい裕福で、溢れんばかりの贅沢に包まれ、シェイクスピアの悲劇的な人物が王であるのと同じ理由で、彼らは裕福なのである。彼らの経済の自由は彼らに道徳の自由を保証している。『悲劇の美神』でアグネス・ドーマー卿夫人が「貧しい中にどんな自由があるのでしょう」と言うように、確かにどんな自由があるのだろう。しかし一方裕福であることにもどんな自由があるのだろうか。マギーにとって彼女の無垢を支えているのは彼女の莫大な財産であるが、たぶんそのような道徳的無垢はある種の退廃に向かう。マギーの夫である公爵は子供の頃、ポーの「ゴードン・ピム」の物語を読んだことを思い出すのだが、その物語の結末は、船に乗っていた人に「目もくらむような光のカーテンは闇がものを隠すように、いっさいのものを隠すのだが、それでいてミルクか雪のような色をしていた」濃厚な白い大気に出くわさせる。公爵はアメリカ人の中にある、似たような覆い隠すものに自分自身が直面していると感じる。それは正体の知れない、凶兆な無垢である。恋人同士である公爵とシャーロットを形式に従わせているのは、究極的には、マギーにある「白いもの」の力である。またマギーを囚われ人にさせるのは、彼女の無垢であり、巨万の富である。我々はここで魂の売買を目撃している。公爵は初めて個人として現れるが、一つの装置として終わっている。彼は初め自分が裕福なアメリカ人たちの所有物であることについて冗談を言っているが（「あなたは［ヴァーヴァーの］コレクションの一部です……あなたはめったにない稀な美しいもので、また高価なものなのです」「彼はあたかも、今ではもはや使われていない、純金の高い金でできた、古い浮き出し模様のある、貨幣のようである」）、愛人のシャーロットが父親ヴァーヴァーに屈伏させられて、目に見えないロープ、「絹の輪縄」につながれて連れ帰らされるまさにそのとき、公爵は現実に所有物になっている。

読者は公爵とシャーロット両者の欲得尽くの浅ましさを絶えず感じているので、この取引の道徳——そして美的観念——に関わるのをジェイムズが拒否していることに困惑を覚える。ジェイムズが道徳に関心を示していないのは、ジェイムズがマギーの性格に完全に傾倒していることから明らかである。マギーは初め影のような存在として現れ、儀礼的で適切な意見を申し渡す人となり、最後は彼女の世界の「創造者」として終わっている——マギーは小説の最後では全能の力をほぼ獲得している。夫を取り戻すためのマギーの闘いは社会的形式を背景にして戦われなければならないという点が苦闘をより厄介にし、また、だれもが彼女の姦通を知っていることに全く気づかない敗北者であるシャーロットにとっては、より残酷である。マギーもジェイムズもともに自責の念を見せない。マギーは父親を譲り渡し、夫を選んだ勝利者である。つまりマギーは歴史の中に入って行く。公爵がもっとましな男であれば、彼女を裏切らなかっただろうし、彼女の教育を必要としなかっただろうから、自分の無垢を犠牲にまでした男が彼女の犠牲に値しないのは、たぶん残念な欠点だろう。マギーの父親がシャーロットをアメリカに連れて行き、マギーが夫とともに残り、マギーは夫を哀れみ、恐れるところで小説は終わる。マギーは自分の意志を世間に強いるために、欺くことを学んだのだった。

……彼女は、ずっとある役を暗記し稽古していたのに、突然、ステージに立って、脚光を浴びると、即興を始めて、台本にない台詞をしゃべり出した女優に自分が似ているように思われた。

この作品に共感できないという読者は、シャーロットと公爵がなぜ一緒に駆け落ちしないのか、少なくともシャーロットはなぜ夫の元を去らないのかとたずねるかもしれない。しかしそのような要求は、ジェイムズの後期の小説の世界を構成している内在する論理性、関係性というものの求心的な力を見抜けなくさせる。人が心理的な世界の領域からのがれられるとは考えられないからである。読者はアメリカン・シティーについて話すかもしれないが、それは存在しない。これらの人々もお互いの関係から離れては存在しないだろう。人物のこの奇妙な明白性はこれ以前の作品『メイジーの知ったこと』（一八九七）で強調されている。『メイジーの知ったこと』は子供であるメイジーのただ一つの意識に集中しているだけでなく、この意識のただ一つの関心は両親と義理の両親と恋人たちの関係にだけ集中するよう技巧的に限定されている。そうすることでメイジーが視点になってくる。このような理想化された作品の弱点は、直接的に、あるいはいってみれば正気で、現実の世界を語ることが不可能になることである。メイジーが彼女の無責任きわまりない両親や後見人たちを道徳的に判断できるがゆえに、彼らはメイジーを見捨て、メイジーを絶壁に、全く何もない窮地に置き去りにするのである。『ねじの回転』のマイルズのように、メイジーは彼女の手が届きうる世界のまさしく限界まで押し出されているわけで、子供の死を無理にでも用意しなければ、ジェイムズは物語を急にやめなければならなくなるのである。

だからジェイムズは、特に後期の小説では、関係性の創造者として理解されなければならない。演じ手、つまり小説の「人物」は二の次である。ジェイムズの兄、ウィリアムが「物語の方法とは、似たような知覚を持っていたかもしれない読者の中に……全く実体のない素材から作られた……実質的な物の幻影を呼び起こす」という奇妙な目標に向けられる「いつ終わるともしれない推敲によるもの[1]」と批評したとき、我々は部分的にウィリアムに賛成するかもしれないが、ジェイムズが芸術のために人生を犠牲にしているようであるのは、芸術としての人物を彼が想像するためにそうする必要があるからである、と我々は理解しなければならない。中世の錬金術師のように、他のいくつかの点でも似ているのだが、ジェイムズは自分自身を一生の仕事に変え、彼の人物のだれもがさらに変化を遂げる。ジェイムズの主要な人物は芸術家であり、彼らが創造する芸術が彼ら自身の人生である。

ジェイムズの小説と同じように、ヴァージニア・ウルフの小説は人生の広大な領域から異常に遮断されていて、そして詳細に、鮮やかに、時には幻覚的なまでに心霊的な経験に取りつかれているところに特徴がある。ウルフの視覚の強度はとても強いので、読者は特定性や主観性から退いて、何が起こっているかを「説明」してくれるだけの距離を置く必要を感じる。『燈台へ』の「時はゆく」の挿話や、『波』のさまざまなセクションを紹介する海や空の描写のような技巧を用いることでウルフが認めている必要性である。ジェイムズのテーマと違って、ウルフのテーマは通常倫理的な問題とはほとんど関係がない。ウルフは人生の神秘性——生と死、意識と無意識、秩序と混沌、親密と孤立、の間にある緊張——を作品で表現する。それまでの作家たちが、語りたい明確な物語を持った画家が使う、パネル形式の壁画に似たような物語構成を技巧として選んだところを、ウルフは点描画法〔訳注　シニャック、スーラが発展させた新印象派の理論と手法の通称。さまざまな色の点を並列して画面を作る〕を想起させる技巧を用いている。時間、つまり人間の経験を表すのに必要な媒体、は絶対に侵害されていない。夢想する心は時間の中を前後に飛び交うかもしれないけれども、ウルフは年代順配列を忠実に守っている。技巧上の問題点は、一瞬と一瞬、エピファニーとエピファニー、の間にある隙間をつなぐことの難しさであり、リリー・ブリスコならできるように、我々に伝えられているヴィジョンを完成することができるかという難しさである。ウルフの芸術はリリーの現実を見る目に匹敵するかもしれない。

もちろん、別のやり方もできたのです。色をもっと薄めて、ほのかにするのです。人物は空気のように……。でも私にはそんな風には見えない。私にはかっちりした鋼のような輪廊に、強烈な色が燃えているの、寺院の円天井にとまった蝶の羽の光のように。

ここには先に在る構図によって形作られる印象派的な芸術様式があり、その結果二つの美的な見解が結び合わさって、我々に全体を、現実を呈示するのである。

無形式と形式、蝶と寺院の間にあるこの緊張こそが、ウルフの小説に構成上肝要なトーンを生み出している。『幕間』のとりとめのない言葉や物思いや人間関係の努力は、英国史そのものを展開する野外劇の幕で境界を引かれていて、ロマンチックなアイサは客観的な時間と並び立つことで、ペーソスを獲得している。『波』の「人物たち」の豊富な独白は、空を横切っていく容赦ない太陽の動きによって、絶えず、縛られることで悲劇的な特質に近いものを獲得している。『燈台へ』はある固定された場所への旅として、離れたところから見ることができ、この旅は感受性の強い子供ジェイムズに、二つの燈台、二つの「固定点」、二種類の現実があるという事実を顕している。全ては人の視点と関係次第であり、いわゆる客観的な世界との関係だけでなく、他者の心との関係である。「存在したい」という欲望が絶えずある。人がいる、人が存在することを「知りたい」という欲望が重ねられている。この上にさらに、他者によって自分の「存在」を確立させたいという欲望がある。読者はリリー・ブルスコの苦悶する疑問――「人々が名づけている愛とやらは、自分とラムゼイ夫人を一つにすることができるのだろうか？　自分が望んでいるのは、知識ではなくて、統一なのだから……」――に思いを巡らす。知識は親密さであるとリリー・ブルスコは言い、そのような知識に達するまでの懸命の努力がウルフの人物の心の中を駆け巡り、プロットの外にある種の枠組みを作っている。『波』でルイスは考える。

……僕がこういった印象を板に釘づけにし、僕の内部にある多くの人間たちから一人を作り上げないなら。遠い山々の上に散らばった雪の環のように、筋や細片になってではなく、今ここに存在しているのでないなら。……その時こそ僕は、雪のように舞い落ちて、消え去ってしまうだろう。

だが、バーナードが言うように、アイデンティティは幻影であるというのも真実である。

いま、訊ねてみる、『わたしは誰だ?』と。バーナードや、ネヴィルや、ジニイや、スーザンや、ロウダやルイスのことを話してきたが、わたしは彼らすべてなのか? 一つの別個のものか? 分からない。私たちは一緒にここに座った。だが、パーシヴァルは死んでしまい、ロウダも死んだ。私たちはばらばらになり、ここにはいない。だが、私たちをへだてる如何なる障害物も見出すことはできないぞ。わたしと彼らとのあいだに境界はないのだ。

『歳月』のペギーの苦い不満(「なぜ私はあらゆることに気づくのかしら」と彼女はたずねる。「なぜ私は考えなければならないのかしら」)に対して平衡を保っているのは、「ヴィクトリア朝の独身女性」であるペギーの叔母エレノアによる奇妙で、直観的で、半ば神秘的な人生の肯定であり、エレノアはだれよりもこの小説の中心に近づくようになるそれからあらゆることは再び少し違った風にやってくるのかしら、と彼女は考えた。もしそうなら、構図があるのかしら？　音楽のように、繰り返されるテーマがあるのかしら？　半ば覚えられていて、半ば予見されているのかしら？　……しばらくの間見えるくらいの巨大な構図があるのかしら？　この考えが彼女をとても喜ばせた。構図があるという考えが。

二つの衝動――アイデンティティに向かう衝動と統一に向かう衝動――は他者との関係を通してのみ決定される。

だが統一はいつも精神的なもので、にもかかわらず、いつも一時的である。ウルフは偶然による以外は全く社会的な問題に関心を示さないし、宗教的性質の事柄も無関係なようであるのも、驚くほどのことではない。ジェイムズと同じように、ウルフは「あまりにも純粋な精神を持っているので、観念に侵されることはない」――つまり精神はあまりに感受性が鋭いので、たった一つの支配的な観念の単純さに侵されることはないのである。統一を求めるすさまじい努力、親密を「知ること」で自己抹消を求めるすさまじい努力は、性的な含みを示唆している。確かに、読者はウルフが比喩的に性的な関係を用いることを期待する。しかしジェイムズにおいては小説に出てくる人々は経済的な束縛を免れているように、ウルフにおいては肉体的な束縛を免れている。ジェイムズがデンシャーや公爵や『ねじの回転』の不運な女教師の中に創造することができる情欲は、ウルフの世界を消滅させてしまうだろう。ウルフの世界には、男と女の関係、女と女の関係、男と男の関係、大人と子供の関係の間にどんな区別もない。ジェイムズにおいては、ピューリタン的精神が慎重に、一貫して、肉体生活を排除することで緊張を確立しているところを、ウルフは肉体生活を付随的なものとして除外している。つまり肉体生活は全く文字通り重要ではない。ラムゼイ夫人が夫に話しかけているとき、子供のジェイムズがラムゼイ夫人のそばに立ち、そして夫は「敗北者」なので、自分自身を憐れに思っている。

……ジェイムズは彼女がばら色の花咲く果樹、葉が繁り、枝の躍る果樹となってのびてゆくのを感じ、その果樹めがけて真鍮の嘴が、父親の三日月刀が、自己中心の男が、とびこみ、うちかかって、同情をもとめるのを感じた。

求められているのは「同情」以上の何ものでもないのだけれども（最初に読んだとき、隠喩と意図の間に矛盾を感じる）、この同情はラムゼイ夫人を死なせるに十分である。ウルフにある緊張感は、しかしながら、二つか二つ以上の精神、二つか二つ以上の視点の間にいつも存在している。

社会的、宗教的、性的関心といった広大で複雑な領域を排除しているので、ウルフは原始的な――あるいは少なくとも基本的な――問い、「何が本当か」という問いに専念することができる。もしウルフの人物たちが形而上的な驚異の中で無力となり、それゆえ生きることができない人間に見えるのなら、ウルフの作品の中心に人生それ自体があることを思い出さなければならない。例えば『ダロウェイ夫人』のロンドン、羨望され愛された青年パーシヴァル、八人の子供の母であるラムゼイ夫人、『幕間』の野外劇の「自然が参加している」がそうである。逆の存在は『使者たち』のランバート・ストレザーである。感受性のある人々だけが、生きる以外にほかに大事なことは何もないと理解できる。ストレザーは「できる限り生きたまえ。そうしないのは間違いだ」と、皮肉にもこの助言を必要としないビラムに語る。だが感受性のある人々は自らの感受性の力ゆえに、ただ「生きる」ことができなくなる。というのも彼らは秩序を判断し、評価し、確立することに拘束されているからである。そしてただ生きる人々は自分たちの経験の驚異を自覚することができない。

『燈台へ』（一九二七）は知識と経験の問題を真正面から問うている。ラムゼイ氏とラムゼイ夫人の間にある緊張は、知識の才能と生活の才能という、決して機械的にではなく、伝統的に対立する才能を二人が代表していることで部分的には説明がつく。ラムゼイ氏は、画家のリリー・ブルスコが素朴に想像するように、彼がそこにいないのに「台所の調理台」について考えながら時間を過ごす知的な哲学者である（台所の調理台は存在している現実であり、経験に先立ち、経験から独立した現実である）。

台所の調理台は何か幻想的で、峻厳で、むきだしで、かたくて、装飾のないものです。色のつかない、ごつごつ角ばって、妥協のない、平明なものなのです。しかし、ラムゼイさんはいつも眼をそれに、じっとそそいで、気を散らしたり、まどわされたことはありませんでした。ついには、御自身の顔もやせてきて、まるで苦行者のようになり、「リリーを」深く感動させた、あの調理台の装飾されない美を分かちもつようになったのです。

対照的に、ラムゼイ夫人は絶えず時間の中に浸っている。彼女はいつも忙しそうに、編みものをし、繕いものをし、子供をあやし、海辺で手紙を書き、窓を開け閉めし、子供部屋の壁に立てかけている豚の頭蓋骨に自分のショールを掛けて隠したりしている。リリーは、ラムゼイ夫人の死後、人類に対するラムゼイ夫人の本能について考える。

夫人のこの本能は、すべての本能がそうであるように、それを同じようにもっていない人々には少々苦痛なものなのである……。ある考えは……行動の無効用、思索の優越についてのものです。［夫人の行動］は私たちには非難のように感じられ、世界に違ったこじつけの意味を与えるものでした。その結果私たちは、自分たちの先入主が消えるのを見て、抗議の心が猛然とおこったのです。

さらにラムゼイ夫人は、自分が存在することの魔法によって瞬間を永久的な何かにすることができ、人生の絶え間ない変化に画家の秩序に似た秩序を課することができる。自分の永遠性は他の人々と親密に接したことにある、と彼女は思う。

みんなは、どんなに長く生きようとも、きっと今晩のこと、この月のこと、風のこと、家のこと、そうして私のことも、思い出してくれるだろう。……みんなの心に食い入って、みんなが今後、どれほど生きようとも、自分がみんなの生活の中に織り込まれるだろうと考える、この点で彼女は一番お世辞に弱かったのである……。情熱の与えるあの他の人との感情の交流をひしひしと感じた、人と人とをへだてる壁が非常に薄くなり、実際には……一つの流れとなってしまうのです。

ラムゼイ夫人は、夫とは対照的に自分を無知だと思っていて、「上下に走り、左右に横切って、揺れ動く構造物にかけわたす鉄の桁のように、世界を支える男性の知性」を賞賛しているが、ウルフは明らかにカント的な意味で理性と理解を区別したいと思っている。理性は、その力にもかかわらず、限界があり、理解あるいは直観は、理性の命ずるところから解放されている。知識と経験、知性と感情、男性の傾向と女性の傾向、といった明らかに対立するこれらの力は、次第に解決に向かう。ラムゼイ氏はラムゼイ夫人の死後一〇年目にジェイムズとキャムを連れて燈台に行くことによって、死者への彼の義務を果たす。彼の達成感は子供たちのラムゼイ氏への敵意を打ち砕いたことに表れている。ウルフは、ラムゼイ氏が燈台に着いた感覚とリリーが絵を書き終えた感覚が同時に起こったようにしたかった（『日記』の一九二六年九月五日を参照）。そうすれば、愛の行為の成就と芸術作品の完成が結び合わさることになるだろう。

つまり、ラムゼイ夫人の記憶は、リリーが再び絵に取りかかるために必要なヴィジョンを与え、ラムゼイ氏の燈台への旅は、リリーに絵を完成させるエネルギーを与えた。リリーは絵の真ん中に一本の線をひく。これは燈台そのもの、固定点のもつ安定力、への象徴的な褒賞の行為である。この儀式の終了は絵がなんとか完成したとき、人生を暗示している感があるが、ウルフのいつもの不断の変化の考え、この変化に対する動かない固定点の要求、再び起こる変化、を並行して熟考してみると、この暗示には戸惑いを覚える。これら全てはあまりに壮大なので、芸術によってとどめることができないある種の弁証法的な不安を予期させる。『波』の結末近くのバーナードの絶望を参照する。

句を書きつらねたわたしの手帳は、床に落ちた。テーブルの下に横たわり……ものうげに明け方やってくる雑役婦によって掃きすてられてしまうのだ。月を表現する句にどういうのがあったのかな？　愛をあらわす句には？　いかなる名称で死を呼ぶのか？

人生の複雑さが芸術の要求に対してあまりに多弁に語られているので、『燈台へ』の結論が不満に思われるのなら、それはただウルフが中間部の「時はゆく」で無関心な自然の破壊行為を我々に教えているからである。「時はゆく」では、燈台のあかりが荒廃した部屋に入り、ずっと前にラムゼイ夫人を眺めていたように、人間の秩序のなくなった世界の混沌を眺めている――ラムゼイ夫人は燈台ととても親しく語り合っていたので、夫人は自分が光になり、自分の目が光から出てくる自分の目と出会っているのを見ていると感じた。秩序の達成は、すると、残酷であり、愛から切り離されて語られるとき、外部から付加されている。ジェイムズにとって燈台は、ボートでそこに着いたときの燈台であって、彼が岸にいたときの燈台ではない。「われらは滅びぬ、おのおの、ひとりいて」のモチーフは、それより先に出てくる「相ともに生きし年月、相ともに生きん年月、樹々地にみちて、樹の葉折々に装いを変え……」によって釣り合いが取られている。アイデンティティの孤立は、ある種の心の交流の中に、大まかな意味では死の交わりの中に、別の意味では共感という交わりの中に消えている。つまり別個の、定められたアイデンティティは、燈台へ行くことの完了と絵の完了によって覆されている。というのもこれらの行為によって、ラムゼイ氏とリリーはラムゼイ夫人と関わり、ラムゼイ氏は黙って子供たちと関わり、子供たちもラムゼイ氏と関わり、そしてリリーはカーマイクル氏と関わるからである。多数の人間が交錯するこの現実描写は、旧式のナチュラリズムから距離を置くことに比例してより高度な現実に到達している。エーリヒ・アウエルバッハが「西洋文学における現実描写」の研究である、記念碑的な著書『模写』の最後を『燈台へ』からの一節の分析で終わらせているのは意味深い。

メルヴィルの白鯨のように、燈台は意味の異なる投影の重荷を伝えるために用いられているから――ある人たちは、彼ら各人の内面にある永遠なものを「客観的に」永遠なものとの関係において折り合いをつけようとする――最終的な象徴としての燈台は謎のままである。メルヴィルの白鯨とは違って、燈台は善や悪、または両方の混合や両方とも皆無という含みを全く持たず、代わりに必要な秩序それ自体の固定点として出現しているので、燈台は一連の主観的経験として以外では決して知られえないという意味では皮肉である。燈台は現実の精神性の付与であり、別の言い方をすれば、プルーストが言ったように「理解しがたい」ことの非物質化である。この小説は時間の中での一連の連続として捉えられるべきであり、「理性も、秩序も、正義もなくて、あるものは苦悩と、死と、貧民ばかり」というラムゼイ夫人のどうやら基本的な感情らしきものが重要な意味を持たないのと同様に、最終的な統一の印象もたぶん重要な意味を持たないから、燈台についての究極的な意味や最後の数頁の意図について議論するのは無益である。全ては視点次第である。つまりウルフは絶え間ない変化の中で心のプロセスを見せているのであって、その結果亡くなり、表面上はそれ以上関与する心配のない人々でさえ、生き残った人々によって蘇らされて、再び命を吹き込まれるのである。

ジェイムズとウルフの作品は関係性、比例関係を扱うからゆっくりと展開しなければならない。人が彼自身とその周囲の世界を検討するのでゆっくり進展する、つまりジェイムズにおいては「知識」は他者が行動に出るのを容赦のない目で目撃することを通して得られるのであり、ウルフにおいては「統一」は時間を超越しようと必死に試みるなかでの心の推移、心それ自体を通して得られるのである。ケイトとデンシャーがミリー・シールと会うことで我々がミリーを知るまで、我々は、読者として、ミリー・シールを「知る」ことはできない。ミリーの死は、ラムゼイ夫人の死と同じように、道徳的な空虚の中で起きる――そして生き残っている証人たちが彼女のことを我々に説明する。個人としての個人は存在せず、彼の周りの世界によって彼自身と他者の両者に対して明確にされる。

この意味でジェイムズとウルフは伝統的なイギリス小説の極限を代表していて、両者が内面の詳述に没頭しているのは、外面の詳述にもっと因習的に没頭しているのに相応する。個人のアイデンティティは他の個人の意識の複雑な領域に参加することを通してのみ得られるというジェイムズとウルフの基本的な前提は、人間のアイデンティティは社会的見識を黙認することによってのみ達成されているフィールディングやオースティンやサッカレーにおけるより心温かく、より快いが、たぶん言うまでもなく不安な前提と相応している。しかしジェイムズとウルフの探究の領域は、もちろん、はるかにずっと美的に洗練されている。そして二人にとって「アイデンティティ」は決して結婚や死で落ち着くような、決まりきった問題ではない。ウルフにおいては倫理的な問題は、まるで定義を待っているかのように、保留されているようであり、ジェイムズのある作品（『黄金の盃』と同様に『大先輩の教訓』）では、人生の曖昧さは道徳的な問題というよりむしろ認識論的な問題である。

しかし結局は、なんとなく不満が残る。二人の驚くべき審美的功績は認めるものの、ドストエフスキーとスタンダールのメロドラマの方が我々の心をより深く動かす力を持っていると認めざるをえない。なぜそうなのか？ なぜ最高に錬磨され、精妙な構成のもとでも、ジェイムズとウルフのヴィジョンはなぜか捉えにくいのだろう？ ヘンリー・ジェイムズは彼自身の人生では――彼の人生の最後の厳しい一年――彼の主人公たちのだれよりもずっと英雄的で、ずっと活力に満ちていた。彼は残忍な死すべき時という挑戦に答えて、彼自身の魂を創り出すことができた。だが自分の虚構の環境として彼が選んだ社会的世界の文脈の中では、ジェイムズは実は英雄的な振る舞いを創り出すことは全くできなかった。彼の知的な主人公たちは常に弱い。彼の神聖な女性主人公たちは犠牲者である。彼の力強い人物たちは他の人々の生活を利己的に操る人物である。ヘンリー・ジェイムズ自身が彼らのだれよりも優れている。ヴァージニア・ウルフのきわめて鋭敏な感受性は、現実の、混乱した、物質的生活の素材からはるかにずっと離れたところまで彼女を連れて行き、その結果、全体としての人間として彼女が存在する要素ではなく、精神的に存在する要素を吟味しながら、まるで創作中であるかのように、まるで作者が試験的に書き綴っているかのように、彼女の最も優れた作品は我々にはいつも実験的なもののように思われる。ジェイムズとウルフの芸術家としての功績は、それぞれの主題のためではなく、主題にもかかわらず、英語で書かれた最高のものに属する。これこそ、私にはいつもそう思えるのだが、我々がジェイムズとウルフの中にずっと称えてきたものである。このような天才的な芸術家が非常に狭い、非常に断固として禁欲的な想像性に渾身の力で取り組んだのは、我々の内面にある抑圧的で禁欲的な本能に符合しているからにちがいない。

小説は人生に非常に似ているがゆえに、たぶん最も高次の芸術様式である。つまり小説は人間関係についてのものである。頁ごとに実践されている小説の技巧は、我々が日々生きている術——話す方法——と似ている。ジェイムズとウルフは、我々がしばしば住みつく意識の網を洞察することに卓越した作家であり、ある形態の精神生活を他者との関係によって明確にすることができる。しかし両者は感受性の強い人物と最終的には彼らにふさわしくない他の人物たちとの関係に没頭している。その儀式は畏怖の念を喚起し、犠牲となる人の寛大さは神聖ではあるが、感受性の強い人物が惹かれる他の人物たちには落胆させられる。ハイデッガーは西洋の形而上学（と全ての西洋思想）は人間性の本質よりむしろ個人の生活に取りつかれていると言った。だから個人の生活の幻惑的な複雑さを超えて、超越的で切迫する人間の本質そのものに到達することが本物の芸術の目的である。ジェイムズとウルフの曖昧さは我々にとって審美的な喜びとして、普通の人間の実体で作られたほぼ完璧な姿として存続する。彼らの芸術は社会的、組織的な生活の悲劇的な限界に対する直観的な天才の勝利とみなす必要がある。物質を精神に変性させる錬金術的な西洋の偉業において、だれもそれを超えることはできない。ジェイムズとウルフの偉大な小説は、ポープの素晴らしい英雄対連に相当し、その業績は彼らの作品そのものの美しさにおいてと同じくらい、我々を別の創作方法に解放させたことにおいて大いに評価されるものである。ポープ以降、詩のある技巧――したがって「見る」というある技巧――は終わった。そしてジェイムズとウルフ以降、精神をそれ自体から解体し、精神を肉体から解体するという実験以降(2)、たぶん我々は世界を再発見しようとしている。

2 敵意のある太陽
――D・H・ロレンス詩集

私が私であるのは
太陽によるのであり、
人々は私の尺度ではない。
ロレンス「太陽の貴族」

ヴァージニア・ウルフから見てロレンスは「誰にも共鳴せず、伝統を継承せず、過去を知らない」から、彼女はロレンスの芸術に異議を唱えた。ウルフがロレンスは過去を知らないと信じていたのは確かに間違いであるが、この指摘はロレンスの驚くべき生気に満ちた天分を明らかにしてくれる特質そのものである。ロレンスを激怒させたのはその過去、過去の過去性、歴史と伝統の重荷であった。だからロレンスは、芸術という行為は楽なものでも楽しいものでもなく、ゆっくりと、ひどく苦しみながら創られ、「息もつけないほど苦悶してのみ切り抜けられる」というウルフの確信も否認した。(1) なぜ芸術は苦しいものでなければならないのか？　そしてもし芸術が否定的な人間の活動として故意に想定されるのなら、いかにしてその作品が決して死を肯定せず、絶望的でない何かになり得るだろうか？　また、いかにしてその作品が、想像力の神秘的な開花を意識的な様式に変えるという、全ての人間の冒険の中でも最も喜びに満ちた体験の不自然な歪曲になり得るだろうか？　自意識過剰な芸術家は自分の主題よりも自分を賞賛したがるものだ、とロレンスが信じていたのは確かに正しかった。そして芸術家の最高の役割は、自分のうまさや自分の優位性を公言するのではなく、他の人々との共感を公言することであると信じていた点でもロレンスは正しかった――普通の人の内面にある非個人的で神聖なものを賞賛するためには、過激で不安な個人主義を要求する努力、知的な、あるいは文学上の伝統を継承することを拒否する努力を必要とする。

「非個人的で神聖なもの」は、しかしながら、実質的に直覚できるものであり、表現されるために拷問のような努力を求めたりしない。もし芸術家が自分の主題にある程度の自由を認めるなら、ジョイス的な重複決定〔訳注　夢を見たとかうっかり口を滑らしたとかの単一の情動的症候または事象にも多種の原因があるとする考えで、フロイトの用語〕でではなく、本能のおもむくままに、花開くように、主題はほとばしり出ることだろう。ロレンスの散文よりもはるかに詩において、絶対存在の自発的な発見、ありのままの啓示の記録を何度も見ることができる。ロレンスにとって宇宙の美とは抽象概念ではなく、知的な発見や推理でもなく、永久に続く生成である。彼にとって小説は人生の複雑な関係を劇的に描写するための「人生の明るい面を見る本」であったが、彼の詩では――散文ほど読まれずひどく過小評価されている――過ぎ去っていく瞬間の独自の美しさ、過ぎ去りつつある精神的瞬間さえも表す彼の能力が最もはっきりと実証されている。

ロレンスの詩は率直で、激昂的であり、奇妙に熱狂的な、奇妙に繊細な調べを断片的に、巨大すぎて予見できない全体の中の分断された部分をじらすように我々に押しつけたかと思うと、次には引っ込めている。それらの詩は無意識のうちに経験した、自発的な気持ちをそのまま記した作品であるよう意図されている。他の詩人の詩が試みる威厳や永遠性といった感じや、詩人の自我の延長である誤った不滅性を我々に見せようとは意図されていない。だがロレンスの詩はまさしく次の点において一種の不滅に到達している。束の間を、知性的なものを超越しているという意味での不滅性である。それらの詩は、エリオットが抽象的な言語を通してのみ接近できた、言葉で言い表せない「静止点」を体験する方法である。

ロレンスの全詩作を日記のようなものとして読んでみると、何かが照らし出される。出来上がった詩だけでなく、少し変則的な詩、初期の草稿、未収録の詩などが奇妙な統一性――「すばやい閃光……」で始まり「不死鳥」で終わる――で構成されていて、たぶん自伝小説のように読めるだろう。この膨大な作品は彼の最も偉大な小説よりもっと力強く、もっと感情的な闘志で充溢している。始めと終わりの行の間に文字通り全てがある。美、荒廃、「柔毛のような灰」、恍惚の状態と嫌悪の状態にいるエゴ、混沌と狡猾のさまざまな流れがある。イェイツは多くの巻からなる『W・B・イェイツ詩集』の中で全く意識的に、体系的に、彼の「魂」を創り出したことを我々は知っている。ロレンスは無意識に、非体系的に、類似した作品を創造した。ロレンスの詩には厚顔なところもあるが、イェイツの瞬間がより頻繁ではあるが、同じくらい力強い美の瞬間がある。ぎこちなさ、醜さ、全く頑迷な悪意の瞬間があり、それらはどんな詩的な優美さでもっても全く和らげられず、だからこそ、事実、優れた詩の数にはなおさらに驚かされる。究極的には、ロレンスは我々にどの詩の評価もさせまいとする。下書きも含めて全ての詩を読めば、ロレンスの人生を、人生そのものをある種神秘的に占有できる。そこでは「高い」と「低い」、「美」と「醜悪」、「詩」と「詩でないもの」の本質的な神聖さが、合理主義者の唱える全ての二項対立を魔法のように超越し、祝福されている。

I　ありのままの開花――ロレンスの美学

ロレンスは「未知なるものへの熱狂」と腹蔵のない警告において、真の予言者の一人である。

意識のドアを全部急いであけて
われわれが押しこめられている腐敗した小宇宙を新鮮にしないなら
風通しのわるい天の空色の壁は
血で鮮紅色に染まるだろう

（『三色すみれ』の「ネメシス」）

また、生涯にわたって技巧を磨き、形式上の表現に予言の声を吹き込んだ、小説と詩作の方法においても、ロレンスは我々の真の予言者の一人である。じっくりと研究することを拒み、例えばエリオットの詩にある伝統とは違って、いかなる広い文化的な伝統の中にもその位置づけをほのめかすことを拒み、さらに、真剣な人々にとって最も許しがたく、真剣に受け止めることさえ拒むものは、技巧である。リチャード・オールディントンは一九三二年の著書の中で、ロレンスが不完全を喜び、ジェムス・ジョイスが完璧に固執したことを対照させている。オールディントンはジョイスに偏見を持ちすぎているようだが、ロレンスに対する彼の言い分は十分に立証されている。ロレンスは「完璧」というあの学究的で、青臭く、それどころか馬鹿げた人間的な概念に興味がなかった。完全／不完全といった二項対立は文化的、政治的、感情的な性質に従って人間によって作り出され、それから他人に課せられたものにすぎないということをロレンスはよく知っていたからである。全ては変化する、とロレンスは言う。とりわけ、見たところは不変的と思われる鑑賞の基準、突発的な人生の流れにすぐに置き去りにされる完璧という審美的な基準は変化する。

それゆえロレンスはとても現代的で——つまり憂鬱で、意外性があり、当てにならない——そして彼がその気になれば、才気に富んだ芸術家と思えるのだが、一方で意地悪くも喜んで、彼の想像性において空白や余白を我々に与えるのである。イェイツほど優れた詩人ではないが、ロレンスの方がしばしばはるかに読者の心を引きつける。イェイツは彼のまさしく文体で、詩作の過程で、「サーカスの動物は逃げた」の結びに現れる啓示（この詩そのものがイェイツの多数の作品の最後の頃に現れている）を実証しているようである――詩人は、彼のより深い賢明さにもかかわらず、「あらゆる梯子が始まる場所に／心という汚らわしい屑屋の店先に」寝そべるほかないと知る。だがこの啓示が技巧的に完璧な詩――詩とはこうあるべきであるというプラトン的な真髄――の中で我々の心に届くということが、私にはいつも皮肉に思える。対照的に、ロレンスは不意に、抑えがたくこみ上げる魂の衝動から書いていて、いつもそのように書いていて、その魂の衝動をイェイツと同じくらい研究された芸術に形作ることを拒んでいる。ロレンスは「完璧」に全く関心がなかった。彼は人生にも、芸術にも完璧を望むという思索的な考えを軽蔑さえしたことだろう。彼は自然の絶え間ない変化の美しさにあまりに心奪われているからである。

しかし批評家、とりわけ伝統志向の強い批評家は、時々この点を理解するのが困難である。過去の偉大な業績に対して健全な尊敬を抱いているならば、批評家は「芸術」に関する自分の定義に反していても、革命的で反乱的と思われるものに懐疑的になるはずがない。それどころか、そのような因習打破的な芸術は、古典的で「正しい」芸術ではできない方法で知り得たことの理解をさらに広げるわけだから、歓迎すべきである。「完璧な」中編小説を再度読むのは、また特別の言葉遣いで素晴らしい才能を見せてくれている詩人に遭遇するのは確かに喜びであるが、我々自身の声とは全く逆で、露骨で、耳障りな声、好感を持てそうにない声でも、その調べにも喜びがあるはずである。ロレンスに対する学究的な偏見のいくらかは、ウルフがはっきりと述べている美学――芸術家は刻苦勉励すべきである、仕事は彼に苦痛をもたらすはずであり、彼の心の中に喜ばしい性質の感情を開放するはずがないという美学――の長引く潔癖主義のせいだったかもしれない。そしてまた、創造的な芸術家に共感しながらも、芸術家が彼の仕事の再検討を必要とすることを必ずしも把握できない批評家もたくさんいる。そうでなければ、ロレンスは「断片的な自伝」を書いたのであって「詩」を書いたのではないと論じたR・P・ブラックマーの「ロレンスとぜいたくな形式」(『ジェスチャーとしての言語』、一九五四)の批評をどう説明したらいいのだろう? 詩を書けていないと批評家が詩人を非難するとき、批評家は制限的で懲罰的な意味合いで文学用語(「詩」)を使う傾向があるのではないかと本当に疑わずにはいられない。あらゆる場合において批評家の詩の定義は、明言されていようと暗示されていようと、過去に基づき、詩はかくあるべきだという批評家の期待にいつも基づいているのである。詩とは彼が言うところの「芸術の構造」を必要とし、これらの構造は「理性的な想像」の結果でなければならないとブラックマーは信じていた。この概念はいつも当てはまるものであり、一番感動的な芸術を生み出してきたということに同意しなくても、もちろんブラックマーの芸術の概念は尊重されるだろう。芸術の本質は、つまるところ、一人の人間の強い感情、例えばある種の共感やある種の宗教的経験を仲間に伝える能力であるというのがロレンスの確信である。もしロレンスがブラックマーのような人間を喜ばせるために詩を書こうとしたなら、もしロレンスという「職人」が「個人的な感情のほとばしる悪魔」をなんとか黙らせたなら、ロレンスの独自性は奪われたことだろう。明らかに批評家は、ロレンスの主題が批評家自身の種類ではなく、批評家のエゴに類似したものでないので、酷評を避けるのはきわめて困難なのである！　もしも一八世紀に確立された規則が破られるなら、混沌が再び生まれるだろうというおそらく政治的、社会的偏見と結びついた、かすかに被害妄想的な恐怖がそこにはある。禁欲的な仕事として始まったので、秩序を保ち、階級制度を主張し、絶えず格付けし続けるべきだとする学究界の役割は、ほとんどの芸術家が祝福する人生の過程に対する、潔癖な恐怖と嫌悪にとても容易に符合する。

　ロレンスにとっては、もちろん、人生が芸術に先行し、芸術はどんな伝統的な形式より先行する。彼は現実の変幻自在なありのままの姿、自我のそれぞれ異なる可能性に魅了されている。全詩集を通じて、全ての生命は変質可能な特性を持つというロレンスの深く揺るぎない信念がある。（ロレンスが死に瀕しながら書いた）挽歌「死の船」でさえ典型的なロレンス的な言葉、「……すべてのことが再び始まる」という復活で終わっている。たいていの傑出した人間がそうするように、ロレンスは自分の著書が評価されるように指示することに関わった。野心的な人間は間違ったことを書くかもしれない人に決して自分の伝記の執筆を任せはしない。一九二八年の序文的な覚書の中で言っている——「どんな詩も、最高のものであっても、それがまるで完全無欠な姿で、完全無欠な真空に存在するかのように判断を下されるべきではない。最高の詩であっても、それが仮にも個人的なものであるなら、詩を十分な全体的なものにするためのそれ自身の時と場所と状況の周辺部が必要である。」確かにこれは正しいのだが、ロレンスの批評家だけでなく、ほとんどの批評家に見落とされている点である。批評家は彼らの主題が「主題」であって、人間ではなく、芸術作品はなぜか永久に裁判にかけられる犯罪であるかのように想定しているからである。

ロレンスの詩を開いて、例えばT・S・エリオットによる詩を読めると期待している批評家は必ず失望するはずである。ロレンスの詩は創作の所産としてだけではなく、詩の出来上がる過程も鑑賞したい人々に向いている。彼の詩は一人の男性に、一人の人間に、D・H・ロレンスに限りなく好奇心があるから、最上のものだけではなく最悪のものも読みたいと思う人々に向いている。もし誰かを愛しているなら、全面的に関与することである。愛する人に変身したいと願うなら、ロレンスに変身したいときのように、手荒な扱いを受けることを覚悟しなければならない。ロレンスが多くの人々を激怒させた理由のひとつがここにある――人々はロレンスの烈しい、彼自らが定義する魔術を感じるのだが、もし彼らが彼らの言葉ではなく、ロレンスの言葉で、ロレンスその人に「なる」ことをしなければ、その魔術はすっかり彼らを締め出し、相手にしない。

　ロレンスは自分自身を信じ、自分自身に耐え苦しみ、苦労して自分を乗り越え（時にはかろうじてだが）、生き抜いた――「どうだ　ぼくらは生き抜いてきた！」というタイトルのように――だから同様に彼の読者にも同じことを期待する。ロレンスの精神的な兄弟姉妹だけが、最後には彼の詩を理解できる。これゆえに我々は精いっぱい考え、戸惑いながらも、ただ一瞬でも彼と対等でありたいと切望するのである。ロレンスを理解するためには、猛烈に想像力を膨らませる必要がある。文学者として偉大であると認められるためには羨望する友人の「許可」をもらわなければならない、という趣旨のニーチェの評言とはほとんど逆である。彼、ロレンスは確かに偉大な人間であると認める許可を友人が得なければならない、とロレンスだったら感じたかもしれない。

「空白」というタイトルのとても短い詩の中で、ロレンスは冷たく言っている。

現在私は空白だ、それを認める。
…………
だから空白でありつづけよう、なにかがおこって内部からつき動かしてくれ、
私がもはや空白ではないと教えてくれるまでは。

詩それ自体がつき動かすものであり、詩のなかには鋭く、残忍で、本当に忘れられないものがある。それらのほとんどは構築された意識の流れであり、必ずしも全体の緊張を持ち続けられるわけではない全体的自己の断片である。時々ロレンスはこの点に苦悶したが、人生と同様に自分の詩において尊重されるべきは、自然にあるものの奔流であり、その生物的な姿を押し出すことであって、予定された体系の中に押し込まれることではないと信じていた。イマジストの作品はロレンスのもっと冷めた、短めの詩と似ているが、自分の創作のプロセスを尊重し、そのことに徹底的に没頭した点で、ロレンスはイマジストより流動的で、創意に富んでいる。ピカソは、自分の興味を引くのは、思考それ自体よりも自分の思考の動きだから、今描いているのは自分のダイナミズムであると言ったことがある。ロレンスはそこまでは行っていないが、

ほぼ同じことが、ロレンスが自発性を活用し、評価したことについて当てはまる。ロレンスは言う——

ぼくらの世界はひらいたばらの世界
内にこもらぬ
ありのままの開花
（「ぶどう」）

だからロレンスは一語一語に、一行一行に、詩ごとに新発見を詠い、そこに自分自身を、自分の中の非個人性（もちろん彼は「個人性」より非個人性を尊重した）を宣言し、定義している。ロレンスにとって、ニーチェと同じように、我々を魅惑するのは「なること」の美しさであり、絶え間ない変化の神秘であって、永続や「あること」ではない。永続は我々の意識的な心にのみ存在し、完璧に建てられた建造物であり、それゆえそこには空気がなく、精神をだめにする。ロレンスはイタリアからアーネスト・コリングズに宛てた一九一三年の手紙で語っている。

私は人間の肉体を一種の炎、例えば、ろうそくの炎のように、いつもまっすぐだが揺らめいている、と考える。理性は周りのものに放たれている光である。ところで私は周りのものに関心がある――そのことが本当は精神である――というよりむしろいつも揺らめいている炎の神秘性に関心がある。……我々はばかばかしいほど身辺に気を遣っているので、我々自身はたいしたものだとは決して分かっていないのである――我々が照らしている対象物があるだけだと思っている。我々の外側にある変りやすく、薄明るく照らされたものの中にある神秘を追跡する代わりに、我々は自分を見て、「神よ、私は私自身だ！」と言うはずだ。

（『書簡集』Ⅰ　180）

これはまさに我々と同時代の姿である。ついには、科学的、実証主義的、分析的、「理性的」に訓練を積んできた人々が同じことを言い始めている。フロイトとは違い、ロレンスなら、いわゆる破壊的な本能とは本当は知的曲解の現れであって、健全な本能ではないと断言するだろう。「反逆の人」でのロレンスの傲慢で予言的な立場（「見ろおれはおまえたちを押し倒してみ

せる　おまえたちの偉ぶった主張も／……おまえたちのひとりよがりの天国も／一撃で」）は正当化されつつある。

ロレンスは天国と地獄、幻想的な両極、の真の結合を愛する。見たところは美しくないものを賞賛することを愛する。例えば、彼の最高の詩集『鳥とけものと花』（一九二三）の「西洋かりんとななかまどの実」でロレンスは言う。

私はおまえたちが好きだ　腐ったのが
腐った実のうまさが
私はおまえたちを皮から吸うのが好きだ
なんて茶色でやわらかく口当たりがいいのだ
ぞくぞくっとするんだ……

ロレンスはこれらの果実を「秋の中から流れ出たもの」とみなし、それらはロレンスをとても喜ばせている。以前に、「春への渇望」という詩では、「その薄い血の／緩慢な血の、氷のような肉の」純潔さゆえに、春一番に咲く花々——松雪草、黄水仙、ひややかなラッパ水仙——にはうんざりだとロレンスは宣言している。彼はそれらの花々を地面に強く踏みつけたいほどだ。(ロレンスの「自然」を詠った詩で注目すべきは鳥、けもの、花と彼との荒々しく、闘争的な、時には不機嫌な関係である。ロマンチックな詩人はめったにしないが、ロレンスはそれらの自然界の生物を真剣に取り上げて敬意を表している)。処女はたくさんだ、もったいぶるのは願い下げだ！　全く違った感情をこめて彼はなかなかまどの実に近づく、崇拝にも似た気持ちで、恐れを抱いて。

白くさらしたくるみの実のようにはだかの神々
まるで汗をかいたように
未知で　いやらしくさえある肉の香りをはなち
そして神秘の露にぬれて
…………
そうだ　すばらしいのだ　地獄の体験は
陶酔し　歓喜した

冥界のディオニソスよ

くちづけ　そして別離の激情　裂け開かれる一瞬のオルガスム
それから湿った道を　ただひとり　次のまがりかどまで
するとそこに　新しい相手　新しい別離　二者への新しい分離
よりとおくはなれようとする新しいあえぎ

これらの詩は、シェイクスピアなら公認される神授のような尊大さで、詩はその主題に不死を授けるだろうと言うことを拒んでいる点で非凡である。ロレンスは「現代の詩」(一九一八)という短い論評で言っているように、価値は認めるけれども、「シェリーとキーツの宝物のような、宝石のごとき抒情詩」を書こうとはしていない。彼の詩はホイットマンの詩に似て、「鼓動する、肉体をもつ自己」の詩であり、それゆえロレンスは落ちかけているもの、腐りかけているもの、束の間のもの、わずかに不吉なものでさえも、そして何よりも、彼自身の誇らしい孤独を祝福し——「地獄の未知の小路を下りてゆく　きびしさを増す孤独」——ついには地獄それ自体がなぜだか至福のものになる。

たましいはみなそれ自身の孤独を抱いて出かけてゆく
みんなたがいに未知の人間集団の中でいちばん未知の存在として
そして最善の存在として

（「西洋かりんとななかまどの実」）

一九二九年、『三色すみれ』の序文でロレンスは言っている――「花は移ろう。多分それが一番よいことなのである。もしその移ろい易さ、その息吹、悪魔的なところ、青白い処女らしい顔、その様子、満開の身振り、散るとき見せるしぐさ――それが花であり、我々はそれを味わっているならば」、我々は花そのものに、ただ投影された自我にではなく、忠実だったと言えるだろう。不凋花はと、ロレンスは言う、それに比べられるものは何物も与えないのである。『三色すみれ』を構成している詩は「ただ瞬間の息吹だけである。永遠の一瞬は次の永遠の一瞬とよく矛盾するのである。」永遠のという言葉に驚かされる。ロレンスは作品の中でするのと同じくらいに、自分の作品についてのこのさりげない、無造作の批判的なコメントによって、神秘家であることを自ら明らかにしている。彼は束の間の「中に」永遠を経験でき、ほとんどの人々は認識できないが、束の間はまさにその本性において永遠であると認識している。あたかも色つきグラスを太陽にかざしたら、グラスは太陽によって照らされて神聖になり、だが太陽そのものも神聖にするかのように。ロレンスにとって太陽は自然の凶暴な外面性の象徴であり、支配されない、野蛮な自然の他者性であり、この他者性は認められ、尊重されなければならないが、抑圧してはならない――思い違いをしなければ、あたかも人間が太陽を抑圧できるかのように。太陽は「敵意がある」、だが神秘家は、永遠は束の間に奇妙に依存していると知っている。永遠の存在は束の間を通してのみ「真実」になり、認識される。「神秘的なヴィジョン」と「常識」は相反するものではなく、また一方はただ他方の延長であることがいつか当たり前のことに思われるだろうが、神秘的なヴィジョンは、ほとんどの人々によって実際に確認されていない自然の生業を表すから、論理的思考とは相反すると言われている。

永遠と束の間にはリズミカルで、生気に満ちた関係があり、永遠は束の間をよそよそしく冷淡にではなく、親密に握り締める、不思議なくらい親密に。ロレンスは「肢体切断」で言っている。

そうだ、おれの苦悩で、もののかたちをかえてやる。
そうだ、おれの心臓で宇宙の組織をたたきやぶろう。
そうだ、おれの痙攣で、大空もくだけおちよう。

内面と外面の現実が混同し、ぶつかりあい、調和と不和のパターンを作り上げている――これはロレンスの基本的な宇宙観であり、彼の詩の背後にある支配的な美学である。ロレンスが我々の目に最悪に映るとき、例えば『翼ある蛇』、『カンガルー』、『黙示録』の多くの詩、『いらくさ』と『続三色すみれ』のほとんど全ての詩においてそうであるが、彼はかん高く教義的で、高圧的で、曖昧さや神秘性を含まずしゃべり、まるで無限の存在（そして不可知な存在）の地位を強奪するつもりであるかのごとく、ほのめかすのではなく言明し、あらゆるものを押し固めた形式の中に入れているのは、意味深長である。我々の目に一番彼らしく思われるとき、ロレンスはより断片的で、より自発的で、外の世界で遭遇した何かのために書こうと触発されている――彼の空白を「つき動かすもの」で、彼をはっとさせる刺激物である。例えば、はちどりというタイトルのついた詩の中で、ロレンスは一匹のはちどりにはっと驚かされ、望遠鏡の反対側からのぞき見られたはちどりを、不意に刺す有史以前のモンスターとして想像している。また「夕暮の雌鹿」では雌鹿にはっとさせられ、次のように考える。

おおそうだ、雄としてこのおれの頭は、しっかりと均整がとれ、
枝角がはえてはいないか。
おれの尻は軽快ではないか。
あれはおれと一緒に、おなじ風にのって、かけてきたのではないのか。
おれの恐怖が、あいつの恐怖を覆いはせぬか。

「芸術」の様式化された構成ではなく、考えている過程が彼の主題であるように、答えではなく、問いこそがロレンスの真の技法である。これゆえに、驚嘆し、質問を発し、喜怒哀楽の感情を抱き、現実の世界の事柄に激しく立ち向いながら反応する人間として自分自身を披歴している点で、ロレンスは全ての詩人の中で最も生気に満ちた詩人の一人である。彼は詩の創造者であると同時に、遭遇した刺激的な事柄が無意識のうちに彼を創造する——つまり、彼は人生にとても突き動かされるので、反応しなければならない、彼は変らなければならない、経験をそれほど痛ましいものにしないだろう「理性」や「伝統」といったあらゆる壁の保護を軽蔑し

ながら。
このことを象徴するかのように、彼は「たそがれの国」で、「未発行の、ぶきみなアメリカ」に魅せられている。「きみの産業の森の奥の中にひそんでいる／魔神の人民」に自分は半ば恋し、半ばおびえていると告白している。事実、機械の国アメリカをなんとか生き延びてきたこれらの悪魔に彼は魅惑されている。

いいたまえ　あらゆるきみの機械と
白い塗料を塗ったアメリカの　白いことばのひびきの中に
みなれぬ心臓のふかい脈動が
新しい鼓動が　ほんものに先立つまやかしの夜明けのもとの胎動のようだと
発生期のアメリカ的なものが
おおくの枝を張った機械と松林のようにけむる煙突の
下生えのあいだに　魔神のようにひそむ

ロレンスにとって、アメリカそのものが一つの問いである。

Ⅱ　新しい天地——ロレンスの変貌

我々はロレンスの中に彼の天分によって劇的に示されたある矛盾を経験する——目覚ましい才能を持つ人が、彼自身の才能、つまり分割し、分類し、評価し、明晰かつ意識的にし、それゆえ有限にすることができる彼自身の能力に抵抗しようとしているという矛盾である。この恐れおののく「意識」はほとんど彼の暗い天使と思えるもので、彼は生涯この意識と戦い、我々の「頭が考えでいっぱい」のとき、我々には「神はなく」、意識は機械的な悪、自意識、無益につながると彼は繰り返し述べている。ロレンスはなんとか別の人間——女性——と結ばれて、個人的な孤立からの分離を切望したが、この相手に依存はしないで、あらゆる堕落している「私的な」絆から不思議に解放されることを切望した。彼が切り離したいのは「脈打つ、肉体的な自己」であり、理性的な自己ではない。理性的な自己とは、ロレンスが「ただ人間」というタイトルの後年の詩の中で、「神から離れた自我」と名づけるようになった個性に閉じ込められた自我の活動を指す。この詩は本物の地獄、奈落への測り知れない転落についてのロレンスの唯一の投影である。

というのは神から離れた自我の知識は
奈落で　そこを下の方へ魂はすべり落ちることができる
身もだえしながら、またよじれながら、ありとあらゆる回転をしながら
終わらない突進の
自己覚醒の　今神と離れて　落ちながら
底知れず　底知れず　自己意識は身をよじりながら
身をよじりながら　だんだん深く　自己知識の　あらゆる細かい点で下の方へ
余すところなく
しかし　けっして　けっして底には着かず……

デイヴッド・ヒュームがしたように、精神が秩序を求める努力をやめさせるためではなく、ロレンスは「純粋な」理性のあらゆる活動の限界を主張するために――カントが「超越的なエゴ」、全く内的で貧弱な個人性を超えた「エゴ」と名づけた自己の神聖で、知り得ない部分を

保持するために――ロレンスは知性を活用する。ロレンスは「個人性」を「非個人性」に従属させることにとても没頭しているので、ある個人が非凡な価値を持っているという前提に根拠が置かれている悲劇についていらだって語っている。さらに、彼の周りのいたるところで――科学的方法、教育、産業、国家間の金融ネットワーク、殺戮ではなく普通の殺害という結果に収まる新しい方法の戦争において――実施されていると彼が感じている、合理化と非神聖化への過程と悲劇の高尚な気取りは同一であるという奇妙な、たぶん独特な捉え方がロレンスの中にはある。多くの人々にとっては神の存在の確信が消滅しつつあるから、芸術形式として、人生の受け止め方としての悲劇は消滅しつつあるかもしれないが、ロレンスにとって悲劇とは不純で、宇宙における卓越さを歪曲的に要求する代表であり、「他者」「創造主」の神聖さを強奪する代表である。人生を通してロレンスは、自己とそれの全面的な他者性のドラマ、イェイツの言葉を使えば「反自己」ではなく、人間に健全な敵意をもつ太陽によって象徴される、本当に異なる生命力に魅せられていたことをはっきりと表した。人をいらだたせ、この上なく生気に満ちた人、ロレンスが何らかの理由で個人の優位性や個人的感情の「カタストロフィー」を否定しようと一心不乱にもがき、数十年間も戦い続けたのは、素晴らしい戦いである。(2) なぜこの戦いは起こったのか？　なぜこれほど取りつかれたのか？　なぜ彼は「下りよ、おお、神の如き精神よ」で表されている比較的単純な考えをこれほど多くの違う方法で述べなければならないのか？

血は暗闇の中で知る、永久に暗く、
直観によって、本能的に触れる。
血はまた宗教的に知るのである、
このことは、精神にはできない。
精神は無宗教である。

私の暗い心にとって、神は存在する。
私の暗い心の中に愛は存在したり消滅したりする。
しかし私の白い精神にとっては
神も愛も同じように観念にすぎない、
一種の虚構である。

その優れたロレンス研究の中でカルヴィン・ベディエントは、ロレンスの人格からの逃避は一つには、「彼の母親が「混ざった」ところから進んで「はるかかなたに」向かうために、自分を他者から切り離しておこう」とする努力の表れであると論じている。[3] このために彼の神秘主義は「やや陰気である。」しかしロレンスにおける神秘性は、単なる精神が壊れていくかもしれないとき、狂気と崩壊に直面しているときでも、激しく救済を要求する。『虹』の最後で、熱で意識が混濁している中で、アーシュラが自分の強さ、壊すことのできない自己を神秘的に確信するのは意味深い。もし致命的な状況であっても――彼女は明らかに流産の苦しみの中にいる――それは彼女の死ではなく、ロレンスの考える死でも決してない。アーシュラの本当の、あるいは幻覚的な馬への恐怖（野原で彼女を蹴り倒そうとしたあのこと）は、彼女がスクレベンスキーの子供から放免されて、「救われる」ための手段であり、スクレベンスキーの子供は、彼女とロレンスにとっては、有限性の象徴、ひどく個人的で制限的なことの象徴でしかない。ロレンスの中では両義性を持たないものは何もないのだが、我々に病的に思われる多くは、自己のある部分を他の部分から、意識的な自己を無意識の自己から、両方を全く外側の、未知で知り得ない「無限なるもの」から切り離すことを本当にロレンスが猛烈に主張している点である。

『どうだ、ぼくらは生き抜いてきた！』（一九一七）の一連の告白的な詩の中で最も重要な詩は、非常に神秘的だが、率直な「新しい天地」という詩である。この詩は、愛の詩がそうであるように、いとも簡単に読む気にさせる——ロレンスがこの一連の詩は「結婚し、自分を手に入れる」若い男についてのものだと示唆するとき、本当にロレンスは彼の序文での意見と「議論」を有益というよりも有害にしてしまっている。確かにロレンスがこのとき苦しんでいた精神的危機は彼の私生活、つまり彼の駆け落ちという事態と何らかの関係はあったが、全ての結婚がそれほど激しい魂の動揺を伴うわけではない。彼の人生の他の全ての事柄と同様にロレンスの結婚は、彼が把握しようとしていたもっと深い、非個人的な感情との関連からすれば、付帯現象的なことと考えなければならない。人生を神秘的に再肯定しているけれども、非常に美しい後期の詩「死の船」とこの詩は奇妙に類似している。

「新しい天地」は八連から成り、最初の連で詩人は「別世界」に入っていくが、そこの見知らぬ人々は詩人が泣いている意味を誤解する。この「未知の世界」は実は普通の世界で、彼がこの普通の世界をすっかり新しいものとして再経験していることが明らかになるのは、詩の最後の最後である。詩人は神聖さというものの内面の特質にまで進んでいく。彼は歴史上でしばしば記録されている究極的な精神的改心といったものを明らかに経験し、それまでのあらゆる考えを無欲に、たぶん恐れをもって、再整理する。しかしそれでも詩人は普通の言葉で自分の経験について語らなければならないが、彼の周りの人々には「おれの経験は全く無関係だから」、彼らは彼の経験を理解しないだろう。どの神秘家にとってもそうであるように、ロレンスにとってもこの点が問題である。(トマス・マートン〔訳注　1915-68　フランス生まれの米国のトラピスト修道士・宗教作家〕は、詩人は彼の神秘的生活と芸術家としての生活を切り離さなければならないと宣言しているが、切り離そうとしない限り)、彼は普通の言葉を使わなければならない、尋常でない出来事を表現するのに普通の言葉を使わなければならない。このことはおおかたの博愛や、組織化された宗教や道徳に対するロレンスの悪名高いいらだちや軽蔑の多くを説明できるかもしれない――人々が気安く口先だけで、個人的にしたことのない経験や、経験していないのだからその本当の意味を理解していないはずの経験をしゃべっているのを聞くことほどロレンスにとってフラストレーションを感じることはないからである。だれもが、今日ではほとんどだれでも、「意識の広がり」「超越的な経験」「神秘的なヴィジョン」について語り、ついにはこれらの用語は無意味で、単なる日常語や言葉の言い回しになってしまっている。だがそのようなヴィジョンを経験した人にはそれが焼きつき、人格が全く変わり、たとえ変わりたくても以前のもっと「個人的な」自分に戻るのは不可能だろう。ここで人はあの確信、ルソーのほとんどエゴのないエゴイズムを思い出すだろう。ルソーはある懸賞論文用の題目が突然、彼を別人格者にさせたと言った――「題目のこれらの言葉を読んだとたんに……私は別世界を見、別人になった。」

ロレンスにとって、全く新しいヴィジョンに心を揺さぶられる経験には、彼が書き留めたようなはっきりした、ただ一つの原因などなかった。その経験はむしろ絶望へと下りて行く、死を暗示する心の動きであって、ロレンスの場合、彼の誇張された「自己」を特徴とする精神病理的な経験であり、存在の手ごわい打破されない利己的中心が「王女さま」という短編でとても冷静に、肯定的に描かれている。(4) 絶望的になると時々、エゴが死滅する恐怖、単なる肉体的な死ではなく、即精神的死滅という形で現れる――人が精神的死滅を感じたことがないなら、それを描くことは困難だが、ロレンスはいたるところで(とくに『恋する女たち』の「日曜の晩」の章で、もっとも章のすぐ初めだけでだが、きわめてロレンス的な女性アーシュラがこれからの脱出方法を推論している)、この恐怖を探求している。しかし打破されない自己のがんじがらめの恐怖はロレンス自身の経験により近かったようである。

おれは世界にあきあきしていた、

それをおもうと虫づがはしる、
すべてのものが、おれ自身で染まっていた、
…………
おれはすべてが自分であるとき、最後にくる偏執狂的な恐怖を
決して忘れることはない、おれは既にそのすべてを知っていた、
おれは自分の魂の中でそのすべてを予期していた、
なぜならおれは作者であり、結果であった。
おれは神であり、同時に造られた者であった。
創造者として、おれは自分の創造をながめた。
造られた者として、おれは創造者たるおれ自身をながめた。
それはつまるところ偏執狂の恐怖なのだ。

「つまるところ」というとてもさりげない表現はこの詩を理解する上で役立つ。明らかに、彼の身に起こったことは、ある種の死であり、彼は人生の終局に近づいていた。『恋する女たち』のジェラルド・クリッチのように、もしも彼が個我の中で耐えたなら、精神の中で彼の余生を

生き抜いたことだろう。だがこの精神は、恐ろしくも、「暗闇の中で浮いているあぶく」である。しかしもちろんジェラルドに残されている人生はたいしたものではない。世界はとても嫌なものになっていたので、彼は一種の自殺を図る——ただ寒さの中に飛び出す行為においてではなく、彼のまさしく相対者であり、人生を恐れるグドランと恋に落ちる行為において自殺を図る。ジェラルドは自分の精神の窮地を認識しているようだが、別の世界に踏み込んで行くことはできない——彼は「機械のような」男で、空虚の中で死ぬように運命づけられている。「偏執狂的な恐怖」の認識は、悲しくもめったにそうでないように、精神的な転換を迫るほど十分なものではない。

人生、友人、にはうんざりだ。そうは言ってはならない。
結局、空は日がさし、大海原はこがれる、
われわれ自身もときめき、こがれる、
さらに、わたしが少年の頃、母が言った
(繰り返し)「うんざりだと告白したなら
おまえには

内面の素質がないということだよ」わたしは今結論を下す
わたしには内面の素質がないのだ、わたしはひどくうんざりしているから。

この声は、もちろん、ジョン・ベリマン〔訳注　1914-72　米国の詩人〕の声である。彼が頭の中で耐えなければならなかった声は、その頭の水準を述べ、再度述べ、経験を語ることが記憶になる、ただ頭の中だけで、変わらず監禁し続ける頭蓋骨の中だけで。さらにベリマンの声より根源的にもっと残酷なもう一つの声がここにある。

心からの出口はどこにもないの？
私の背後の階段はぐるぐる廻って井戸へ下りる。
この世界には木もないし鳥もいなくて、
酸っぱい水がいやな顔を見せるだけ。

これは（「不安」の中の）シルヴィア・プラスの声である。いたるところで、自伝的小説『ベル・ジャー』の中でも、プラスはあからさまにこの嫌さの恐怖、吸いこみ吐き出している空気の中にもある同じかび臭い嫌さについて語っている。彼女は明らかに才能があり、明らかに生きる「人生」がある若い女性だが、死ぬ運命にある。

しかしロレンスは自殺には基本的に嫌悪を抱いていたようで、このことは『三色すみれ』の「重要なこと」と題された詩の中で述べられており、低俗なスリルを列挙した結末部分で彼は言う。

もちろん、その後に、自殺がある――多分ある面では、
そうだ、利口な自殺という考えはかなり興奮させる、
それがきれいに行われ、世間が愚弄されたように見えるかぎりは。

しかし次の声はロレンスの別の声で、思索的でまことしやかである。「新しい天地」の口調は畏怖の念を帯び、恭しく、彼の経験の異様さを一貫して訴えようとして、言語は絶えずその限界にもがいている。しかし彼は一般論的な言葉、言い回しを使って、劇的ぶった行動を引き合

いに出しているだけである。

おれは自分の愛するものを葬った。それはいいことだった、
おれは自分自身を埋めて、去った。
戦争がやってきた、すべての手が殺人のためにあげられた。
たいしたもんだ、たいしたものだ、すべての手が殺人のためにあげられた。

自分を時代の凶悪さの一員として想像しながら、黙示録的な戦争の狂気を共有し、そして気がつけば踏みつけられ、消え、死に、「全くの無」に帰した。しかし、なぜか、彼は復活を経験する。「立ち上がり、再び生れるのではなく、もとのままの身体で立ち上がるのだ／……この別世界に生き、なおもその身は昔と同じ地上のままで／しかも言いようもなく新しく立ち上がるのだ。」

あの耐えがたいほどの倦怠感は魔法のように抜け落ち、ロレンスは自分が「狂気のように未知のものを探し求めている」のだと知る。奇跡が起きるが、それを説明することはできない、ただ経験するのみである。

黒く、すっぱい墓の中で、おれは踏みにじられ、絶対の死にいたり
ある夜、その夜におのが手を差しのべた。するとその手は
確かにおれでないものに触れた、……

はたしてロレンスの自己嫌悪の深さと激しさが彼を生き抜かせるのに十分だったのだろうか？
それとも彼が待望するのは「その」死であって「彼の」死ではないという彼の宗教的な見解が
彼を生き抜かせるのだろうか……？　いずれにせよ、変化が起きる。

そうだ、おれは燃えたつ焔、
くだけて日光と化す虎であった。
おれは貪欲だった。おれは狂気のように未知のものを探し求めた。
おれは新しく立ち上がり、復活し、飢えて墓を出た、
飢えてたえずおれをむさぼり食らう生を抜けでて、……

第七連で、詩人は自分の精神的目覚めの後で、妻に触れる点に気づくのは重要である。「千夜以上」を共にした妻であるその人は明らかに彼の経験の外側、詩の外側にいる。彼は「死の流れに運ばれて／新しい世界にいたった」後で妻に触れるが、彼は、新しく生まれ変わったが、起こったことを説明することはできないだろう。彼は「有頂天の狂人」になるだろう、そして詩は神秘の祝福、「あの未知の激しい至上の生の流れ」「全くの神秘」の中核で終わっている。

なぜロレンスは、この種の絶望に直面すると自分を死に追い詰めてしまう多くの人々の一人ではなく、どういう方法であれなんとか困難を切り抜けた人々の一人なのかという質問には、人間の人格の究極の神秘を熟考しなければいけないだろうから、おそらく答えられないだろう。経験というものを、それがどのようなものであれ、自分のものとして引き受けようとするのは、彼自身の病身で自己消耗的な人生も含めて、たぶん全ての人生に対するロレンスの畏敬の念からであろう。彼は経験を軽率に引き受けたりはしない。ロレンスは彼自身に、最も深い自己に真実であるためには、「溺死状態」、ほぼ壊滅状態のままに、魂が原初の「神秘の源泉」に押し戻されるままにしていなければならない。

ロレンスの私生活をもっとはっきりと物語っている初期の詩「恥辱」は、この同じ態度──彼からすっかり離れた何かの力を不承不承ながら永久的に受け入れる態度──を示唆している。

それは苦しく、恐ろしく、屈辱的であるが、おそらく、彼の苦難に満ちた人生で絶望のどん底から折々にロレンスを救ったものだろう。

神よ、わたしにはほかに道がありませぬ。
自己実現という仕事が永久に
この私を苦しめます。
自己成就という重荷。
充足という務め。
神よ、彼女は必要です。
必要です。わたしにはほかに道がありません。

（ロレンスにとって、彼の最愛の人に対するどちらの態度も普通であって、表現されなければならないものと考えるならば、「婚姻」と「愛された男の歌」の詩の牧歌的な抒情と「恥辱」の大げさな激情を比較してみるのも面白い）。我々は何度もロレンスの倫理的勇気、彼の直観的な意志に反してでも、時には彼に新たなヴィジョンを強要する人生の過程や押し寄せる人生の激動への彼の頑固な信念に心打たれる。彼はそれらに伴う苦痛に耐えさせてくれる最初のヴィジョンを決して失わない。

　創造的な休止があるといわれる、
　死のように有効で、死そのもののように空虚で生気のない休止が。
　この恐ろしい休止の中で進化的な変化が起こる。

（「無」）

「現代の死」「新世界」「ネメシス」「終了したゲーム」やその他多くの彼の詩は、個性的な詩人イェイツのドラマチィクな詩作を思い出させる――彼の時代の精神的な疲弊に耐え抜き、文明の終末論的激変を通してのみ達成される、来るべき時代への神秘的な親近感によって時代の疲弊を超越しているイェイツの詩作である。一般的に期待を裏切っている詩集『続三色すみれ』に収められている「敵意のある太陽」で、ロレンスは太陽への恐怖、人間の有限の意識に対する太陽の敵対について語っている。人間の意識は「思考が堅く、古い葉みたいで／観念が固く、落ちそうになった樫の実のようだ。」太陽は全ての生命の源であり、普通の矮小な人間にとってあまりに強力で、あまりに凶暴である。敬意をもって太陽を恐れるということは、宇宙における知り得ないこと、自己にある知り得ない深遠を称える一方法である。

……われわれは苦しみ、太陽がわれわれを青銅にするけれども
われわれは彼がさらに一層われわれの魂の流出の首をしめるのを感ずる
というのは彼はわれわれの思想のあらゆる老いてしげった葉の集まりに敵意をもつ
そしてわれわれの樹液の老いた上向きの流れ、われわれの感情の上向きの流れの圧力は
彼に逆らう。

この敵意を理解するなら、人は月の静けさに、「三日月刀と輝く刈り入れ鎌」の奇妙で不吉な「静けさ」に退去するにちがいない。そこでは平和が可能である。しかしロレンスにとっての平和は通常はある種の死を暗にほのめかすものであり、だから気高い人間がとるべき唯一の意志表示は、太陽の非人間的な力を勇敢に肯定することなのである。

私が私であるのは

太陽によるのであり、
人々は私の尺度ではない。

（「太陽の貴族」）

一番優れた一貫性を持った連作詩集『鳥とけものと花』で、ロレンスは人間以外の他の生命体の不可知の神秘性を称え、それらのいくつかは、その形態において、太陽それ自体と同じくらい我々を脅かす。ロレンスは他者に徹底的に没頭する点では、思い浮かぶどんな詩人にも全く似ていなくて、キーツが詩の中で示した「否定的能力」の類をはるかに超えている。ロレンスはこれらの生き物に自分を投影しようとはしていないし、本当に彼らを理解しようともしていない。これらの生き物は異質で、野蛮で、本質的に知り得ないままである。これらの生き物は、ロレンスから切り離されて、彼ら自身の絶対的な存在領域の中にいる。だが「蛇」においてそうであるように、詩が詠われているうちに一時的に象徴的になるかもしれない。「蛇」では、観察された蛇の神性は「まだ残っていた部分が、不様なくらいあわて、おののいて」変わってしまった――ロレンスは蛇の中の神を破壊し、したがって彼自身の中の「神」を破壊したので、ロレンスはそのことを恥じている。

「はちどり」は風変わりで、非常に想像力に富んだ詩である。「存在するものが魂をもつ前／生命が物質の隆起ですぎなかった……」とき、「いとも恐ろしい静寂」の中で太古の物音一つしない世界にいるはちどりを詩人は想像している。はちどりは見た目にはとてもか細いが、真っ先に創造されてひらめき現れ、「長いくちばしでものうい植物の葉脈」を刺しつらぬいたと見られている。今日はちどりを見ている人間は、本当は時間の長い望遠鏡を逆さまにしてそれを観察しているのだ——元々はちどりは巨大で、ずぶりと突き刺す恐るべき怪物だったのだ。この異様な幻想は象徴主義者や表現主義者の詩人が経験したものかもしれないが、ロレンスだけが彼が創造した悪夢的なイメージを見て喜んだことだろう。さらにロレンスだけが、「雄山羊」の精力を熟視することで、雌の、したがってその群れのとりこになった「わがままな意志と情欲の黒い多産の雄」の減少したエゴイズムを鋭く観察することができたであろう。利己的な意志への無分別な従属は、生まれながらの本能への黙従に見えるけれども、欲望の本当の対象——「敵」であり「他者」——が排除されてしまうとき、自動的な狂乱や飼い慣らしに陥るだけである。だから雄山羊には天敵はいなくなり、無関心な雌山羊の群れの王となる。他の全ての雄は彼の世界から排除され、彼はこの「山羊どものむっつりとよどんだ空気」の中に取り残されている。

……それはちょうど大きな船が小舟を見下して、へさきのやりだしを押し進め
やがて進路がそれてかじを取りなおすが
雌の舟の後ろにいて、決して決して航海の終わりに到達しないのに似ている。

自然の背景の中で、闘争の世界の中で、雄山羊は「敵対する山羊の／角に角をぶつけあって、その怒りを頭部に一気に集め／こうして山羊の勇気を鉄槌で打ちすえて確かなものにして／衝撃から山羊どもの神を叩きのめし」、このむせかえるような魅せられた欲情を切り抜けたものだった。この詩はより高次の意識を賛美している！――異例の内容にもかかわらず、つまり囲い込まれた生活、境界のある生活、（ここではたまたま雌である）群れが個人を支配し、雄は彼自身の欲情に魅せられ、日課つまり「多産」というやむことのない儀式に閉じ込められ、飼い慣らされていく手順についての容赦ない考察にもかかわらず。おそらくあまり知られていないこの詩の中には、どんなにたくさんの書物の中にあるよりもおそらくずっと鋭い心理学的分析がある。だからここで、この詩の姉妹編の「雌山羊」にもあるロレンスの想定を『文明と不満』でフロイトが提言している有名な仮説に併せて検討してみるのは、とても興味引かれる

ことだろう。というのも、ここで、おそらくここでのみ、この飼い慣らされた動物の群れの中で、全く束縛されていないイドが匹敵しうる力をもつ別のイドに決して挑戦すらされないで、大勢の性の対象を支配するのを楽しんでいるのが分かるからである。それは、まるで残りの世界は根絶され、他の全てのライバル、全ての父親、さらに超自我は追い払われ、忘れ去られているかのようである。文明は攻撃的な衝動のフラストレーションから作り出されたとフロイトは信じていた。つまり人々が自分の欲望と他人の欲望の衝突を経験すると、彼らの苦難の否定の成果（原初のエネルギーの昇華）が合体して、いわゆる「文明」になる。よって文明は抽象的で、実際はどんなアイデンティティも持たない集合的な敵である。文化の美と驚くべき多様性が何であれ、文明は基本的な本能の昇華（もしくはフラストレーション）の単なる所産である。

しかしながら、全ての束縛や他者との全ての闘争からの自由は、個人を自分自身や自分の本能に頼らせ、本能はますます粗野で、ますます型どおりで、不快なものになり、雄山羊は明らかに全ての群れを受精させつつあるわけだから、ある意味では全くひどく……皮肉にも魅了されてくる、とロレンスは理解している。しかし雄山羊は利用されていて、最終的には「暗黒のなかで突きかかる、針のように長い赤いすい石」に低落し、一方、雌山羊は「彼が打っているあいだ、彼女はその山羊の口で微笑みながら立っている／彼が充分にその中心、標的である急所を打たないことを確信しているからだ……。」まさにその通りである。このような状況では、雄山羊は雌山羊と決して「充分に」交尾できないだろう。なぜなら雄山羊は漠然として、暗い本能でしかなく、「悪魔のようで」、「悪意に満ち」、愚かだからである。人生の後半期、フロイトは重大で哲学的な問題と苦闘していた――個人と「文化」の関係、さらにもし各人が、他の全ての人々に基本的な敵対心を保持し、最終的には自分の攻撃性を克服できないなら、未来の姿はいかなるものかという問題を解決しようとしていた。それゆえ、「不満」が生じる。しかし文明のより大きな不満は、フロイトの考えでは、文明のどうやら避けられそうにない破壊への欲望、さらには（攻撃性が抑えられ、内に向けられたとき生じる）自己破壊への欲望であった。そのような基本的な提案を考慮に入れれば、未来はまさに過去と同じにちがいない――人間性が「人間性」である限り、果てしない戦争、果てしない流血がある。しかしロレンスは、人間を破壊するのは抑制的で異質な「敵」の存在ではなく、この敵の排除にあることを直観的に知っていたようである。「他者」が抹殺されるとき、個人もまた抹殺される。ロレンスは基本的本能の昇華の絶対的必要性を理解していたようであったのに、人生の大半「不道徳な」人間として、「猥褻文学」の作家として知られていたのは皮肉である。彼の賞賛は他の詩では醜い雌山羊に向けられていて、雌山羊は素晴らしく個性化された生き物、他に依存しない本当の人格として描かれている。雌山羊がロレンスのことを分からないふりをして、それから「かたかたと」地面を飛び跳ねるとき、彼は彼女に激昂し、彼女を憎んでいる。

彼女は陽気に爪先だって小走りする、
そうしてだれかに見られると、彼女は冷やかな、嘲笑的な凝視で見かえす。
冷笑的な、濃紅色の、冷たい火の岩。
・・・・・・私が分かって？　と彼女はいうのだ、私よ！・・・

まさしく彼女だ。

それから彼女は一個の生きている岩のように岩々を跳びこえる、
岩のように鋭い彼女の背骨、
純粋な意志。

我々はロレンスの中にある最高のもの、あるいはたぶん最悪のものを引き出す不気味な本能にいつも感銘を受ける——闘争、ドラマ、空虚から彼を「つき動かす」刺激に強く引きつけられる、彼の本能である。実生活では、個人的にもまた社会一般にも、彼には非常に多くの敵がいたので、あの雄山羊の退屈な満足した家庭生活から救われたのである。ロレンスは彼がとても憎み、半ば本気で憎んでいる雌山羊を賞賛する。なぜならこの動物の意志はロレンスの意志に敵対し、挑戦的で気難しい生き物で、むしろいくつかの伝記に出てくるロレンスに似ているからである。もしかしたらロレンスの不健康が彼の中で、ある種の頑固さ、彼が抱えていた問題にありきたりに適合することに対して意図的な挑戦心をかき立てたのかもしれない。彼が典型的な病人になり下がること、彼がより因習打破的な予言を抑えることは、彼の敵を満足させるばかりでなく、しごく容易なことだろう。ロレンスは太陽を崇拝する、だがいかなる因習的、新原始的な方法でではない——太陽は敵意があり、非人間的で、人間を受け入れないがゆえに、彼は太陽を崇拝する。ロレンスは宿命、時間、出来事といった説明のしようのない人生の変遷に深い、揺るぎのない信念を表明し、そのような変遷に個人は絶えずもがきながら自分を貫かなければならない、と考えていたまれな人々の一人である。イェイツは緩慢な完璧への欲望（黄金色の鳥、ビザンティウムそれ自体、全ての詩の中の「塔」、プロティノスが泳いでいく天空の無感覚）と、そのような完璧は実に忌まわしいだろうという熱心な、興奮した確信の間で動揺している（『何もないところ』の劇では、天国とは、「剣と剣の絶え間ない激突音」が音楽である場所と定義されている。またプロティノスについての二番目の詩「デルフォイの神託のための知らせ」では、死者が住む無気力な天国は牧神の洞穴から出てくる「耐えがたい音楽」で耳障りである）。

ロレンスにとって、本来の人間の理想の状態は疎外であり、それも全面的な疎外ではなく、個人的な自己の主張を斟酌する不調和の状態である。ロレンスは自然との思弁的な一体感に後戻りすることに何の興味もないので、それゆえ、ロマン派ではない。「馬に乗って去った女」のような短編できわめてはっきりさせているように（彼女は馬に乗って去り、結局は、死に至る）、原始状態を復活させたいとは思っていない。知的で教養ある人がまるで何も「知らない」かのようにふるまおうとするとき、その人は『恋する女たち』の不幸なハーマイアニのように、グロテスクで、成育不全の人間になる。ハーマイアニはおそらくはロレンスの全ての人物の中で一番罵倒された人物で、彼女の愛人のバーキンに「ナッツのように割れるはずの、おまえのその気味の悪い小さな頭蓋骨」の中で肉欲をほしがっていると残酷に非難されている。短編「まっぴら御免」の似たような女性は彼女の気取りのゆえにさらにもっと残酷に罰せられている。ロレンスはここでこのタイプの女性への彼のサディスティックな憎しみを吐き出していると批評家が考えるのは、私は間違っていると思う。ロレンスの活力にはもちろんサディスティックな部分があるが、根本的にはロレンスは彼自身の中の汚れた、ぼんやりした、擬原始的なあこがれを追い出していたのである。というのもロレンス自身の考えに近い考えを表す人々への彼の最も激越な軽蔑を差し控えているからにほかならない。学問の対象としてロレンスに取り組んでいるブラックマーやグレアム・ハフのような批評家は、いかに創造性に富む作家が彼の全登場人物の人格を、ひどく嫌っているように見える人物の人格をさえ――たぶん、時には、作家が本当に一番近いのはこれらの人物なのだが――さまざまな程度で分かち合っているかが見抜けないのである。初期の論文「王冠」でロレンスが表明していることは、彼の全作品に当てはまる――「……我々は、我々の相互対立のおかげで存在する二つの対立［猛者と純潔］である。もしその対立を取り除くなら、崩壊があり、宇宙の闇の中へ突然にもろく砕け散る。(5)」

二つの対立の間に必要な緊張に寄せるロレンスのこの信念は、かなり辛辣な詩「彼女はこうも言った」を説明する手がかりとなる。この詩は愛の詩として申し分なく始まっていると読者は思うのだが、次には急に何か別のものにそれて、愛する男性は彼の賛美し愛する女性に反撃に出て、彼女が彼に触れて、賞賛することを禁じ、「それは汚辱だ」と言う。ちょうど女性がイタチやマムシや雄牛に触るのをためらうように、彼女は恋人に満足そうに触れるのをためらうべきで、彼のことをとても親密に知っていると思い込むべきではない。（詩の怒りの教訓が浸透した後で、タイトルはより深い意味を獲得している）。人間は愛することに安直であるべきではない、自分自身に、自然に、安直であるべきではない。人間の内にある太陽は、外の太陽と同じくらい敵意があり、危険で、威厳があるからである。

ロレンスは確かに「精神的な」愛と「肉体的な」愛が全く自然に統合した形を信じていたが、この愛は個性、個人的な何か、どのような外見をしているか、何を信じているか、何者であるかに基づかない。ロレンスは大勢の人々に関わって神聖な活力を無駄に使うことには徹底して反対である――（他の男の妻と駆け落ちをしたが）、彼は生来一夫一妻主義者である――そして結婚とは生涯を共にするものであるという彼の理想に答えられなかった人にはとても批判的である。彼の「理想」は最初はとても理解できる、少なくとも人生の物質的な側面についての恥や不安といった観念からいくぶんか解放される時が来るまでは。

ついにぼくは目的のない世界を捨てることができる、そして君と出会う服を脱ぎ捨て、裸で、細く、白い。
ついにきみは不滅を捨てされる、そしてぼくはきみが
一瞬一瞬、きみの美しさできらめいているのを見ている。

しかし個人的で、私的な自己、名前を持った自己は、ロレンスにとって、監禁されることであり、最終的には致命的な限界である。次のことが彼をとても過激に、過敏にさせる――彼の永遠の愛は日々の、きらめく肉体に基づくものではなく、それはこの肉体から始まるが、肉体を経て、それを超越し、その結果永久に対立する実体である男と女が結ばれると、望もうが望むまいが、非人間的で、人間以上の均衡を創り出す……。それゆえ人は、決してロマンチックな愛ではなく、たぶん決して愛でさえないこの「非人間的な」愛を経験した人とのみ結婚する。人は結婚する、一度。ロレンスの完成した愛の神学は、『恋する女たち』のバーキンが語る多くの情熱的なせりふに見いだせる。『恋する女たち』は、おそらく、あるいくつかの詩が理解できるようになる前に読まれなければならない本である。『どうだ、僕らは生き抜いてきた！』と題された詩集は、彼女の夫と子供を残し、フリーダとロレンスがヨーロッパに行ってしまった後の、ロレンスの私的な経験を残酷なほど正直に書き留めたものである。

この詩集はこの行動を正当化した本ではなく――ロレンスは夫と子供たちに一度として全く関心を示していないし、もちろん罪の意識も見せていない――注目すべき本であって、たぶん、今ではありふれている率直で、あきれるほどに親密な告白的な詩集の最初のものであろう。しかしロレンスは親密さを通してずっと高次の、深遠な経験を成就している。ロレンスは彼自身とフリーダの間の愛と憎しみから進展して、本質的に非人間的な領域に入っている。

わたしたちはなにも知らず動きまわり、眠り、そして旅をします、
…………
そしてこれもわたしたちには美なのです、
人間的な非人間の動きのなかに高められ、消えていくこと、
二人と一人がひとつに包まれ、多くのものが無に帰することが、
…………

「一人の女よりすべての女へ」

無意識の世界は、良いも悪いも、全ての活力の未知で広大な源泉として評価されていて、イ

ドをエゴと取り替えたいというフロイトの懸命な――あるいはファウスト的な――欲望は、もちろん、ロレンスのような人間にとっては「恥ずべきこと」である。ロレンスはだれもが彼と同じく信じられないくらい強い個性を持っていると思っていた、ということを我々は覚えていなければならない――人はたぶん「太陽の貴族」ではないという神経症的な恐怖心をロレンスは理解できなかっただろうし、また、自分たちは罪を犯してしまった、だから現実の懲罰からのがれるために不合理な罪の重荷を負うことで自分を処罰しなければならない、という精神的に不安定な人々の苦悩に満ちた恐怖にロレンスは心から共感することもできなかっただろう。臨床精神科医や心理療法医は混乱している人に早急に対応しなければいけない場面に直面すると――空想する人々はみんなあまりにしばしばそうするのだが――「無意識」が自然に溢れ出ている状態を賞賛する心の余裕などない。ロレンスはフロイトが苦しんでいる人と毎日接していたことを全く知らなかったから、また、神秘家はみんな実際はただ自己の投影にすぎない「世界秩序」とあまりにしばしば折り合いをつけているから、ロレンスは彼が評価した感情の、全ての感情でないまでも、神聖性を弁護していたと理解しなければならない。しかしながら、心理上の健全さについてのアリストテレス的、フロイト的「古典主義者」の規範――感情とは浄化され、純化され、全面的に意識化され、それゆえ感情の力は取り除かれるべきだという規範——は確かに疑わしいものである。だから「イドがあるところ必ずエゴがある」という（政府の統制的な組織の目標のような）精神分析学の目標にロレンスが嫌悪感を持ったことに人々は同感するだろう。このような規範は「イド」の有害性を想定しており、これから一歩進めて、この「イド」は「文明」の天敵であるという前提にいたるのは実に容易である。（さらにもう一歩進めれば、男性の意識による「混沌」への恐怖は全女性に投影される——というのも対立物の統合という東洋的もしくはユング的な理想とは対立する、恒常性（ホメオスタシス）というアリストテレス的、フロイト的理想に出会うところどこでも、たいてい女性への秘かな嫌悪に出会うからである）。

深い、硬直した禁欲的な悲観主義を抱きながら、フロイトは、皮肉にも、ある種ロマンチストであり、幼児期の性に対する彼の禁欲的な過度の強調は、禁制と姦通を扱うか、さもなければ面白くないとされるほとんどの「恋愛小説」の背後にある性格と同じ特性を示している。ロレンスにとってこの種の性愛の一面——性行動の面——の大げさな誇張はまさにわいせつであった。普通であることを平均というよりむしろ実現不可能な理想とし、非常に病的から少し病的の順に並べる傾向のあるものさしに従って人間を分類しながら、「知ること」「定義すること」を奇妙に強調するのがわいせつであるのと同じように。ある個性やある環境を考慮に入れると、実際はとても自然であるのに、なぜ人間の行動のこれほど多くが「神経症的」と分類されなければならないのだろうか？「治療する」という衝動は西洋文明の目標の中でも最も不気味なものかもしれず、このことがたぶんロレンスの精神医学に対する怒りの噴出の主な原因であろう。

人が知られること、知り得ることは、すると、ほとんど価値がないということになる。このことはアーシュラが典型的なヴィクトリア朝の人物でキャリア志向の恋人を拒絶し、かなり残忍な非難を浴びせる理由を説明している――哀れなスクレベンスキーは他のどのイギリス小説に登場してもかなり果敢な人物になっていただろうに、D・H・ロレンスによる小説にさまよいこんだとは！　ロレンス自身と同じく、アーシュラは『恋する女たち』のバーキンへの烈しい愛を覚悟して、死と破滅のぎりぎりを経験する。バーキンは、必ずしもロレンスの真価を認めない多くの人々の住む世界の中で、ロレンスがありのままに、冷酷なまでに率直に描いた彼の自画像である。ロレンスが本当に何かを、自分自身を知っていると信じているとき、結果はたいてい破局的で、確信を通り越してひどく利己的である。バーキンの豊かで傷つきやすい人間性、あるいは『鳥とけものと花』におけるロレンスの黙想するペルソナが、『翼ある蛇』の絶対的な独裁者ラモンに屈するとき、ロレンスに最も共感的な読者でさえ、全てが失われた、芸術家ロレンスが独断家ロレンスによって殺害されてしまったと思ってしまう。独断家ロレンスの冷酷さや独りよがりは、もしかしたらずっとさかのぼって、教師であった最初の仕事に見つけられるかもしれない――半ば不真面目な見方かもしれないが、『虹』の中の教師としてのアーシュラの経験が検討されれば、納得のいくものだと思う。ロレンスが「他者」を崇拝するとき、彼の作品は最高に優れている。彼の抽象的なユートピアの夢を神に魅せられた異国の地で強行しようとして（それはメキシコでなければならないだろう。アメリカ南西部の広大な未開地でもロレンスの狂おしい空想を満たすことはできなかっただろう）、「他者」の立場を強奪しようとするとき、作品は機械的で、強制的で、あきれるほど出来が悪い。地上での肉体の復活と、人間の宇宙との強烈な調和的関係の再覚醒を命令されているケツァルコアトル国にあっては、「あらゆる人は神聖で聖なる個人であり、決して冒涜されるべきではないと思う」という正気のロレンスの声は、臣下の夢さえ支配し、まさしく「昼と夜の帝王」になりたいと強く望む独裁者ラモンによって論破されるだろう。だからラモンとロレンスは擬原始主義に向かい、古代アステカの神話を復活させ、新しい儀式を考案するにちがいない――これはロレンスが通常、強情でファウスト的な支配したいという欲望に対して軽蔑した種類の行為である。（『翼ある蛇』の利己的な空想の後で、しかしながら、ロレンスはとても人間的で、ある意味ではとても抑えられた『チャタレイ夫人の恋人』の世界に取りかかっている。ここではラモンの全体主義の考えのいくらかは、自然のままの貴族的な人、メラーズに見られるが、健全に減少している。というのもメラーズは、ロレンスのように、人間の優しさの「輝くすばやい炎」によってただ挑まれるが、征服されない敵の存在を認めているからである)。

　最悪のときでも、しかしながら、ロレンスの想像力は豊かである。機械に対する彼の激しい非難それ自体が全く機械的というわけではなく、屈折したように、彼は時々、特に機械が自己破壊へ突き進むとき、機械のすさまじいエネルギーを共有しているように思われるからである(「交通は長びきぶつかりあう衝突で混乱するだろう」──「機械の勝利」)。他の人々の中でも、なかんずくホイットマンとキリストへの彼の痛烈な論駁は、ロレンスがいかに真剣にこれらの一見対立する視点を取り上げているかを示している。書くというシンプルな行為はロレンスにとって勝利で、それもいつも勝利であり、「個人的」「超個人的」「性的」「社会的」「芸術的」自己の驚くべき多面性を総括できる自己主張のための行為であるのは、明らかである。時には彼の最前面の素材にとても興奮して注意を注いでいるので、我々はこれが芸術形式であることを忘れがちになるが、たぶん全ての中で一番洗練された形式であろう。彼の小説と彼の詩の両方において、想像力を表せる幻影は二種類に分けられるとロレンスは自覚していたことが分かる――内容を明示する形式的で構成された作品と、想像があまりに速く駆け巡るので構成されえない、みなぎるような、ほとんど独立した内容、の二種類である。

ほとんどの詩は、もちろん、ロレンスが「詩における無秩序」で判断したものにかなっている。断片で覆われていて、ヴィジョンは「触感と音となり、再び触感となり、それからイメージの泡が溢れ出す。」しかし最高に優れた詩は内容と形式の両方で勝利を収めているので、英語で書かれた最も偉大な詩と比べても遜色のないものである。「死の船」は激しい、苦しい主体と客観的な卓越した形式が結合している、「ただ深まる黒さがなお暗くなる」芸術作品で、ロレンスの自伝的作品の究極的な結末である。この「死の船」のない『最後詩集』を想像するだけで、どれほどひどい損失になるか分かる。（たぶん「ベン・バルベンの下で」〔訳注　イェイツの『最後詩集と劇作』に収録されている詩〕がないのよりもっと大きな損失だろう）。この詩では、人生の最後で、死に瀕していることを非常に意識している詩人が、数年前自分の神秘的な経験を表現しようと「新しい天地」を創っていたときとまさに同じように、自分に死を切り抜けさせようと詩を創っている。美しい「バヴァリアりんどう」のように、「死の船」は人が死に向かうとき、つまり死にかけているとき人が取らなければならない態度、瀕死にあっても能動的で実存的である過程を芸術家の想像力で組み立てたものである。さらに、ロレンスは創作を通して人生の神秘を表現しようとする挑戦に十分な能力を備えていたように、この詩でもロレンスは死への挑戦に十分な勇気を備えている。「死の船」は象徴的な船であるが、それは小さい船である。死のイメージは恐ろしく、終末的であるが、イメージそのものはよく知られた、ささやかなものでもある。

今は秋だ　そして落ちる果実と
忘却への長い旅だ

りんごは落ちしきり　大きな露のしずくのように
自分自身を傷つけて　自分自身からの出口をつくり

そして　いく時だ　別れを告げ
自分自身の自我に　そして　出口を見つけるのだ
落ちた自我から

「落ちた自我」はその船、その詩を作り、未知の世界、忘却に向かうこの旅に出かける。落ちた自我は自分の意志による自殺という行為をもう一度拒絶する――「なぜならどうして殺人が自殺でも／けりをつけることができようか。」小さな船が象徴することはまさに正しく、ロレンスの個性にまさしく合致している。その船には小さな控えめな品物が積まれているだけの、とても人間らしい、つつましい乗り物だからである。

さあ小さな船を出せ、いまや肉体は死に
生命は離れる、出せ、かよわいたましいを
かよわい勇気の船にのせ、信仰の箱舟に
食料と小さな料理鍋
着替えの着物をのせ、
ひろがる黒い水の上に……

(イェイツが自分自身の死を成し遂げた事実と表明し、墓石は大理石ではなく、近くで採石した石灰石で作るように命じたのとちょうど同じである)。しかしロレンスの死の旅は暁、「残酷な暁」で終わり、そこから神秘的なバラの輝きが溢れ出し、そしてかよわい魂がすっかり創造主に身をゆだねるとき、ある種の蘇生があり、「全体のものはまた始まる。」これは再び、ロレンスならではの肯定の行為であり、人生のある時創造主を否定したい気になったときでも、推測されるはずのない、そして人間の魂の中に吸収されるはずのない「他者」の究極的な神秘を肯定するロレンスの行為である。これはある種の感性の鋭い禁欲主義であり、知的な異端の精神である——もし仮に「異端者」が意識にこの意志の行使、つまり個人の行く道を忘却へと導くよう命じさせるとき、芸術的な魂と結ばれるならば。

「死の船」はロレンスが通常書いた詩の種類を超えているように、「死の船」は批評を超えている。「死の船」より劣ってはいないけれど、より個性的な詩が「魚」である。この詩は、詩人が言語に絶するものを捉えていると同時に、それに敬意を表しながらも、ほとんどメフィストフェレスのような狡猾な手管を発揮している。ここでは内容と形式が完全に一致している。これは注目に値する芸術作品で、冒険的で、危うく、『鳥とけものと花』の最高の特性を備えている。『恋する女たち』の初めの頃の章で、バーキンが雁を描いた中国画を模写するときにする、ある種の模倣練習の試みがここにある。ロレンスは魚を凝視している。

水成の　水中生まれのもの
水に沈み
そして波の血をかきたてる

水がうねるとき
ゆれるのだ　おまえも
水が流れる
おまえもひとつになって流れる
そして決して浮かび上がらない

ロレンスは魚と自分自身の関係を測っておらず、魚を人間の感情を表す象徴に変えてもいない。彼は懸命に魚の特質に近づこうと努めている。

指と指　手足と手足　口と口
やさしいはなづらとはなづら

狂おしい腹と腹
欲情の腰と腰
何ひとつない

ただ魚は「はだかの世界」にいて、「ゆれる波だけ／ゆうべの光の中ではねおどる錫の断片。」詩は呪文となり、目を見張る魔術のような妙技で、詩人と読者を一部魚に変身させてしまう⑹──「おもいつめた水の目／炉の口がひらき／たくましい背骨がつきうごかし、駆り立てるのだ／欲情の腹があえぐ。」彼の詩の中でも長めの詩であるこの詩は、このように波のうねりとともに進み、自己は溶けて無名となり、魚の群れになる。これらの魚は「神が愛である以前に生まれたもの」、

……魚の群れとなってつきすすむ
だが音も立てず　そして触れ合うこともしないで
ことばも　激情も　怒りさえもとりかわさない
ただひとつの触れ合いさえない

みんないっしょに浮かびながら　永遠にはなれている
どれもが水とただふたり　ただひとつの波の上にいっしょにいるのだ

水を伝わる磁力がみんなをひきつけているだけだ

ロレンスはツェラー湖にボートを浮かべ、心奪われて、魚を凝視し、やつらは何者だ……と最後は心の中でつぶやく、彼の心は魚を所有できないからである。読者は言葉にありきたりに反応をして、詩によってはたいして変わらない。ところが今、読者は詩人の突然の反転、彼の劇的な発言に衝撃を受ける。

私はまちがったのだ　私はこのものを知らなかったのだ

…………
私はこのものの「神」を知らなかった
私はこのものの「神」を知らなかった

そして今詩人は、ただ人であり、魚の世界を凝視している「青白い自分の存在」に恐怖を認めざるをえず、人間の魂の限界と「私の領域を超えている／ほかの神々」がいるという事実を認めないわけにはいかない。詩人は魚を捕まえて、口から針を外すと、彼の手の中ではね、ぴくぴくする生の鼓動を感じた。そして

……私のこころはみずからを責めて
考えるのだ　私は創造の尺度ではない
このものは私を超えている　この魚は
このものの「神」は私の「神」の外にある

この発言は穏やかで平凡であるけれども、本当は革命的な発言である。人間が万物の尺度であると宣言する西洋の教理の全面的な拒絶だからである。ロレンスはそのような断言がいかに卑しむべきものであるか分かっていたし、なんと鋭くその裏に潜む陰鬱な虚無主義を認識していたことか！　——自分自身の自己認識を超越した測り知れない力を経験するために、静止的で自己消耗的な自己の限界を打ち破ることがロレンスの人生の巡礼だったからである。自分を

十分に「知る」ことなくして、だれかを、また自然界のなにも「知る」ことはできない、それゆえそれらを冒涜することになる。

『恋する女たち』は我々の時代の偉大な予言的な本の一つであり、ロレンスの信念を小説で表現しようとしている。皮肉にもそのヴィジョンがプロットによって異議を唱えられていても、制限ある自己を超えるために男性は慣例的には女性と結ばれるように、男性が他の男性と神秘的に和合して結ばれる必要性、非個人的な愛の必要性を我々に強く印象づけるよう意図された作品である。この和合と個人の変容がなければ、人類は滅びる運命にある。しかしロレンスは悲劇を信じていないので、この苦境に悲劇的なものは何もない。ほとんどの先見的な芸術家と同様に、ロレンスは生命力を称える、それがどこに現れようと、たとえそれが彼の所属する人類から自ら退こうと。『恋する女たち』の終結部にある一節から、敵意があり、他者で、非人間的で、しかし神聖に思われるものへのロレンスの愛が最も明確に述べられている個所をここに引用する。そしてこれは先見的体験そのものの中核をなす発言である。

もし人類が袋小路に堕ちこみ、自らを使いはたしてしまうとすれば、時間を超えた創造の神秘は、人類よりもさらに美しく、さらにすばらしい何か別の存在を、いわば新しい、より純潔な種を産みだして、創造の具象化を持続していくであろう。……創造の神秘は測りがたく、無謬であり、疲れを知らず、永遠に生きのびるのである。種は来り、かつ去った。種は過ぎ去っていった。だが、つねに、より純潔な、あるいはおなじように純潔な、新しい種が、驚異を超えて生まれてきたのだ。そしてその根源は不滅であり、不測である。限界というものがない。それは奇跡を生みだし、まったく新しい種族を創造する。そのときそのときに、意識の新しい形態を、肉体の新しい形態を、存在の新しい単位を創造しうるのである。……自分の脈拍をこの神秘から直接に脈打たせること、そこにこそ完璧があり、言語に絶した満足がある。人間であるか人間でないかは問題にはならぬ。完全な脈拍は、名状しえぬ存在とともに、そして奇跡的な未生の種とともに脈打つのだ。

3　ベケットの三部作における無秩序と秩序

ぼくは饒舌家でかまわない、みんなと同じただの饒舌家、毒にも薬にもならない、いまいましい饒舌家であってかまわない。しかし、どうしようがあろう。もし世の賢い人間の第一の、そしてただひとつの使命が饒舌であるとしたら。つまり、わざわざふるいに水を流し落とすことだとしたら。

ドストエフスキー　『地下室の手記』

ベケットの煉獄のような世界は、その重力の中心が非常に安定しているので、どの方向からでも近づくことができる。彼の劇作ほど有名ではないが、『モロイ』『マロウンは死ぬ』『名づけえぬもの』の三部作はベケットの最も特徴的な作品であり、ヴィジョンの統一性と内面からの芸術的な衝動というものを考察している点で非凡である。三部作では永久にしゃべり続ける

「おれ」が直接に、率直に話すので、読者は――まるで偶然のように――プロットの進行、つまり伝統的な小説であればプロットを構成するような、連続した時間の展開を経験することができる。

地獄はある種の永続、停止を示唆するから、我々は地獄にいるのではない。ここにあるのは煉獄であり、その煉獄の基本的なメタファーは、外の世界から完全に退いた作家らしき人、創作について思索する人、の孤立した意識である。通常小説が第一にすべき事柄がここでは放棄されている――人物、連続性、背景、興味の喚起、そして興味を抱かせるべき読者がいるだろうという前提さえ、放棄されている。代わりに我々が向き合うのは、サルトル的な魂の入り口にいる忌まわしいほど自意識過剰な「おれ」だけである。その男には内なるまぶたがなく、彼の負わされた宿命は永遠に続く「おれ」の意識であり、この意識はドストエフスキーの地下の男が、苦々しく悪意に満ちて、歴史上の世俗化し堕落した現時点で知的な人間がとるべき唯一の行為とみなした、「ふるいに水を流し落とす」のと同質である。意識の動きは上や外に向かうのではなく、ベケットの場合はいつもそうなのだが、内面に、原初ゼロに向かう。原初ゼロとは人間の意識の自然な、優先状態である。「おれ」はここでは人生の破壊的な要素に自らを埋もれさせていない――これは伝統的な意味での「プロット」を構成するだろう。またれ」は自らを作り上げたり作り直したりもせず、「自我」つまり統合した個性に達している――これは伝統的な意味での人物の「成長」を構成するだろう。「おれ」はその代わりに言語以外の全てを放棄し、率直で、残忍で、しばしば退屈で、しばしば驚くほどの意識というものの本質に取りつかれている。もしベケットがプロットについて何らかの意思表示を持っているとするなら、これがプロットである。プロットの背後にある第一の関心は、形而上学の実現と定義であると思われる。この枠組みがなければ、「おれ」はいかなる倫理上の、したがって人間の、実存のレベルには達することはできないからである。理解可能な範囲でベケットの世界の奇妙な知的風土を理解するためには、まずどのようにベケットが現実を理解するための通常の手段を否定しているか、次にどのようにベケットは中心の意識（この「中心の意識」とは必ずしも小説中の人物というわけではなく、ただ言葉の流れである）の中にある避けられない葛藤を、創作そのものの最終的な調和と均衡を通して、解決しているかを知る必要がある。ベケットは純粋な芸術の創造に関心がある。純粋な芸術とは言語そのものの実在の固有性や体系を、偶然性や恣意性がない、本質の芸術に変えることである。喜劇の属性（滑稽でばかばかしい発言と荒唐無稽な出来事）と悲劇の属性（宗教的な慰めや救いがなく、絶えず死が生じる）はどの頁にも見られるけれども、伝統的な喜劇や悲劇の形式はベケットには見出せない。

ベケットのしゃべり続ける人物によって口にされる疑問は、デカルトとは違って、存在を期待された肯定に導くことはない。アイデンティティは永遠に方程式の中のXのままである。アイデンティティは経験されえないものである。ベケットは作中の人物にその「声」を自分自身の声として認めるのを拒否させることによって、代わりに——不可抗力なことを故意に拒否し、また作品の初めから終わりまで果てしなく繰り返される非論理的な矛盾を主張する、あの奇妙で皮肉な感覚を持ってではあるが——声と言葉は外からのもので、彼を欺いて、彼に彼自身の存在を誤って納得させようとする意図で発せられていることを信じることによって、ベケットはデカルトが最初に立証した意識の優位性、「私」の確かな存在に異議を唱えている。ベケットは『名づけえぬもの』の中で言っている——「……おれがどこにいるのかも知らず、どうなっているのかも知らないんだからな、おれは塵みたいなものさ、彼らは塵から人形を作ろうというのさ。そこでがっかりしてしまうというわけだ。それはおれを寝かしつけるため、おれをまんまとおびき寄せるためであり、おれがついに、おれ自身に向かってついに、こう言っているのが聞こえたと思わせるためなんだ、こんなふうにしゃべっているのは彼らではありえない、こんなふうにしゃべっているのはおれ以外にありえない、と。」ベケットにとってのアイデンティティは必然的に連続的なものとして証明されなければならないから、アイデンティティティ、つまり存在の唯一の形態、というものを認識することは不可能である。ベケットの世界の状況は、かなり意外だが、デイヴィッド・ヒュームが『人間本性論』（一七三九年頃）と『人間知性探求』（一七四〇）で提案している奇妙な世界を思い起こさせる。ここでは世界の観察された具象的な変動は、モロイの話の中では非常に混乱し、混乱させているように、理解されうる意味にしっかりと固定する絶対性を持っていない。「人間本性論概要」という匿名の批評文の中でヒュームは次のように述べている。「いかなる事実の問題も、その原因あるいはその結果に基づく以外には立証されえない。いかなるものも、経験による以外には他のものの原因であるとは知られえない。我々は、過去における経験を未来にまで拡張するいかなる理由も与えることはできない。むしろ、我々は、ある結果がその通常の原因の後に続いて生じると想念するとき、習慣によって完全に決定されているのである。」この後でこう述べている。

……一つの事例だけでは、感覚機能によっても理性によってもいかなる事物の究極的な結合も発見されえない。我々には、物体の本質、構造までも見抜いて、物体相互間の影響が依存するような原理を知覚するなど決してできないのである。……。[上述のことが］人間本性の科学においていかに広大な帰結をもつにちがいないかは、……宇宙の諸部分をともに結び合わせ、あるいは我々を自分自身にとって外的な人間や対象と結合させる結び目が、心に関する限りこれらの原理だけであることを考察すれば容易に理解できよう。

ベケットの世界をさらに考察すれば、ヒュームとの顕著な類似がより明白になるだろう。広がっている空間は幻想である。人はつまるところ彼自身の「区域」の境界内を動いているだけである。また技巧的に課せられた時間は、時間のより広い意味においても無意味である、つまり、人間に関する限りでさえ、人間の経験における必要かつ不変的なものは時間と空間の事実にほかならない、ということがベケットの世界では全く確かでないからである（再びカントをとばしてヒュームに論拠を求めると）——外の世界はたぶん空しくゼロを追加したにすぎず、進んでいると仮定されている時間は外の世界を経験できる何も持っていない、もし測っても、時間が外の世界に対して何らかの意味を持つようになるものは何もない。『名づけえぬもの』の中心人物は、他の人物がその周辺を回る内なる核心として現れ、こう言う——「ひとつひとつの瞬間がどれもこれもいちばんひどいんだ、それが時間に沿って過ぎていく、一秒一秒が過ぎていく、次から次へと、流れるようにではなく、ぎくしゃくと過ぎていく、いや、過ぎるんじゃない……なにを話したらいいかわからなくなったときは時間の話をするもんだ、秒の話をね、それをひとつずつ加え合わせてひとつの人生にするやつもいるが……。」

ヒュームの現実の現象学的概念では、因果関係は人間のトートロジー〔訳注　考えを不必要に繰り返して表現すること〕のトリックであり、現実を秩序づけようとする形而上学的な欲求、我々の目がとらえるパターンとは別の「現実」が存在するかもしれないあらゆる秩序への欲求を破壊している。事実については、いかなる必然的な結合も原因と結果の関係という展開の中では知覚されえないので、我々はこれには恒常的な連結の名前を付けるだけである。我々はただ不確実性、知覚する人にそれ自身の存在を断定することを要求さえしない、変動を確信するだけである。

ヒュームの多少とも真剣な懐疑主義の無秩序は、我々の時代においては、論理的な実証主義者の厳密に限定された合理主義の中に（彼らはトートロジーにのみ確実性、経験にのみ蓋然性を見る）、また、一般的な受け止め方を言うならば、現実には不確実性を、実在する個人を越えてあらゆるものに意義を見る現代の実存主義者の気質の中にも見出せる。実存主義のジレンマという流布しているテーマに対してベケットがとった洗練された変更は、認識しうる世界の中で人間をその存在から純化することであり、そして虚構を描く作家の技巧によって、存在するかも、しないかもしれない世界の記憶、つきまとう回想をこの孤立した魂の中に注入することである。これは、たくさんのものかもしれない不審な「数々の声」の形となって「おれ」にのしかかってくる——ただ彼自身の声は、最初は他の人々の中に、主人公が従うわずかにカフカ的な秩序を象徴する使い走りたちの中に（実は使い走りたちは伝言を持ってはいない）現れ、最後は彼から離れないただ一つの声になる。彼は永久に「おれ」として存在し、この「おれ」の沈黙だけを望んでいるようなので——「すべては口実にすぎない……わたし自身実は関心のないわたしの疑問も、わたしの状況も、わたしの持ち物も、すべて本題に入らないための口実だ、本題とはすなわち身をゆだねること、腕を上げ沈んでゆくこと……」（『マロウンは死ぬ』）、また『名づけえぬもの』では、「おれ」は「万事をあっさり打ち切り、話をやめてなにも言わない」方策の探究を望んでいるようなので——彼がのがれられず、理解できないのはまさに存在のこの最初の状態である。これはカントの本性論の世界からだけではなく、「世界に埋められている……古い世界が勝ち誇って閉じ込めている」内面の世界、彼自身の魂からも、人間を切り離している人間の有限の状態である。最後の作品の主人公は、名前がなく、それ以前の全ての人物の本質であり、彼自身が創造したかのごとく彼らのことをよく知っている。この名前のない人物は、彼の空っぽになった世界から、そもそも全ての解答を否定するか、出されたどの解答にも正反対を断定するだろう問題、死生観、彼自身のアイデンティティ、そしてマロウンの無私無欲の関心、「いったい［人間は］どうして存在しうるのか、それを理解しよう、わずかでも理解しようする努力」を熟考する。この人物の独白は――もちろんドストエフスキーの地下の人間が語る長い独白を思い起こさせる――正反対の考えからまた別の正反対の考えに行ったり来たりする、あの独特の自己裂傷の特質を持っていて、一瞬前に言ったことをそっくり否定し、自らを否認し、ついには沈黙に至る――ベケットが言うところの、なにも求めない真の祈りである。

人は世界から立ち去ることで、この沈黙に向かっていく。望むべくは付随的なことを振り払い、人生に対して型にはまった反応を捨てることである――「意味で凍りついた言葉が私の上に雹のように降りかかり、世界が卑劣な、重苦しい名を与えられたまま死んでいく今となって。……言うとはすなわち作り出すことだ。もちろんこれはほんとうに嘘だ。なんにも作り出していない、作り出していると思う、のがれていると思う……」（『モロイ』）――『モロイ』には、ベケットのシニシズムと、時には関連性がないように思われる糞便にまつわる描写があるにもかかわらず、得体の知れないロマンティシズムの色合いがある。

ベケットは、意外にも、これ見よがしには思われない事柄に思いもよらない直写主義で一貫して取り組んでいる。人生において一番重要なものは何か？　たぶんそれは経験で、人間の経験に不必要なものはないと解釈されている――「本題は大事ではない、本題などは何ひとつない。」また重要なのは、関係の状態、相関関係であって、そこでは人間のアイデンティティは絶対に変化するものとして機能している。このことは、三部作を通して繰り返し出てくるとても面白い数学のモチーフ、モロイと彼の「おしゃぶり用の石」の組み合わせと順列、モロイと彼のぐるぐる回る月、そして「言葉の偽りは必ずしも関係の偽りを意味しない」というモランの見解に強調されている。だが明らかに意志のない人々の意志がいつも正反対に強調されている――旅の終わりにおいてさえ世界に深く浸っている第一作目のモロイとモランよりもむしろ、死にかかっているマロウンと最後の名前のない人物の意志が力説されている。数学への言及はほとんどいつも非常に滑稽である。もしベケット特有のユーモアの一例を知りたいのなら、『モロイ』の前半にある「おしゃぶり用の石」の挿話を読むだけでよい。数学への言及は、たぶん、少なくとも量のレベルで、人間に開かれている限りない経験の可能性のヴィジョンを暗示しているかもしれないが、その可能性は歴史の限られた事実、歴史の「悪夢」によって断たれている。あるいは数学への言及は、我々が高校で学ぶ「組み合わせと順列」という人間が仮定した無限性に対立するものとして、経験の可能性には最終的には変えようのない限界があるという注解かもしれない。しかし、あたかも、偶然の世界では、空しい行為の選択が実に大事であるかのように、数学への言及は人間の振る舞いと見せかけのパロディーと解するのが最も妥当だろう。

小説が進むにつれて、創作の意識のモチーフは強調されている。マロウンの話または語りは、マロウンが戸惑う生き物、人間を理解するのを助けるよう考案されている。マロウンは彼の人物たちを彼自身の延長として扱っているが、これは創作上認められる必然的な条件である——それゆえ空想の中でレミュエルの投げた斧がマロウンの鉛筆として戻ってくる——そしてマロウン自身は彼の近親のような、作家でもあるモロイに似たもう一人の人物にすぎず、キルケゴールの込み入ったパズルの箱の中の部品のように明るみになる、一連の明かされる正体の一つである。マロウンは、次は、最後の語り手の夢想する心の中にいる人物となり、この語り手は自分の虚構の創造を最終的には不適切とみなし、彼はそれを剝ぎとり自分自身のアイデンティティを見極めなければならない、自分自身の変装とみなしている。『名づけえぬもの』はその中心の意味として、繰り返される抽象的な疑問を越えて、おそらくは作家と彼の人物との関係にずっと興味があることを示唆している。外の世界についての不可解さは、それは内面の神秘的な世界とはっきりと識別できないということであり、遠くから聞こえてくる「数々の声」は作家であるその人自身が創り出したものかもしれない。これは有限の状態を切り離し、有限を超えた何かとの関係において有限を理解しようとする試みであり、このことなしには有限は相対的な意味さえ持つことはできない。だからマーフィー家、モロイ家、モラン家、マロウン家の人々は作家の苦痛の代行者として一時的にうまく使われている。この苦痛は目撃され、理解されるように外に向かって投じられている。しかしながら、結局は、夢想する人物はこのことに満足してはいられない。彼の関心事は彼自身だけであり、「あらゆる偶然がなく」、自己の闇が残るだけである。ここにあるのは形而上的な混沌であって、広がりも、時間も、相対性もなく、存在し続けるが最終的な答えがないので休息を見出せない「おれ」という絶えず変化する絶対的存在を超える絶対性もない。答えは二つ以上ある。だから人はいつも進み続けなければならない。

だがこれにもかかわらず、ベケットの人物たちは絶望せず、彼らの世界は理屈に合わず残酷なようだけれども、実存主義の諸相の中に見出せる「こと」の非現実的な、断固とした承諾などは全くなく、むしろこの奇妙な世界が与える「暗い喜び」の中に矛盾した喜びがある。ベケットの状況はパロディーを無力にするほど馬鹿げていて、彼の人物たちはこのことを認識し、その事実を喜ぶ。それゆえ、老いて当てのない放浪者のモロイは、両足は短くなり、松葉づえをつく大変なハンディキャップを背負いつつ、どうやって広大な荒野を越えて行けるものかと考えながら、溝の中で彼の独白を終える。彼は助けが来ることをなぜか分かっているが、そのことは重要ではない――「モロイは、今いるその場に残っていてよかったのだ。」他の人物についてもモロイと同様である。人間考察の究極の虚栄と果てしない矛盾を認識しているにもかかわらず、あるいは認識しているがゆえに、そして何も拒絶されることはないが再び要求されるにちがいない、何も要求されることはないが拒絶されるにちがいない、という事実にもかかわらず、三部作の世界では人々はいつも確固として存在している。

ベケットは、こうして、魂を超えるものは何もないことに並置させて、魂の無秩序で終わっている。このまさに雄弁な魂もまた、彼が信じることも、信じないこともできない声に取りつかれている。より高次の形而上学のない倫理はありえないので、倫理はなく、特定のものが評定されるかもしれない絶対的なものを何も信じることができないので、形而上学はない。マロウンは言う――「おれはおれの内側にも外側にも、「秩序の」兆しを決して見たことがない。」変らずあるのは、「進み続ける」意志に加えて、創造したい欲望である――最も手近にあるのは、虚構を創造したい欲望である。ベケットの作品に、一連の退屈で哲学的な質問の雰囲気ではなく、芸術の資質を与えているものは、これらのあまり文学的ではない概念の文学的な提示であり、最終的な調和、最終的な均衡に導いている一連のテーゼとアンチテーゼである。ベケットの芸術の根底には形式への関心がある――おそらく彼が自分自身について執拗に問う答えのない質問を越えて。マロウンは言う、「だってどうして落胆する必要があろう、二人の泥棒のうち一人は救われたのだ。」これは聖アウグスティヌスの「絶望してはいけない、二人の泥棒のうち一人は救われたのだ。差し出がましく言うでない、二人の泥棒のうち一人は地獄に落とされたのだ」への言及である。ベケットはこの文章をその意味ではなく、むしろその形式ゆえにはっきりと賞賛している。言葉そのものの配列にある美を賞賛しているのであって、これは哲学者の関心ではなく、詩人の関心である。

芸術の創られた秩序に対立するのがメタファーであり、メタファーはあらゆる芸術にとって触媒であるように、疑いなく小説という芸術の創造のための触媒である。物理的な世界の展望は「果てしなく崩壊している」からである。文学の創造の世界において作家の支配と全能に対立しているのは、モロイが次のように言う、外的世界である――「こうした孤独にどんな終わりがあろう。そこでは真の輝きも、垂直も、たんなる基礎も一度たりとも存在せず、常に、事物は、朝の記憶も夕べの希望もない日の光の下で、傾いたまま終わりのない地すべりに押し流されていくのだ。」

ベケットにおいては、孤立したエゴ、全ての言葉の創造者、の悲劇が間違えるはずがない方法で作品に表現されている。もし作家の存在そのものが自然現象的に出てくる言葉の流れであるなら、もし作家が自己崇拝や自分の作り出した言葉への崇拝に催眠術にかかったように恍惚としている状態を突破できないなら、作家は彼自身の頭蓋骨の限界内で存在し、しゃべっているまさにその過程について果てしなくしゃべり、無重量で、魂を持たず、「邪悪な」というほどの意義も持たず、煉獄の中に吹き飛ばされる運命にある。それはとても恐ろしい運命なので、ベケットは、言葉の流れに実体を与えている点において、一種の殉教者として認知されるべきである。ベケットは、言葉で表現されうるもの以外の全ての経験を拒否する、経験の内面性を我々に示している——ロレンスが認め、しかし乗り越え、我々の文明の一番の病弊と考えるにいたった、閉じこもった自己の恐怖である。

我々がキャリバン〔訳注　シェイクスピアの『テンペスト』に登場する怪物。キャリバンは島の原住民で、野蛮の象徴。島の侵略者であるプロスペロによって言葉を教えてもらう〕の苦境に共感しても、キャリバンのベケットめいた発言に具象的に表現されている矛盾が——シェイクスピアに分からなかったわけがないように——我々に分からないはずがない。「お前はおれに言葉を教えてくれた。その言葉で言ってやる、てめえなどくたばれ、と。」

4 自然主義文学の悪夢
――ハリエット・アーノーの『人形を作る人』

変動し、抑制できない「経済」の謎に巻き込まれ、肉体はなすすべもなく憔悴しながらも精神的な切望を抱く人は、その切望が打ち砕かれ、侮られ、あるいはハリエット・アーノーの『人形を作る人』のように残忍にも社会の機械の部品に変えられるとき、悲劇的である。個人が自分を十分に知っていて、自分のことよりも他人の利益を優先して生きることができる文化から暴力的に退去させられるとき、とりわけ『人形を作る人』のガーティ・ネブルズのような個人が他の人々のために責任を負うことを選ぶとき、その精神的な探求は妨害される。この苦境は、多くの現代文学の中を駆け巡っている声――ベケットの名前のない、苦悩している「私」

から『地下室の手記』の語り手まで――が自ら創り出した苦境よりも、はるかにずっと重大であり、ずっと悪夢である。なぜなら非常に多くの人々を自動的に犠牲にする経済利潤によって世界が統治されている一方で、この苦境はより高次の意識を熱望する我々の権利、さらに言えば、芸術を創造したい我々の権利に異議を唱えるからである。自然主義文学の想像力は、孤立した自我の自問がなおも未来の恐怖である人々の苦闘を描き出している。周囲との関係を絶った現代の声は自我の退屈な拘束をのがれることを求めているけれども、経済的にあらゆる権利を剥奪された人々は「自我」を、自分らしさを、自分たちを人間らしくしてくれる永続的な主体性を求めている。サミュエル・ベケットとハリエット・アーノーを考察するにあたって意図的に二人を並べたのは、単に犠牲となったガーティ・ネブルズの悲劇を強調するためではなく、ベケットと彼の信奉者の「我思う、ゆえに我思う」の消耗的な悲劇を強調するためでもある。

『人形を作る人』は、基本的な原理が競争である社会においては、精神は物質に負けるにちがいないさまざまな面を追跡している。ガーティ・ネブルズは経済の悪夢に屈伏して、醜く安っぽい人形を次々と作って彼女の才能を売らなければならないから、ガーティ・ネブルズの中にある「キリスト」は決して表現されることはないだろう。この小説は読者の心に永続的な印象を残す残酷で、美しい作品である。読者の中には、読み終わって本をしまった後も長い間小説の中の人々といまだ向かい合って、彼らの些細な悲劇的なジレンマに浸り、彼らの間違いを整理し、彼らの可能性を考え出し、そしてある特定の人々にあのような人生を生きさせ、あのような暴虐を経験させている宿命について沈思する。その一方でそのような事柄をただ読むだけの読者もいる。ハリエット・アーノーの人物たちは彼らの感情や考えをはっきりと口にすることができないがゆえに、我々が彼らの困惑に納得のいく道理を見つけ、彼らの現実を負担し、彼らを言葉で完全なものにしたいと切望する。アーノーの人物は我々と同化し、我々は彼らと同化する。『人形を作る人』に描かれている人間にとって、言語は現実を変えたり現実を表現する手段ではなく、不安を生みだす現実の影響力を痛ましく書き留める手段である。この小説は本物の悲劇であり、最も控えめなアメリカの傑作である。

一九五四年に最初に出版された『人形を作る人』は、故郷ケンタッキーを出て行ったある家族についての第二次世界大戦終戦前の数年間の物語である。ネブルズ家は、父親が工場で働いて「戦争活動」に貢献できるように、デトロイトに出てくる。戦争は遠くで起こっているが、いつも現実としてある。電報が届くのを恐れながら、手紙を待ちわびているケンタッキーの女たちにとって戦争は現実であり、戦争の終わりを恐れているデトロイトの労働者にとっても、戦争は現実である。ネブルズ家がデトロイトとそこの機械文化に徐々に適合していくにつれて、

「戦争」そのものは共通の経験から切り離されていく――ラジオは、戦争のニュースがいつも聞かれる手段であり、主要な娯楽の手段でもある。前景には長く住んでいた土地を離れて戸惑う特殊な生活があり、あらゆることが、他のあらゆることと依存して、現代産業社会の複雑な経済的混乱の中で不思議に結ばれている。いかにして人間の想像力はそのような文化への急激な同化に抵抗できるのだろうか？　ケンタッキーではネブルズ家そのものが自分たちの食料を生産するある種の家庭工場である。デトロイトでは彼らは巨大な資本主義のピラミッドの搾取される底辺であり、全く無力で、残酷な都市デトロイトを越えて広がり、アメリカ全土を取り込んで行く工場の中の無名の歯車である。彼らが人間性を失うとき、まさにアメリカ人になる――ガーティ・ネブルズは彼女の美しい手彫りの像の代わりに安物の人形を作るようけしかけられ、彼女の子供たちは、人間は売られなければならない、それゆえ自分を売り込むには働かなければならないことを知っているので、さまざまな利口なやり方で自分を売り込むのに熱心である。子供たちは三つのベッド付きアパートを「ネブルズ木工工場ナンバー1」と呼び、看板を戸口の上に立てられないのは残念だと言う。この小説で最もやりきれないのは、子供たちが資本主義社会の価値観を甘受する熱心さである。

　ほとんどの非凡な作品がそうであるように、これはやりきれない作品である。この作品の力は、人々が他の人々と本物の愛情と苦しみの絆で結ばれて親密に過ごす生活であっても、生活の不毛を強く主張しているところにある。悲劇とは私には、カタルシスのようなものではなく、人間の苦境の謎と尊厳の意味を一層深めるもののように思われる。『人形を作る人』の美しさは、作者が人生を循環的な悲劇として、絶え間ない苦闘として徹底的に見続けている点である。一つの戦争が終わったと宣告されるやいなや、貧窮にあえぎ過剰労働をしているデトロイト市民は次の戦争、「共産主義者」との戦争、とくにデトロイトの「共産主義者」！　との戦争の開始を期待している。一人の子供が手足を切断され殺害されたある家庭にまつわる恐怖の結末がつくや、別の恐怖が現れ始める。生活が進むにつれて、人々の活力は全て吸い上げられ、彼らには考える時間も、運命を変える時間も、精神的生活を口にする時間もない。人生は殺すこと、他の人々、または自分自身を殺すこと、魂を殺すことである。原子爆弾投下というドラマで終結し、戦争が終わったとき、「計画された殺戮や負傷が全て終わったことを喜ぶ声や、心高ぶる声はガーティには聞こえなかった。むしろ人々は血を流して生きてきたかのようであり、流血が終わった今、人々はこれから先の食べ物が心配であった。」

人は「計画された」殺戮や負傷についてではなく、いつもこれから先の自分の食べ物を心配しなければならない、これが人生の事実である。

『人形を作る人』はあるケンタッキーの路上で実に堂々と始まる——ガーティは自分自身の世界にいて、自分の体力を知っていて、自分の大胆さに自信を持っている。大きく、不格好で、醜い女性がラバにまたがり、やってくる車ならどれでもどうあっても止めようとしている。彼女は重篤状態にある息子エイモスを連れていて、医者に診てもらうために町まで車に乗せてもらわなければならない。彼女の全く動物的な意志力と頑強さは息子が助かることを保証している。膿を出すためにナイフで息子の体を切ることを彼女は恐れない。将校の乗った車を止めるのに成功し、彼女の断固たる決意でこの男を圧倒するのに成功する。しかしこれが彼女の最後の現実の成功である。小説の開始後あらゆることが、ガーティにとって、下り坂となる。

彼女の心理的苦境の基本にあるのは、アメリカの想像性において、とりわけ一九世紀の想像性において、ずっと一つの強迫観念であったある葛藤である。つまり対をなす、対峙する神の見方で、愛としての神と復讐としての神、音楽と人形作りと家庭の質素を尊ぶ神と猛烈な炎で揺れる地獄をもつ神である。地獄の神はガーティの母親によって崇拝されている神であり、ガーティの母親は小説の悲劇の原因である。もしこの地獄の神が世界も支配しているなら、そしてこの神が確かに世界を支配しているというのがガーティの最も深く絶望的な確信であるなら、人生の全ては予測され、決定されている。だからデトロイトの製鋼工場の炎はガーティが考えにひたるための適切な象徴である。ガーティは、ユダのように、そのような神に背き、罪を犯すことをあらかじめ定められている。ガーティが自分を裏切り、自由契約の類の工場の作業員になるために彼女の唯一無二の芸術を捨て、注文を受けて木製の人形、キツネ、キリスト像などを製造するとき、小説は苦々しいアイロニーに包まれて変化していく。彼女はユダになることを決心する。それを掘り出すのに十分な時間が全くない、一片の木の中にあるキリストらしき人物を裏切る決心をする。そしてこのキリストらしき人物は、彼女自身であると同時に何百万人の人々、キリストの原型だったかもしれない、彼女のようなアメリカ人である。彼らは木から姿を現さない、彼らはいつか人間の姿として化身することはない、彼らは顔も声も与えられていない。彼らは無言のままで、生まれていないも同然である。人間はキリストでありユダの両方である。神聖で神々しい自己と世俗的で、背信的で、人間的な自己の両方であり、後者の自己はそれが前もって定められた人間の運命であるから、「これから先の食べ物」のために自らを売らなければならない。

「彼女は今にも自分が泣きだしそうだと思った……何度も何度もあの別の女性のことを考え、そして今彼女はあの女性であった——「彼女は一つの畑のことを考え、それを買う。自分自身の手による利益でブドウ畑にブドウの木を植える」——彼女はブドウ園を丸々一つ必要ではなかった、たぶんほんの六本のブドウの木でいいのだった。自分のブドウを植え、自分の木を植えるだけで十分だった。そして今から三〇年もすれば、その木から果物、そのブドウの木からブドウを摘むことができるだろう……。」ガーティの唯一の野心は自分の小さな農場を一つ持つことである。生きるために土地を持ち、自分でその土地を耕さなければならない。農地の所有は(近くには隣人がいないから)境界を引く必要などない。土地の所有は人間であることの宣言であり、自給自足と存続のための深い人間の必要性の現れである。ウェンデル・ベリーの『地上の場所』も第二次世界大戦終結前の数ヶ月間が時代背景であり、扱っているのは故郷を去らなかったケンタッキーの人々に限られているが、この作品は土地に、自分自身の土地に、我々の唯一の希望である「地上の場所」に密着して生きる生活を称える長く、ゆっくりした、重い、忘れられない作品である。ここでは地上と人間関係が我々の唯一の希望である。デトロイトの政府住宅プロジェクトでは、この欲望は借家人が花を植えることに弱々しく、惨めに表現されていて、それらの花は、数本はなんとか生き延びるが、当然踏み荒らされ、だめになってしまう——作品の悲劇性は、この欲望がほとんどだれの手にも届かず、それゆえ主体性、人間としての存在、生活それ自体に不可欠な永続性が否定されている点である。このような文化の中で「救われる」ためには、人はひたすら自分を作り変えねばならず、できるだけ抜け目なく自分を売らねばならない。人の運命は土地との神聖な関係ではなく、社会との世俗的で当てにならない関係で決まってしまう。

歴史に重大に言及されないで、孤立した魂を取り上げている偉大な作品がある。サルトルの『嘔吐』は、ある歴史家の救いに関わっているが、歴史とは無関係の、寓意的な作品である。ドストエフスキーの『地下室の手記』は神経症的で、機知に富み、全面的に主観的だが、にもかかわらず歴史的な作品である。恐ろしい出来事を生き抜きながらその意味を理解できないイェイツの劇中人物のように、最も偉大な文学作品とは、押し寄せる時の流れに呑み込まれ、またその上を過ぎて行くものの深さを測ることができない、人間の魂を扱うものだと私には思われる。歴史はこのようにして我々ほとんどの人々の上を通り過ぎて行く。社会は、発展に向かうものであれ死滅に向かうものであれ、激動の中に呑み込まれ、そして常人は滅びる。しかしながら、彼らは自分が「滅びる」ことを理解しない。

救いの手段はある。それは愛であり、とりわけ子供たちへの愛である。しかし『人形を作る人』の子供たちは、成長を阻止され、破滅する運命にある大人であって、「順応しなさい！」の訓戒の言葉そのものによって破滅させられるか、情緒的に壊されて、地獄のような工場の世界の市民になる。救いには別の手段がある――芸術である。しかし芸術はぜいたくであって、この苦闘の世界それ自体が芸術の主要な対象であるけれども、厳しい、日々の、辛いあがきの世界には芸術の場はない。生きながら、人々は救われない。苦しみながら、「苦しみ」の現象を表現できない。ガーティ・ネブルズは小説を通してほとんどずっと自分の気持ちを口にせず、途方もなく食い違う新しい生活とうまく奮闘することができず、家族が食べていくためには、彼女の唯一の表現の手段――木彫り――を最後は犠牲にしなければならない。だからこれらのケンタッキーの「ヒルビリー」が故郷を出て経験する社会的混乱は、ほとんどの人間に共通する凶運を表し、そして彼らの敗北や人格の堕落は、ヘンリー・ジェイムズが考え出した、経済の必要性から「解放され」、それゆえ自らの魂を自由に創造できる人々の失敗よりも、アメリカにおける経験としてはずっと基本的なものである。悪は人間の心に生来ある。善がそこに生来あるように。しかし経済的苦しさの熾烈さは善を窒息させ、悪を刺激し、その結果全世界の体制との絶え間ない闘争がもたらすものは、いつも日々悲痛なほど金に困り、都市に住みつく他のあらゆる蟻のような住民といがみ合い、蓄えた金は次の月の家賃や車の支払いを済ませるといくらも残らない、といった生活の窮地である。

　小さな農場を持つ夢がガーティのエデンの夢であるなら、現実の「パラダイス・ヴァリー」（デトロイトの黒人スラム地区）は皮肉にも地獄であり、ガーティと彼女の家族が住むようになる「メリー・ヒル」は「法律で」隔離されてはいるが、「パラダイス・ヴァリー」と何ら変わらない。ケンタッキーの農場で育った女の目を通して見られるとき、デトロイトは恐怖である。機械、急ぐ人々、自動車、「ヒルビリー」という忌まわしい言葉を初めて聞いたときのそのひびき――あらゆるものがケンタッキーの山々と正反対の悪魔的な世界を築くのに十分である。ケンタッキーでは人々は貧しいかもしれないが、プライバシーと尊厳を持つことができる。デトロイトの住宅団地では、金は現れては消え、プライバシーは全くなく、誰もが誰もの家に押し入り、路地は「動き回り、うごめく子供たちの集合」である。このような劣悪な環境と混乱が子供たちに与える衝撃が一番残酷である。長男のルーベンは「順応」することができず苦しみ、家出する。目に見えない空想の遊び相手のキャシィを奪われたキャシィは、家の近くの車庫にいた汽車に轢き殺される。クリスティナ・ステッド［訳注　1902-83　オーストラリアの小説家］の『子供たちを愛した男』以外には、子供の生活をこれほど見事に感動的に描いた作品をほかに思いつかない。アーノー女史はネブルズ家の子供たちの心の中には全く立ち入らず、外面から彼らの成長や低落を我々にただ見せる方を選んでいる。子供の数が圧倒的に多いのはスラムの生活の紛れもない事実である。近所が貧窮すればするほど、ますます子供が増え、彼らが通りや歩道でしたい放題する様子は元気がみなぎっていると同時に手に負えない。

無秩序の恐怖は、子供の頃我々みんなが経験して知っているように、殴り合い、互いから退きながら、自分を主張するために子供たちがいつもけんかをする様子によく現れている。小規模ながら子供たちは悲劇のシナリオを生き延びている――この時代の人間の魂にのしかかる重圧、ゴミゴミした生活、圧倒的な人数、騒音、混乱の重圧による人格の発達障害を彼らは経験している。だが富の夢や高級住宅地区「グロス・ポイント」に素敵な家を持つ夢は、あまりに現実離れしているのでここに住む人々には持てない、というわけではない。映画、ラジオ、ドルの謎によって堕落した人々は裕福なコミュニティ層と、平和に暮らせず憎しみ合っているばらばらの人々の集まりの間を行ったり来たりしながら、自らの人格の下落に幸福そうに屈している。隣人は隣人同士、両親は子供たちと、子供たちは子供たち同士、平和に暮らすことができない。個人の尊重と「順応」と服従という悪意のある要求の間で、アメリカの想像性が基本的に亀裂をきたしているのは、生き延びているネブルズ家の子供たちが徐々に著しく変化していく様子にはっきりと表現されている。ルーベンとキャシィがいなくなったことで心が深く乱されているけれども、ガーティはガーティのままであるが、彼女の残りの子供たちは、小説の結末の頃には「ヒルビリー」に対する特有の軽蔑を知っているので、ラバを連れた女の漫画を見て大笑いするとき、ずいぶんと変化してしまっている。

機械好きのガーティの夫のクローヴィスは、新しい文化にたやすく順応する。彼は妻に（分割払いで）アイシー・ハートの冷蔵庫を、自分には（分割払いで）車を買い、異臭がするデパートの地下で家族のための「クリスマスの買い物捜し」をするのを自慢に思っている。クローヴィスは、本質的には善良で「まっとうな」男だが、殺人者になり、組合運動に加わっているクローヴィスをリンチするために雇われている若者に復讐心をつのらせる様子は、デトロイトの生活における道徳の乱れの一端を表している。ガーティにはクローヴィスの殺害の行為を適切に判断する時間がない――彼女には殺害の事実を把握する時間がない、起こったことを察し、後ずさりする以外に。しかし苦闘は続く。殺害が起こっても何も変わらない。他の男を「雇う」十分な金のある謎の有力者によって、殺された男に代わる別の暴漢が雇われる。小説の結末部分では、クローヴィスは他の数百万人の男たちと同じように、仕事がなく、必死で職を探すのだが、そのうち妻と子供たちに頼って生活せざるをえなくなっていく、彼の徐々に崩壊していく未来を予想できる。

非常にさまざまな背景を持つ人々がもろともに投げ出され、動物がわずかの決まった量の食べ物を競い合いように、互いにいがみ合わざるをえない――これが産業社会の一端である。工場生活について心温まる逸話を話しながら、クローヴィスがあるウクライナ人について話す。

「彼は全てを憎んでいる。黒人、ヒルビリー、ユダヤ人、ドイツ人を憎んでいるが、何よりもポーランド人とあのポーランド人の職長を憎んでいる。でもその職長は思いやりのある男なんだ……。」カソリック信者はラジオの有名な司祭「マリーハン神父」にあおられて、カソリックでない人々を憎み恐れ、アイリッシュ系カソリック信者はポーランド系カソリック信者を憎む。しかしながら、憎しみは、アルコール中毒やもめごとなどの人々の共通の苦境に直面するとき、とりわけ沸き返り、そして鎮まっていく。いずれにせよ、必要が生じれば、彼らはたやすく黒人への揺るがない憎悪というもので結ばれる。ほとんどいつも恐怖を抱いて生き、自分たちの「これから先の食物」のことだけを考えざるをえないこれらの人々は、絶えず脅威である「他者」を憎むよりほかない。『人形を作る人』はアメリカの兆候を何と生き生きと描いていることか、そしてこの経済における民主主義の「るつぼ」は何と忘れがたいことか！

アーノー女史は見たところほとんど苦もなく、とても上手に描いているので、あれこれ批評を検討するのはほとんど的外れに思われる。読者が読んでいる途中でこの本は傑作だと確信するのは、彼女の才能の証である。もしあらゆることが間違っていても、もし全く不適切な結末が付けられていても、この小説は神聖なままだろう。だからといって、『人形を作る人』の結末は決して期待外れのものではない。数ヶ月間錯乱状態に陥る寸前までもがき苦しんだ後、ガーティは自分自身の存在の基盤を疑う。自分の気持ちを口に出さず、ガーティはもくもくと手を動かして仕事に没頭するけれど、それでも彼女は自分が住んでいる世界の恐ろしさにははっきりと気づいている。ガーティの母親がガーティに買うのを思いとどまらせたケンタッキーのあの農場はもう過去のもので、今では手に入らない。彼女の周りにあるのは、デトロイトの予測不可能な混乱だけである。子供を持って何になるだろう。「子供たちが大人になって、彼らの日々が私たちの日々と似たようなものなら、人員転換や醜いペンキを塗る人形作りに明け暮れるのなら、自分自身の子供を持とうとして何になるだろう。」小説中ずっと、ガーティは自分が彫りたいキリストにふさわしい顔を夢見ていた。彼女は決してそのふさわしい顔を突き止めることはない。代わりに、彼女はその彫り続けてきたきれいな一片の木を持ちだして、簡単に作れる人形用の小さな破片に割ってしまう。

自然主義文学のドラマはいつも普通の人々を、むしばみ死に至らしめる社会、通常は産業社会の事実に隷属させている。『怒りの葡萄』はアーノー女史の小説よりはるかに有名で、彼女の小説より優れてはいないが、『人形を作る人』より自然主義文学の伝統にずっと忠実である。スタインベックからは人生の俗悪さや卑猥さについて文学的に大いに学べ、そして人生のこの側面はほとんど不滅である。『人形を作る人』は、しかしながら、本当の意味で自然主義的ではない。全世界が暗示されてはいるが、表現されていない。例えばアーノー女史は、ガーティ・ネブルズと同じように、性に関する現実と向き合うことからしり込みしている。デトロイトを描いたこの小叙事と重なるような最近の小説『ブルックリンへの最後の出口』のような激しい自然主義文学は、おそらく当時と今のデトロイトをより事実に即して我々に見せてくれるだろう。しかし具体的存在の分析に全面的に没頭しているそのような自然主義文学は、ある人々が少なくとも依然として求めている精神的で想像性に富む要求には、たぶん等しく忠実ではないだろう。それゆえガーティは「芸術家」である。だが原始的で、理論的に考えられず、はっきりと口に出さない芸術家である。彼女は人形やキリストの像、必ずしも人間ではなく昔からの人間の夢を表す人間の姿を彫り出す。彼女は常人であり、同時に非凡な人間であって、忘れられない作中人物である。彼女はとても真実なので、読者は彼女の存在を疑うことなどできず、人生を生きている人々から犯罪的に搾取する人生の確たる事実に彼女が関わるように、我々を関わらせる。『人形を作る人』は優れた作品としてだけではなく、きわめてアメリカ的な作品としても、これから正当に評価されなければならない優れたアメリカの作品の一つである。

5 ロマンティシズムの断末魔
——シルヴィア・プラス詩集

私は残酷ではない、真実であるだけ——
四隅のある小さな神の目……
プラス「鏡」

悲劇は、どんなに才能があっても、自分の影を引きずり回しているか、まばゆいばかりの綿密さで自分の周辺のよどんで退屈な惰性を分析している、一人の女性ではない。悲劇は文化的なものであって、不可解なくらい個人を増大させ、その結果その人が経験したことは我々が経験したことであると同時に、彼あるいは彼女の私的な苦悶のゆえに我々が経験する必要のないものである。シルヴィア・プラスは悲劇的な行動をとった悲劇的な人物として我々を代表し、彼女の悲劇は、『巨像』（一九六〇）、『ベル・ジャー』（一九六三）、『エアリアル』（一九六五）、そして一九七一年に死後出版された『湖水を渡る』と『冬の木立』の中で、ほぼ完璧な芸術作品として我々に呈示されていると言うのが適切である。この論文の試みは、彼女の文化的意義の観点からプラスを分析し、彼女の詩を通して、その精神の死を不可避にした我々の時代の病的な側面を究明することである――あの時代と時代の想定を正しいと信じている全ての人々のために。この論文はまた、プラスの時代は終結したという確信と、もう過ぎ去ってしまい、そして我々の時代もそうなる可能性がある、時代というものを検討するときの共感的な距離を置いてプラスの詩を考察する、という確信に基づいている。プラス崇拝は彼女が聖なる殉教者であると主張してやまないが、もちろん彼女はそれほど劇的な人物ではないが、もっと貴重な存在である。彼女の詩の中の「私」は巧妙に組み立てられた存在で、古典的な悲劇性をもつ悲劇的な人物であり、自らを自然にかざした鏡と信じていた制限されたヴィジョンが生んだ結末である――「鏡」という詩にあるように、先入観はなく「好悪で曇らされず」、自らを小さな神の目と想像している。これは悲劇の向こう見ずな傲慢さであって、「悲劇的」ということを知らないままに劇的な行動をとる当事者が必然的に言う現実への宣戦布告である。この当時者は死に、そして我々はその死の目的を見とどけ、自らを神のようだと信じた人物の過ちを証明するほかない。

この論文の前提は以下の通りである。(一) 芸術家は彼の芸術を創造し、また彼の芸術によって創造される。(二) 自己、とくに抒情詩の中の「私」とは、芸術家の個人的生活を免れているのみならず、個々の詩の各部分の進行からも免れている、一種の自律性を得ている人物である。(三) 自伝的な雰囲気は、現実の検証として芸術家によって提示されたものであり、成功、失敗、当惑は最終的に芸術家の個人的生活を決定する。(四) 読者が既知の悲劇的な行為を受け入れるか拒絶するか、または同情的に距離を置くか、その程度は最終的にその時代の全体的生活を決定するだろう。(五) 文学批評の役割とは単に冷酷にまたは恭しく細かく調べて、攻撃するかほめ称えるのではなくて、重要な芸術家の作品がいかに彼の時代と我々の時代を説明できているかを証明することである。プラスの芸術の意義は確かにあると思われる。一つの文化的現象としての彼女の意義は確かにあると思われる。我々がどうあってもすべきことは、彼女が我々のために、たぶん我々の中のある人々に代わって、悲劇の第一幕は数世紀前に始まったのだが、その悲劇の第五幕の締めくくりの数場をどのように彼女が演じたかを見極めることである。

自己陶酔

ロレンスは『黙示録』の中で、人々が孤独だと不満を言うのを聞くと、彼らの苦痛が分かると言っている――「……彼らはコスモス〔訳注　秩序と調和のある完全体系〕を失ったのだ。」ロレンスに同意するのは容易だが、彼の意味するところを理解するのはそれほど容易ではない。だがもしプラスの悲劇に近づける方法があるなら、それはプラスが失ったものと、失ったと彼女が半ば意識していたものの分析を通してのみ近づける。

私は草のように孤独なの。私が悲しくもなくしたものは何なのでしょう?
それが何であれ、なくしたものを、私は今に見出すのかしら?

（「三人の女たち」）

我々はこの喪失を、他の詩人たちの叫びを修辞的に模倣したものとしてではなく、本物の喪失として受け止めなければならない。あの恐ろしいほどに健全で耐えがたいエマソンが、原罪、悪、予定説などの問題に「病んでいた」彼の時代の若者を「魂のおたふくかぜ、はしか、百日咳」（「『精神の法則』）と軽蔑的に診断を下すことで簡単に片付けようとしたがったように、プラスの問題は、我々の時代にもいる強健で単純な人々によって、切望の類として簡単に片付けられるものではない。エマソンは可変性と探求する知性を自覚していたので、彼にとってはコスモスのいかなる喪失も、若者の片意地な反抗心と同様に深刻な問題ではなく、その最も深い次元でもわずかな言葉で答えられる疑惑程度のものであった。

我々の時代ではこれらの「わずかな言葉」は果てしなく増えている――全ての本の中で、または繰り返し再生され、自己再生する性質の例である、我々の解釈に任せられている歴史の中で――、だがこれらはシルヴィア・プラスにとって我々の時代を確信させるものではない。というのは自分たち自身のことを空虚さに満ち、「病院から出てきて」傷だらけだと思い込み、また組織化された個人からなる実利中心で、好戦的で、「健全な」社会についての見解をあまるほど持っていると思い込む人々は、プラスにとっては、無意味だからである。孤独な個人の視点から見ると、社会は物質的につながっている孤独な人間の組織でしかなく、「共に」ではなく、生き生きと関わっているのでもなく、たぶん、実際は、ひしめき合っているだけのものである。より大きな人間の集団についてのプラスのいくつかの観察の一つは、彼女特有で冷笑的である。

それから別の顔も見えたわ。諸国民や、
政府や、議会や、社会やらの顔、
要人たちの表情のない顔も見えたわ。

私が気にするのはこれらの人たち、
彼らは、間が抜けていないものをとてもねたむの。自分らがそうだから
全世界を間抜けにしておきたがるしっと深い神々さ。

（「三人の女たち」）

さらに、彼女の詩の典型であり、またある種の恐怖におびえる想像力の典型でもある、すばやい連想の飛躍の中で、プラスは社会学的な観察を拡大して、共謀して平たい天国を作る「父」と「息子」という神話的な人物を登場させている——「これらの魂を平たくしてアイロン掛けをしてやろう」（「三人の女たち」）。象徴的人物の「父」と「息子」は、社会からの超越はおろ

か、社会を排除している精神の領域には属していない。さらにもし象徴的人物の「父」と「息子」が、想像上の家族の「親」と「子」の間にあるものと推測される嫉妬深さを具現しているなら、象徴的人物の「父」と「息子」は、現実の「父」と「息子」よりもっと身近で、もっと恐ろしいほど現実的である。

「諸国民、政府、議会、社会」は嘘でのみ共謀し、信用されない。さらにそれらは、その攻撃性と冷笑的な修辞法の駆使において、男性である。彼らの相対者はプラスのような女性であるはずがなく、「鈍重な女たち」の中の人物であって、「重い腹」を抱えて自分に微笑み、「オランダの球根のように献身的に」、全く無言で、「原型の中で」黙想している。宗教的社会的な伝統の中の「父」と「息子」によって代表される嫉妬深く非情な力の原型と、これらの取りすました母親によって代表される白痴的で肉体の美の原型の間には、創造的知性のための余地、そのような限界を越えようとする意識の使用や拡張のための余地はきわめて少ない。我々はプラスの芸術的自己の定義を理不尽なくらい受動的で幼稚でさえあると拒絶する前に、なぜこれほど知的な女性がこのような制約を負わなければならないのか、なぜ彼女は力の保持者と肉体の「神秘」の保持者に対して宣戦布告をしないのか、なぜ彼女の詩は明白な悪と不正に対して積極的で健全な攻撃の入り口に近づきはするが、決してそれを横切らないのか、といったことを我々は調べるべきである。独房の中にただ一人いるエゴはエゴが望んでそこにいて、告発者のことをおかしいくらい知らないにもかかわらず、自ら罪を認めて独房にいるのである。他者による自己破滅という考えにうろたえたように取りつかれ、六〇歳代を生きたユージン・オニールのように、プラスは他者によそよそしい（そして誇張した言葉の）共感を表しているだけである。もしプラスが我々に、自分は「ユダヤ人の端くれ」かもしれないと言うなら、それは彼女自身を、彼女の悲しみを定義するためだけであり、最近のヨーロッパの歴史の中のユダヤ人に対する我々の同情を求めるためではない。

もちろん答えは、プラスは他の人々が好きではなかったのである。迫害されている多くの人々のように、彼女は、屈折して、彼女の迫害者たちと同じ気持ちになり、彼女と同じように被害者であった人々の気持ちにはならなかった。しかしプラスは他の人々が存在しているということを根本的に信じていなかったから、彼らを「好き」ではなかったのだ。人々が彼女を傷つける力を持っている以上、もちろん、彼らが存在していることを知性では分かっていたが、彼女がそうするように、彼らの心臓が脈打ち、呼吸し、苦しむ個人として存在しているとは信じなかった。自分の子供たちでさえ、彼女の知覚の対象であって、彼女のイメージ作りに余念のない精査のためにそこにいるのであり、彼らの彼女への今の依存を時には楽しみ、時には恐れもするが、いつかはその依存を乗り越え生きて行く潜在能力を持った人間として、彼らはそこにいるのではない。

一連の詩を創作するとき彼女が詩に死刑を宣告したように、プラスの詩の背景にある道徳的前提が彼女に死刑を宣告したのだった。しかし本質的に病んでいる社会への順応が——多くの伝統的な道徳家や心理学者が順応するように——正常のしるしと受け止められるなら、彼女の道徳的苦境は人々が考えるほど病的ではない。プラスは我々が理解できる言葉で非常に明確に語っている。プラスは男性が何世紀もの間言ってきたことを言っているのであって、男性はプラスほど率直ではなく、そしてまた彼女ほど感受性が強くないので、男性は人間に対する彼ら自身の憎しみに辟易していない。彼らは憎しみで栄えてきたのであり、事実、憎しみを「昇華させて」、物質面と産業・工業面の輝かしい驚くべき業績に変えたのだ。シルヴィア・プラスは彼女の詩と私的生活において、古い意識の致命性、つまり、ルネッサンスの理想とその理想である「私というもの」が行きつく古い退廃的な地獄、ただ征服されるかまたは「私」に苦痛を与えるためだけに存在する他の全ての人々の意識から切り離された別個のものである「私というもの」、を表したと仮定してみよう。文明のある時点では、他の全ての「私たち」——そして自然——と闘うこの非常に男性的で好戦的な「私」という理想は、神中心の宇宙の閉ざされた思考から人間を引き離し、人間に行動させるには必要であったのだが、それはもはや必要ではなく、その状態は一つの病理となっていて、だからその時代遅れの概念に固執する人はだれでも死滅するであろう。もしロマンティシズムとそれが徐々に加速しているヒステリー症が、主体対客体の対立というかつての重要なルネッサンスの理想の究極的な結末として考えられるならば、プラスは最後のロマンチストたちの一人として判断されなければならない。そしてもうすでに彼女の詩は過去の詩のように思われ、速やかに歴史の中に退いている。

他の全ての人々の敵だと表明されている「私」はだれとも、自然とも——とりわけ自然は——「私」に敵対しているので、何ものとも気持ちが分かち合えない。人間は精神と肉体であるが、プラスは「最後のもの」という詩で、「(精神は) 流れのように逃げる／夢の中で、口腔や眼窩から。私はそれを止めることはできない」と精神の不信を述べている。精神は知性でもあるが、プラスの「知性」は肉体の獄舎の中で不安げに存在している。あるいはその知性は、イドと超自我〔訳注　自我に対し禁止や抑圧を課すような道徳的な機能を果たすもの。良心、理想我に相当する〕の間で、あるいは肉体的で女性の「原型」である動物的な世界と偽善的で闘争的な男性の権威の間で、絶えずもがいている散発的な力を持っているだけという自己認識に至る、(フロイトの心理学のエゴのように) 小さく、必死で、計算する過程である。この知性は当然宇宙には属さず、絶えず罪悪と不安を感じている。この知性は自然には属さない。自然は人間の「外側」にあって、想像力の可能性では明らかに人間より劣っているけれども、獰猛な力では人間に勝っている。この知性がそれらしい創作を試みるとき、知性は変化と衰退という生物学上の過程よりも優れていると評価されるはずはなく、なぜかそれらの過程によって左右されるものと判断され、そしてもちろん劣っていると気づかされる。そうでなければなぜプラスは彼女自身の詩作についてのある詩を「死産」と名づけ、自分の詩は死んでいると嘆き、低級であるが生きている生き物と無理やり対抗させたりするだろうか――「それらは豚ではない、魚でさえない……。」あらゆるものを即座に競争させるのは、この古い意識のまさに病的な習癖の一つである。ＸとＸでないものというアリストテレス学派的な分類を掲げ、全く関連性のない人生の二局面の区別はある種の闘争、優劣の評定を要求すると考えるのである。

例えば、プラスのより明るく、より「肯定的な」詩の一つを考察してみよう。「メイジャイ」がそれで、死後出版された『湖水を渡る』に収められている。この詩はエリオットとイェイツの詩との文学的連帯を求めて奮闘しているが、そのヴィジョンはプラスのものにほかならず、しかも恐ろしいくらい非常に女性的である。この詩でプラスは六ケ月の自分の娘のことを考えている。娘は「希薄な空気の中で」微笑み、「クッション付きハンモックのように」四つん這いになって体を揺らす。抽象概念のメイジャイ——善、真実、悪、愛の知性的で哲学的な概念、つまり「頭にランプをつけたプラトンのような哲学者の産物」——が「面白味のない天使のように」、乳児の上に浮かんでいると想像されている。プラスは「いったいどんな少女がそのような人々の中で活躍できただろうか」とたずねることでメイジャイを簡単に片付けている。プラスの態度は、乳児の娘の体と愛くるしい無邪気さに全面的に満足している。プラスは知性を表すあの「九九表」など全く望まないようである。もしこの詩が、自殺をしたことで大変な注意が向けられるようになったシルヴィア・プラスによって書かれていなかったなら、読者はこの詩を読むとすぐに、あのみんながよくする推測に同意するだろう——何度こんな詩を読んだだろう、何と多くの詩人が同じような詩を書いただろう！　しかしプラスの意義を考えるならば、彼女の作品を非常に注意深く考察しなければならず、この場合この詩はもっと有名で、もっと明らかに精神を病んでいる詩と同じくらい悲劇的なヴィジョンを表している。

この詩は、事実上、乳児の存在という肉体の直接性に対立するものとして、プラスが彼女自身の言葉の使用、文化や文芸の「抽象概念」に言い渡した死刑宣告である。言葉の世界はただ「希薄で」「空白で」、残忍で未開発の自然の世界より明らかに劣っていると糾弾されている。

プラスがここで、この感じのいい詩で言っている趣旨は、「善」と「悪」は、六ケ月の乳児にとって母親のミルクや腹痛の事実以上には何の意味も持たないのだから、だれにも何の本質的な意味はなく、そして全ての大人の価値観の世界、複雑な言葉の構造の世界、プラス自身が住み、彼女の優れた知性が普通に表現する対象としての世界は、九九表と同じくらいに「愛がなく」、それゆえ拒絶されなければならない、ということである。自然を、とりわけ物言わぬ自然を尊び、鑑賞したいという当初のロマンチックな衝動が我々の時代ではここまで衰退すると は異常である。つまりシルヴィア・プラスのような人が彼女自身に、そして我々に、自分は自分の幼児より劣っていると故意に認めているとは！　ここにある退化に向かう幻想はあまりに痛ましくて考察に耐えないが、この態度はプラスに特有のものではないと提案するのは価値がある。この態度は、現代の知識人の自己評価には大いに間違いがあることを明らかにしている。現代の知識人の間違いとは、（人々であろうと国家であろうと）未開発はそれらが未開発だから神聖なのではなく、それらが自然の一部であるから神聖であると考えることが全くできない点であり、そして優れた知性の役割は、本来あるいはいかなるものにおいても、不完全を尊ぶことではなく、潜在能力を十分に発揮する手助けをすることであると考えることが全くできない点である。プラスは六ケ月の乳児がプラトンに判決を下すだろうと言っており、そして「ろうそく」という詩では、「私はそもそも何をどう言うのだろうか／まだ誕生したてのうたたねをしているこの乳児に」とたずねている。もしプラスが乳児の方がプラスより優れた直観的知識を備えていると考えているなら、彼女が乳児に何かを語ることは、もちろん、不可能である。だが、だが……彼女は乳児と我々に「語ること」を切望している。しかし彼女の「語り」は自分自身の無能を半ば罪の意識で断言する以外の何ものでもないのだから、最終的にはプラスは語りを無益だと糾弾するだろう。言葉を作り、言葉を使うことができる人間の能力より勝っているものとして物言わぬ自然を尊ぶことは、当然無言に帰するだろう。そしてこの無言は個人を死に追い込むだろう。というのも言葉の否定は自滅的な否定であり、自分の命でそれを償うからである。

プラスの詩「三人の女たち」の一番「肯定的な」女性は、産科病棟から戻り、苦しい経験のあと休養しているとき、夜明けに窓から外を見ると、果樹園では水仙が白い顔をのぞかせているのが見えて、自信を取り戻す。そして今、彼女は再び素朴な気持ちになる。彼女は信じられないほどの痛みと出産の神秘から解放されて、ただ自分と子供のために「子供部屋の澄んだ明るい色／おしゃべりしているアヒル、しあわせな子羊」をほしがる。彼女は瞑想する。

あたしは「あたしの赤ん坊が」特別な人になることを望まない。
悪魔の心を惹きつけるのはそんな特別な人なのだから。
…………
あたしは彼が平凡な人になることを願うの。

プラスが「平凡な人」を望むとは、彼女の乳児をあやす言葉が呪いでない何かであるとプラスが想像するとは、我々には哀れに思える。しかし「悪魔の心を惹きつけるのはそんな特別な人」という彼女の確信は我々には周知のことであって、これは我々の時代の知性への基本的な恐怖を言い表したものである。何世紀も続いてきた「知性」と「本能」の間の不和は、人間の知能は人間という種において本能的なものであり、生存のための、文明を生み出すためのまさに本能であると理解することを自滅的に拒絶する結果を招いた。だが我々がプラスの中に見出す「無言を愛すること」は、闘争の世界、勝利してその領土を拡大するための「私」という文字の絶え間ない戦いへの過敏な嫌悪とみなされれば、理解できる。最高の知能でさえ、自己を嫌悪するエゴとつながっているなら、一見愛のリズムらしい詩の中に呪いの言葉を発するだろう。

……今はあなたは口がきけないみたい。
そして私はあなたのおろかさを、
その盲目の鏡を愛する。のぞいて見ても、
私自身の顔が見えるだけ……

（「父なき息子のために」）

孤立したエゴの自己陶酔は、本当は子供のように「すばやく」「白い」のではなく（「水仙の間で」参照）、犠牲を強いられ、踏みにじられ、死ぬほど苦しいのである。彼女の母性について語っているより穏やかなこれらの詩の中のプラスの態度は、せいぜい、彼女の本当に残酷な感情を一時的に否定しているだけである――我々は「レスボス島の二人」や同類の詩で彼女の憎しみの賞揚を発見して、衝撃を受ける。この詩では、彼女を沈黙に追い込み、「首まで憎しみにひたらせる」「脂肪と子供の排せつ物のひどい臭い」についてプラスが本気で考えていることを語っている。

憎しみの詩は、その耳障りなリズムと現実離れしたイメージの結合において、また愛、母性、男性、「善、真実、美……」のその挑発的な拒絶の表現において、非常に同時代的なものに思われる。もし人生が本当に生存のための闘争であるなら、相対的に前進した文明においてもそうであるなら、ほとんどの個人は勝つことはないだろう、たいていの人々が負けるだろう（そしてほとんど全ての女性は負ける運命にある）。何かが宇宙のまさしく構造において腐敗しているということになる。これら全ては同時代的なものに見えるが、プラスの詩は、実際は、今では耐えがたいものになっている古い道徳的な状況を（最も私的であるがゆえに）最もはっきりと、最も的確に表現したものである。そしてその痛切な起源は実はとても古いのである。

そして今私は、神が私を人間に作ったことを遺憾に思った。獣、鳥、魚など、私は彼らの境遇を祝福した。というのも彼らは罪深い本性を持っていないから。彼らは死後地獄に行くはずはないから……。

（ジョン・バニヤン『慈愛に満ちて』）

男性／女性　「私」／「私」

対象としての自然／悪夢としての自然

背景にはただ一つの形而上の確信があるのだけれども、この項目の全てにはさまざまな反応が含まれている。詩の中のプラスの受動的で、麻痺したような、絶えず表面に現れては消えていく意識は、我々がずっと拒み、忘れたいと思っている後退的な幻想を呼び出し、恐ろしいほど正確に口にしているように思えるので、我々の心を乱すのである。プラスの詩を読むという経験は恐ろしい経験である。目が覚めると、すっかり成長した大人の自分が長い間忘れられていた子供時代の隠れ場所でうずくまり、心臓は無感覚に動悸しながら、昔拒んでいた全部の獣や怪物が壁紙から透けたように這い出してくるのを発見する、といったような経験である。プラトンなんてたくさん！　大人なんてたくさん！　とプラスが叫んでいる。だがプラスの詩を読む経験は非常に価値があるとは私は強くは言えない。プラスを読む経験は優雅に「夢に戻る」という類の経験で、後退への個人的で文化的な欲望を我々から清めるのみならず、そのような欲望が間違っていることを恐ろしいほど正確に弁明する精神浄化作用のある経験だからである。

これと同じことが、自分が消えてしまうのではないか、追い出されるのでないかといった子供時代の恐怖感や、今起こっていることが、どういうわけか、理性的に自覚できないときだれもが経験したことがある絶望感に固定されている、現代の詩やフィクションの多くを読んで言える。例えばロブ・グリエ［訳注 1922- フランスの小説家・映画監督］と彼の模倣者たちの小説は、濃密で一見自律しているような物の世界にいる「私」の催眠術にかけられたような無抵抗状態を強調している。「だれがこれらの物を製造したのか。だれがそれを家に持ち帰ったのか。だれが配並したのか」とは決してたずねてはいけないのである――このような質問は小説を台無しにしてしまうからである。同様に、ピンチョン、バーセルミ、パーディ、バース（ミニマルストーリーを書いたバースで、初期のバースではない）の高く評価された作品や数えきれないほどのその他の作品は、エゴの混乱を表すための言葉による絶叫であり、身震いである。このエゴは――たぶん頻繁にそう言われてきたので――なぜか宇宙には居場所がないと思い込み、愚かにも敢えて「自然」に挑む機械化された人間であるか、または楽園を受け継いだが、それを構想する役割は持っていない機械的な都会の楽園には自然すぎる人間である。これらの作家によって生み出された「私」は概して分かりやすくて、ほとんど名前を持たない人物である。ウィリアム・バローズの悪夢的な作品では、中心の意識は世界を探究するというよりは、むしろ滑稽なほど敵意のある世界、全ての時事風刺漫画、驚くべき変身によって感傷的に自分自身の探究に身をゆだねている。「冬の木立」、「チューリップ」、さらに頑なに挑戦的な「お父さん」のような詩の中のプラスの自信のない正体は、本質的には子供の意識であり、(例えば、チューリップの)象徴的な特徴をつかみ、それから人間の境遇の限界を象徴する「真昼」[訳注　後述のウォレス・スティーヴンズの「メタファーの動機」からの引用句]から後ずさりし、その結果それらの詩は、今日我々がよく読んでいるフィクションのように、個性の消滅を証明している。ジャン・B・ゴードンが『冬の木立』の書評で述べているように(『現代詩研究』, Vol. 2, No. 6, 282)、プラスの風景は中間段階が全然なくて絵画的になり、その結果我々は「連想は果てしなく増えていくが、どの木も他の木と似て見える……暗い熱帯雨林」の中に自分がいることに気づく。これは、その主題が閉じ込められたエゴの苦悶だけである、我々の時代のあのミニマルアートの芸術家が冒した危険と同じである。彼らの苦悶は、プラスの風景のように、似たように見え始める。

しかしもしこの弱く服従的なエゴから、名前をつけ、順位をつけ、征服したい欲望によって突き動かされた、より伝統的な男性のエゴに目を転じるならば、表面的には正反対に見えるある意識を発見する。

個人の創造の行為が主観的に知覚されたテクスチャーに生命を吹き込むのをやめたとたん、平均的な現実は腐敗し、悪臭を放ち始める。

（ウラジーミル・ナボコフ　インタヴューより）

ぼやけた月は決してすっかりは表現されない物の
ぼやけた世界を照らしている、
そこでは人は決してすっかりはその人自身ではなく
自分でありたいとも、あらねばならぬこともない、
変化の高揚を欲しながら。
メタファーの動機は、しりごみしながら
真昼の重さから、
存在の基本から……。

（ウォレス・スティーヴンズ「メタファーの動機」）

プラス（や数えきれない同時代の人々）においては、エゴは最も平凡な敵に出くわしても消滅してしまうのに対して、ナボコフやスティーヴンズのような作家においては、エゴは自信にあふれ、勝利して現れる。だが優れていようと（そしてそれゆえ恐ろしく）、劣っていようと（そしてそれゆえ創造的で主観的な祝福によってのみ「腐敗し」「悪臭を放つ」ことから救われている）、なぜか我々とは全く異なる「平均的な」現実があるということは、同じ原理体系、同じ自動的な仮定であると分かる。これはやはり古いロマンチックな偏見であり、自己と対象、「私」と「私」でないもの、人間と自然、の間の対立である。ナボコフとスティーヴンズは手に入れられる外的世界を示すあらゆる指示対象を排除し、芸術家と読者に喜びを与えられるように言語が脚色、再脚色される芸術様式を修得していた。彼らの作品はエゴを解放し、主に芸術家の自己が住む密閉された世界を考案し、弁護し、その結果ナボコフの著作は書く技術について、スティーヴンズの詩も書く技術についてのものであり、だから彼らの作品はその第一の関心である創作の過程を我々に見せている、と考えるのは全く自然なことである。繰り返すが、プラスにおけるように、彼らの作品は人間界の他の住民に気づく入り口に近づくかもしれないが、その作品は基本的には他の人間の存在を保証できないから、決してその入り口を横切らない。そんなことをすれば、作品の自律性は脅かされるか、少なくとも疑わしいものになるだろう。鏡は――決して窓ではなく――ナボコフの閉所恐怖症的な『アーダ』やスティーヴンズの難解な後期の詩を構築するために、自然によって圧倒されるどころか、いらいらして自然から背を向けているこの芸術のための刺激であり、彼らの作品ではメタファーはメタファーに住みつき、「真昼の重み」はほとんど記憶にすぎない。ナボコフとスティーヴンズの作品の背後に認められる意識は、サルトルによって想像された――だが想像されただけの――あの全面的に自律したエゴに似ており、このエゴは自分で作り、自分で名づけ、そして親による、文化的、社会的、さらに生物学的な決定要素には無関心である。

これほど洗練された芸術は創作というものの感情的な側面を意図的に排除するので、個性は最小限であり、芸術が全てである。他方、プラスはいつも正直で、我々がそうしたいと思っているよりもたぶんずっと正直なので、また彼女は失われたコスモスを自覚しているがゆえに、自然とは何か、「他者」とは何か、他者は自分に、自分と共に、自分の意に反して何をしたいのか……と永久に問い続けているので、プラスの詩の厳しい、誘い込むようなイメージがスティーヴンズたちの詩よりいっそう興味をかき立てるのは驚くに当たらない。ナボコフとスティーヴンズは彼らの「平均的な現実」と「ぼやけた世界」から最大限の付随的な刺激を受けるだけであるが、プラスは荒れ狂う自然界の無抵抗な証人として、自分のジレンマについて必死で語らざるをえない主体である。

草の先や羊たちの心臓よりも高いところに
命あるものは見当たらず
風は運命のように私のそばを注ぎ流れる
何もかもを一つの方向に曲げながら。
…………
羊たちは自分がどこにいるのか知っている
曇り空のように灰色の汚れたウールの雲を着て
草を食みながら。
彼らの眸の黒い細孔は私を呑み込む。
虚空の中に郵便を送り込まれるのに似ている
薄っぺらでくだらない便りを。

（「嵐が丘」）

また「曇った田舎にいる二人のキャンパー」では、詩人と彼女の連れはカナダのロックレイクで心の安らぎめいたものを経験する。そこでは彼らは「ほとんど無意味な存在で」、「夜明けに、水のように空っぽの頭で」目を覚ます。もし自分が自分を排除するあらゆるものと敵対しているなら、荒野のかなたにある地平線は、台所の壁やジューと音を立てる嫌な脂身と同じくらい恐ろしいだろう。自分と自分の経験、自分と自分の知覚の領域を統合するものは何一つない。人間の意識は、プラスにとって、いつも自然界への侵入者である。

詩人が自然から分離していることを認めるが、自然を侮ったり恐れてはいないようなとき、ある詩人たちの知性への不信は、ほとんど恍惚とした美を叙情的で瞑想的な詩にして終わることになる。

おおツバメよ、ツバメ、詩は
肝心ではない。再び世界を見つけること、
それが肝心である、美しさは
理解できる物を引き立てる

心の目が太陽を照らしたから。

（ハワード・ネメロフ　「青いツバメ」）

ネメロフ［訳注　1920–91　米国の詩人・小説家・批評家。『詩集』で1977年全米図書賞、ピュリッツァー賞受賞］はある基本的な前提をスティーヴンズやプラスと共有している。つまり詩は自然界で「肝心ではなく」、詩人は、それゆえ、ツバメと同じ経験の領域にはいないという前提である。詩作は、心の知覚の対象からではなく人間の心から出てくるので、詩作それ自体を謝罪しなければならない、なぜか自意識過剰の、不安な活動である。ネメロフの優れた詩集『青いツバメ』の表題の詩で、詩人は「現実の世界」と、「青いツバメに非現実的な関係」を負わそうとする「考察する心」に対抗している。しかしネメロフの黙認と肯定のトーンにもかかわらず、詩は詩人自身を世界から追放している点において、これは悲劇的な前提である。つまり詩作を放棄し「再び世界を見つける」場合にだけ、詩人は救われる機会があるわけである。詩人の知覚の対象――それらがツバメ、木、羊、みつばち、幼児であろうと――から退くことによってのみ、これらの対象を称えるだろうと詩人自身が信じているという矛盾がここにある。ロマン派の詩人は、自分たちは他のあらゆる生き物と同じくらい正当に宇宙に存在していて、詩人としての役割は当然の役割である、となぜ全く思いつかないのだろうか。大人の想像力は鳥や幼児より優れている、となぜ思いつかないのだろうか。
ロマン派の詩人のこの傾向は芸術において沈黙に導き、人生においては自殺に導く。

死をもたらす鏡——抒情詩の危険性

セオドア・レトキ〔訳注　1908–68　米国の詩人〕の詩の中であまり知られていない詩の一つ「療養所を去るにあたっての詩」で、詩人は覚めた、あいまいではない発言をしている。

自己内省はあの錯乱状態を悪化させる
のろいである
…………
鏡は多少の真実を語る、だが
絶え間ない思考に値するほど十分ではない

プラスとプラスの詩を尚早な消滅に運命づけていたのは、たぶん、かつての活気ある伝統と彼女自身の不幸な生活環境が共に結末に向かう時期であったという単にプラスの立場ではなくて、抒情詩そのもののまさに本性に関わる何かである。快い調べによって解放されていないときは詩人の内面へと向かう傾向にあり、繰り返し詩人に折り重なるこの奇妙な芸術様式は何なのだろう。そもそも詩人が未熟であるというのなら、自らの未熟さ以外に何について詠むことができるのか、そしてその未熟さを表すための独創的なイメージの選別以外に彼の想像力はどんな課題に励めるというのか。若き日のイェイツと同じくらい確信を持てずに始めて、絶えず書いては書き直し、想像しては想像し直し続け、ある個性から別の個性へと自分を勇敢に進化させることができる抒情詩人はほとんどいないだろう。抒情詩の危険性は早熟な想像力が手に入れやすいこと、技術面の熟練においてすぐに報われることであり、これらのことは詩人の目をくらませ、彼の芸術と同様に人生においても到達すべき全てに到達したと信じ込ませてしまう。何とすばやくこれらの六インチの操作が創造者を裏切ることか！　抒情詩人は自分の心をのぞきこみ書くよう教えられ、また伝統的にみて、自分についてだけ詠むのだから、容赦ない自省に基づいた早々の成功は、最初のころの心理的なドラマへの興味が失われ、あるいは語り尽くされても、自分の技巧の反復を求めるのである。しかし詩は、全ての芸術と同様、その主題が神聖にされることを要求する。芸術とはその主題の神聖化である。すると問題は、ほとんど実現不可能なものである――どうしたら詩人は自分自身を神聖にできるのか、いったん詩人が自分自身をさらけ出し、打ち明け、自分の空想や恐怖を詩で表現したら、次に何ができるのだろうか。ほとんどの現代詩は、（自分であろうと他人であろうと）主題に軽蔑的で、冷笑的で、馬鹿にしていて、手厳しいか面白がるか、あるいは冷たく距離を置いているかである。現代詩は、主題としての自分を通してのみ世界に近づくことができるから、世界を神聖にするという活動から後退する。すると自分を礼賛するという見込みはまずありえない。それゆえ、冷笑的な様式となる。それゆえ、沈黙する。ロバート・ローウェルのような詩人に出会うのはまれである。ローウェルは初期の詩の驚くほど卓越した技量から始まり、自分に厳しく没頭する時期を経て（『人生研究』）、彼とは全く異なる詩人たちの個性を探求する戦略的な時期に入り（『模倣』）、それから内気で非社交的な人間ではあったが、劇作を書き、それぞれの製作にも加わり（『昔の栄光』）、そして自己が中心であるが控えめな、ある種実存主義的な政治的、歴史的な詩作（『ノートブック』）へと進んで行った。精神分析を受け続けている患者が自分に隠されているもの、すなわち自己の本質的な問題を発見し、引き出そうと決心して毎回の診療の集まりに戻ってくるように、ほとんどの抒情詩人は果てしなく自分自身を探求し続ける――人間世界の大部分の人々が生存のためだけに苦闘しているとき、彼らは自分と自分の憂鬱と疑念に正気とは思えないほど没頭していることを除いては、たぶん彼らの性格に何の問題もないのだが。

ほとんどの人々がそうであるように、もし抒情詩人が住みついている「私」が、他の人間とはもとより、人生の総合的な流れと統合していないと思うなら、彼は唯我的で、皮肉で、自己憐憫の芸術に向かう運命にあって、そのような芸術では彼自身の自己陶酔的な苦境を表すためのメタファーは、現実の残虐行為についての新聞の見出しから抜き取られる。典型的な抒情詩の小さい囲い込まれた形式は、他の人々を積極的に神聖にする行為を妨げているように思われる。成熟しているか未成熟かには関係なく、小説家が他の人々の異質な性質や親しみやすい性格を調査し、喜ぶほうが、確かに、ずっと容易である。小説が抒情詩と同じ自己分析に専念していないとき、小説は読者が鏡をのぞき込むのではなく、窓から外を見ることを求める。小説は時間、場所、個性、過去と未来、そして生き生きした感情表現についての意欲的な取り組みを求める。小説はかなり多くの人々の神聖化を念頭に入れていて、そしてもし小説家が「私」を他の人々と対抗させるなら、注意深く、愛情をもって、その「私」を構築しなければならないだろう。その際、技術的妙技を手に入れるのは非常に難しいので——ドストエフスキーがナボコフの技量を持っていただろうか——技量は無関係のように思われ始める。小説家の責務は世界の神聖化を試みることにこそある！　一方、抒情詩人は、もし限られた感情の袋小路にはまっているならば、彼自身の世界のベル・ジャー（鐘形ガラス）の中で果てしなく回り続け、そして途方もない力によってのみ、それをふりほどくことができる。(1)

この論文の含意は、非常に自意識の強い芸術は本来、より社会的に関与している芸術より劣っているというものではない。それどころか、個人にまつわるドラマは通常とても刺激的である。詩人にとって危険なことはしばしば読者には喜びである。抑えられたヒステリーはスピノザ的な冷静な言い方よりも人を引きつけるものがある。トマス・マートンは「詩人」と「神秘家」は決して結びつかないと信じていたから、神秘家に詩を書かないように注意したとき、どんな真実、とりわけ論破できない真実を手に入れていても、ドラマを呼び起こすことはできないと彼は知っていた。知恵を持つことは喜びかもしれないが、いかにそれを伝えるのか。もし現象界の部分、小片、歯車の下に統一を見ても、そこから詩が作れるわけではない——

すべての葉はこの葉、
すべての花びらは、この花
咲きほこる見せかけのなかで。
すべてのくだものは同じ、
木々はただ一本の木
そして一つの花が全大地を支えている。

（「統一」、『マニュアル・メタフィジィックス』より。パブロ・ネルーダ［訳注　1904-73 チリの詩人。ノーベル文学賞（1971）］、ベン・ベリト訳）

——この詩はネルーダの最高の詩ではない。

対照的に、プラスの詩は最も精神を病み、最も残忍で、最も不公平であるとき、我々を納得させる——もう少しくつろいだ世界でなら、子守唄になるようなものを歪んだリズミカルな詩にしている「お父さん」では、我々は死んだ男を呪い、再度殺している子供の声を唖然として聞くのである。これは確かに忘れられない詩である。「部品、歯、歯車、輝く複合部品」（「三人の女たち」）の言葉は、我々を巻き込む幻覚を引き起こす。なぜならこれらの言葉は、我々の心の中に我々自身の幼児期の過去にまつわる記憶を呼び覚ますからであり、我々を刺激して大人の時代の困難な、あまり感動的でない将来のことを考えさせたりはしない。「レスボス島の二人」の激烈さは大人の女性が、大人であること、母親であることを否定し、全ての対象物──赤ん坊、夫、病気の子猫──を悪意に満ちて、もっと陰鬱な詩の中のプラスとは全く違う、どぎつく自嘲的な気迫で責め立てていることから生じている。

そして私は──あなたに言っておくけど──病理学的嘘つき
そして私の子──まあ見て下さい　床に顔をつけている
糸を外されたちっちゃな操り人形　消えようとじたばたする──
おやまあ　この娘は分裂症
顔は赤と白の斑　パニックの面相
…………
娘など水に漬けて殺したらいい　とあなたは言う。
この娘は二歳で気が狂うようなら十歳になって自分の喉を切るさ。

赤ん坊は　微《わら》う肥ったカタツムリ
磨かれた菱形模様のオレンジ色のリノリウムに尻もちをついたまま。
あなた　その赤ちゃんを食べたらいいじゃない？　男の子だもの。

プラスと彼女の友人、もう一人の不幸な母親、は明らかに同じくすぶった地獄にいるけれども、彼らは話が通じない。だからプラスは絶縁を主張して、次のように詩を終わらせている——「あなたの禅の天国ででも　私たちは出会うことがないでしょうね。」

女性としての自分を軽蔑している女性は、明らかに他のどんな女性にも共感を抱けない。彼女の激しい愛と憎しみは攻撃者たち、全ての悪を吸収している不在の夫たちや死んだ父親たちに向けられている。しかしこれらの男性たちは不在なのだから、可能な復讐は何であれ彼らの子供たちに向けて実行されなければならない。「父なき息子のために」の詩は全く容赦ない呪いであるから、「お父さん」の詩の元気のよい怒りよりずっと冷え冷えとしている。さらに、もしこの詩が自殺によるプラス自身の差し迫っている不在をほのめかしているのなら、本当に異常なほど残酷な詩である。この詩では母親が息子に、彼のそばで死をもたらす木のように育つ、ある不在にまもなく気づくだろうと語っている——「死をもたらす木……幻影に似たもの

／それに豚の背のように鈍い空。」子供はしばらくの間はとても幼いので、父親が彼を捨てたとは分からない、しかし

いつの日か、あなたはよくないものに触れるかも知れないの、
小さな子供の頭蓋骨、圧しつぶされた青い丘、
畏怖に満ちた沈黙など。

これはプラスの詩の中で未来が想像されている数少ない詩の一つであるが、未来は無抵抗に、なすすべもなく想像されている。母親には、自分の人生を立て直して、父親のいない家庭、父親不在の家庭を築いていこうという意志など全くないのは明らかだ。彼女は不在の父親への憎しみを語ってはいないが、自分自身を犠牲者として見せ、恨みを抱き、悪意に満ち、息子にこのような感情を見せるのを控えようとはしない。さらに、母親と息子はおおむね同等である。つまりこの母親は大人ではなく、「原型」の世界の当事者でもない。

個人間の分裂は、この詩の形式によって、無条件に受け入れられ、また孤独で孤立した自己の追及は執拗になされるので、停止と最終的な沈黙は不可避に思われる。さらに、抒情詩は

めったに未来に向かって開かれていないから、危険である。抒情詩の時間は通常現在か過去である。「これが私が持ち帰る病気、これが死なの」とプラスは「三人の女たち」で言っているが、まさしくこれは彼女の詩行のほとんどを特徴づけている。全ては残忍なプロセスであって、未来はない。過去はただ苦々しく思い起こされ、現在の混迷を刺激するものである。

「私が詠う人々の自己」という叙事的な誓いが普遍的な自己ではなく、ばらばらの自己を詠うものとして取り違えられると、結果はただ悲惨である。

湖水を渡る

プラスは、スウィフトに実によく似ているということの忌まわしい運命をよく理解していた。人生の物理的な側面は恐怖であり、肉体と精神のぶざまな総合体であるということに同意するプラスは、スウィフトの女性版である――全てのロマンチックな愛の詩は失望であり、禁欲的な魂は悪夢である。このような存在を神聖にさせえない以上、「大虐殺」を夢見てもよいし、または詩劇「三人の女たち」の中の第三の声のように、堕胎する手はずができていなかったことを後悔している、と言ってもよい。第三の声は「私はこれを殺しておくべきだったわ、私を殺すこれを」と、シェイクスピアをまねた口調で言う。経験の別次元に踏み入れて行く「湖水を渡る」は、解放や別の存在の探究であるはずはなく、「黒い切り紙細工」の二人にとっては、ただ静かに死に向かうだけである。

冷たい世界が、オールに合わせて震える。
闇の精が私たちの中にいるし、魚にもいる。
…………
こんな無表情の魔女たちを見ても、あなたたちの眼は大丈夫？
これは肝をつぶした人たちの沈黙。

（「湖水を渡る」）

ほとんどの詩において、『ベル・ジャー』においては非常に顕著に、プラスは人々を没個性化し、あらゆる人を、とりわけ彼女自身を「切り紙細工の人々」のように平板化するという傾向を繰り返し表している。彼女は一種の魔法解除、心理学者が物象化という用語で表す非神格化の儀式を行っている。絶対的で劇的な境界が「私」と全ての他の人々の間に敷かれ、好意を持っている人々、悪意を持っている人々、そして中立の人々を区別することを奇妙に拒否している。だから読者は『ベル・ジャー』で知的な語り手エスターが、精神分析医がエスターに冷淡なのと同じくらい、母親に冷淡なことを知るとき、また相手の男のことはほとんど知らず、存在している一人の人間としてその男についてほとんど我々には語らぬまま、機械のような冷たい精密さで不器用に誘惑を試みるのを知るとき、我々は衝撃を覚える。その男は本当に存在しない、彼は語るに値する人物ではない。エスターだけが存在する。

またしても死から蘇った「ラザロ夫人」は、また自殺に失敗して蘇っているまがいものの蘇生者を見ようと群がっている野次馬から、同情的な反応を期待してはいない。プラスにとって人々との間に、自殺を実行する「私」とじっと見ている「群衆」の間に、どのようなつながりもありえない。全ての死は切り離されていて、人間の反応を呼び起こさない。本当に安全であるためには、人は「男娼」の若い男のようでなければならない。彼は「輝く釣りばり、女たちの微笑」からうまくのがれ、プラスの理想の自己のように、自己満足した完璧なナルシストだから、彼は決して年をとらないだろう。彼はうまく自分という個性を失くしている。

コスモスは確かにプラスと彼女の時代のものではなく、存在するかもしれない「神」のためらいがちな探究でさえ、畏怖や恐怖といった古い言い方や古いイメージで考えられている。「秘法修行者」は興味深い詩で、プラスにしては実際珍しい題材であり、「鉤のついたひき臼」のような空気と「解答のない問い」への彼女の不安は、しばし神のことをプラスに考えさせたと示唆しているようである。だがこの「神」がだれであろうと、エゴは呑み込まれることなしにはどんな興味も欲望も経験できないのだから、どんな慰めもありえない。

神に出会ったことのある者に、治療の術があるだろうか？
その身体のすべてが
爪先一つ、指一本も残さずに召し上げられて、
まったく使い尽くされた今……、
私に、どんな治療の術があろうか？

使・い・尽・く・さ・れ・る――秘法修行者は搾取され、犠牲にされ、傷つけられるのだろう。秘法修行者は神からどんな解放も喜びも期待することはできず、神は人間性を奪う残忍な別の姿をしてい

るだけである。だれとどんな関係を持とうとその関係は彼を圧倒し、彼の魂を呑み込み、破壊するだろうと想像する、ある種の感情的に錯乱した人が時おり口にする被害妄想から、プラスは美しい詩を作っている。（お互いの人間性を認め合う大人の自立性や寛大さに必ずしも到達できていない恋人たちの性愛の野蛮さについての素晴らしい詩として、テッド・ヒューズ［訳注 1930–98 英国の詩人、桂冠詩人。プラスと 1956 年に結婚、1962 年別居］の『カラス』の「ラブソング」を参照。この詩の参照は文脈から見て不適切ではない）。

「他者」に支配されている恐怖は、個人が現実の敵と幻想上の敵を区別できなくなってしまう結果を生む。人間という種には、個人の生存を脅かす正真正銘の脅威を見分ける生来の能力があるにちがいないのだが、プラスには明らかに全く発達しなかった――このことから、なぜプラスが非常に潔く父親の「悪」とナチの歴史上の暴力的侵略を結びつけることができたのか、なぜ恥じずに自分自身を「ユダヤ人」と公言できたのかといえば、父親の記憶が彼女を執拗に苦しめたからだ、と説明することができる。他の鮮やかな詩の中でプラスはチューリップの中に敵を（酸素を吸い込むチューリップ？ ――確かに彼らは人間だ！）、あるいは（人間を殺害する羊らしからぬ力を備えている）羊の中に敵を、そして鏡の真っ暗闇の中にも敵を感じ取っている。プラスにとって鏡は、若い女性が自然に成熟していく過程を写すものとはみなされず、女性を「おぞましい魚」のような未来の自分に引き寄せるものとして見直されているにちがいない。プラスの危険の可能性を測る能力のなさは、我々の社会全般にも反映されていて、自分の子供たちを特徴づけているはずの、大人たちの中にある無力感や心の混乱を奇妙に承認してしまう原因である。もし普通でない、異質なもの全てが悪であるなら、もし新しいものの全てが悪であるなら、すると個人はどうしていいか分からなくなる。政治面での子供じみた被害妄想はあまりに明白なので繰り返し述べる必要はないが、気づかないまま見逃されていると思われる文化面での被害妄想もある。（バージェースの小説の最初の英語版は違うけれども）映画『時計じかけのオレンジ』の不気味な不道徳性は間違いなく、何を代表するわけでもない個人による小さく、孤立した、眩惑的な暴力行為に扇情的な焦点を当てていることに原因があり、その結果政府の計り知れない暴力はすっかり無視されるか、誤認されている。デルモア・シュウォーツ〔訳注　1913-66　アメリカの詩人〕は被害妄想患者にも敵がいると言った。なるほど被害妄想患者に敵はいるが、妄想症は敵と友達を区別させてはくれない。

一九七二年夏、私はロンドンで行われた国際詩歌学会の一部門である、三人の女優によるプラスの「三人の女たち」の劇形式の朗読会に参加した。朗読は込み合った部屋で行われ、そして不運にも、非常にプロフェショナルな朗読は、建物の別の場所から聞こえてくる赤ん坊の泣き声でたびたび中断された。ここには——全く偶然にも——プラスの感動的な詩に対する力強く、たぶん詩的な対比があった。別の部屋から聞こえてくる赤ん坊の泣き声には、プラスが除外したものがあったからである。プラスは産科病棟の存在理由、出産と苦痛と母性と詩それ自体の存在理由を除外していた。

将来人々にとって明白になるだろうこと——かけがえのない個性は孤立を必要としないこと、詩人の中の「私」は、その流動的な全体の他のどの側面とも同じように当然に宇宙に属していること、そしてとりわけ、この「私」は、私もその一部である生気に満ちた生命体に存在していること——が多くの人々に分からなかったか、否定されていたように、悲劇的にもプラスにも分からなかった。できれば、疲弊したばらばらの世界ではなく、全体としての世界が我々を待っていると期待したい。しかしシルヴィア・プラスは悲劇的にも孤立した存在として行動し、あの消滅しかけている時代の非常に多くの悲しみ——断末魔にあえぐロマンティシズム、尚早に沈んだ自己の船『エアリアル』——を生き残った人々のために総合している。

付着するものを持たないってことはとても美しいことだわ。

でも私は草のように孤独なの。私が悲しくもなくしたものは何なのでしょう?
それが何であれ、なくしたものを、私は今に見出すのかしら?

（「三人の女たち」）

6 フラナリー・オコナーの透徹する芸術

……何かが、我々によって、たぶん我々を犠牲にして、世界で発展している。

テイヤール・ド・シャルダン

I

二〇世紀文学を大きく特徴づけている科学と科学主義に対する反発は、人間を本質的に理性的とみなすユートピア的人間観への一九世紀の不満に起因する。もちろんこの不満は決して同質ではなかった。人間の自由意志の概念が多方面から攻撃された。カントは、早くから、人間の理性は限界があり、疑わしく、直観によって補われなければならないことを示そうとした。ニーチェは、カントほど楽観的ではなく、直観は本当は「非理性的」で、さらに言えば、人間の理性的な力を危うくさせるかもしれないと主張した。今世紀の自由意志に対する態度に最大の影響を与えたのは、しかしながら、科学的な方法を取り入れた思索的な思想家たち――ダーウィン、マルクス、フレーザー、フロイト――であった。これらの人たちのどの人の書物においても、意志の自由と精神の自由は厳しく問題にされている。フロイトが人間に「自由」を斟酌していることは一般的には知られていないが、この自由は徹底した自己認識と分析の結果でしかなく、人々の大多数はほとんど得られない。

一九世紀によって直接影響を受けた現代文学は、この「新しい」世界の風潮を証明しようと試みている。トマス・マンの『ベニスに死す』のフォン・アシェンバハのような人物にとって、理性の喪失は社会的「善」の喪失であり、人間の死をもたらすものであるが、彼の没落前からアシェンバハは真に生きてはいなかった。マンは『魔の山』で、文明は蛮行に基づいていて、これは人々が受け入れなければならない事実であると証明している。より以前の、より単純な時代の倫理上の要求はこの作品では挫折をみている。そして理性のなさが純粋に肉体的なこととつながらず、それどころか、神聖さとつながるとき、善あるいは悪の倫理的決定の問題はどうしようもなく複雑になる。

フラナリー・オコナーのフィクションをとても豊かに、と同時にとても理解し難くし、読者を遠ざけているのは、この複雑さである。オコナーは、即座に行われる、取り返しのつかない暴力を通して、神聖さに屈する必要性を賞揚している点で他に類がないと思われる。彼女の作品には、精神的なだけの神秘主義はない。それは肉体的でもある。オコナーは人間の意志の限界を主張している点で、非キリスト教的あるいは反キリスト教的だと非難されてきた。というのもオコナーが最初の小説『賢い血』の序文で言っているように、「……自由意志とは一つの意志を意味するのではなく、一人の人間の中で葛藤する多くの意志を意味する。自由は簡単に考えられるものではない。それは一つの神秘である……」からである。その神秘を説明することをオコナーが拒否していることで、オコナーの世界は奇怪な雰囲気を生んでいる。その世界の中心に「血を流し悪臭を放つ狂ったイエスの影」がある、全くの神秘の世界である。あらゆることがキリストの顕現、受難、そして復活、の神秘と関連している。そしてもし復活の約束がオコナーの世界では弱められているようなら、世界がそれを無視しているからである。自分のことを生まれながらのカトリック教徒であり、死は「いつも私の想像力にとって兄弟である」と語ったオコナーは、キリスト教の神秘というより高次の現実との関連においてのみ、現代の南部の「現実」を見ることができる。

写実主義的、自然主義的であることを意図していないオコナーのフィクションは、一連の寓話として読まれるべきである。特にT・S・エリオットのような形而上学的な詩人のように、オコナーは暴力によって神聖なイメージと世俗のイメージを結合させている。グロテスクではなく厳しく挑戦的なまでに精神的なヴィジョンの構築に導いているのは、本質的にはグロテスクであるこれらのイメージの芸術的な脚色である。一九六四年の夏のオコナーの死は、その独特の功績は時としてフォークナーより優れているのだが、単にフォークナーの力強い後継者の生涯の終わりではなく、現代の最も偉大な宗教作家の生涯の終焉として刻まれた。

オコナーの最も重要な先駆者は、しかしながら、フォークナーやナサニエル・ウェストではなく、カフカとキルケゴールである。表面的には、彼女の作品は、心理的な恐怖の誇張や南部の奥地の背景においてフォークナーの作品と、また主にシュールレアリスムなスタイルにおいてウェストの作品と強い類似性を有している。しかしオコナーの本当の関心は、現代アメリカの安っぽくけばけばしい荒廃した社会を超えて絶対的な価値を持つ超越的な世界の顕現である。オコナーは宗教的コンテクストにおいてのみ理解できる。フォークナーやウェストやその他の実存主義の作家においてのように、もし超越的な世界の現実が否定されるなら、彼女の文学は低俗な笑劇になり、解読できない。もしキリストの中に中核的な神秘がないなら、するとオコナーにとって人生には何の神秘もないだろう。オコナーの世界にいるだれもが、奇妙な歴史上の出現としてではなく常に存在する現実として、キリストの神秘に取りつかれている。短編「善人はなかなかいない」の中のミスフィットは、イエスは「あらゆるものの釣り合いを狂わせた。もしイエスが言ったとおりのことをしたならば、おれたちは何もかも投げすてて、イエスについて行くよりほかにない。もしイエスが言ったとおりのことをやらなかったとすれば、おれたちとしては、残されたわずかな時間を、せいぜいしたいほうだいにやって楽しむしかないだろう……」と不満を言う。この殺害者の形而上的な苦悶はそのグロテスクな存在とあからさまな対照をなしているのだが、さらに続けて、自分はそこでキリストと共にいなかったから、キリストの話が本当かどうかわからない、と言う。「その場にいられなくて残念だよ。もしいたら、はっきりわかったのに。……はっきりわかったのに。そうすればおれはこんな人間にならずにすんだんだ。」『賢い血』のヘイゼル・モーツは彼の意識の証拠を拒絶することができないので、自分の心の奥で十字架から十字架へと移り動いているイエスの「狂気のような、ぼろをまとった姿」からのがれようとする。「肝心なことは、イエスが存在しないということです」とモーツは言う。そして彼の拒絶の激しさは彼の言質の無力を暗示している。モーツはイエスを見ることができない眼をくりぬき、物質界を見えなくすることによって、物質界を退いて緊張症のような状態となって、最後は死ぬ。オコナーにとって、モーツの誠実さはイエスを取り除くことができないところにある。モーツは、読者の中にはそう考える向きもあるかもしれないが、宗教の病的な副次的作用の例として意図されてはいない。同様に、「聖霊のやどる宮」の両性具有の奇形の人は、奇形としての奇形の人の恐怖と聖霊のやどる宮としての奇形という傍観者の高尚な概念の間にアイロニーを生むために紹介されてはいない。好むと好まざるとにかかわらず、あらゆる奇形を持つその奇形の人こそ聖霊のやどる宮にほかならない――「私はとやかく言うつもりはありません。神は私にこのようであれと望まれたのです。」

キルケゴールも、同様に、キリストに完全な献身を掲げている。しかしこの献身は快適な楽しい親交によるのではなく、個人的な不安によるものである。なぜならキルケゴールにとって、人間の自然の状態は不安の状態だからである。人間はたった一人で、孤立している。世界は、一見人間のために創られたように思われるが、人間に本当の拠り所を見えなくさせる危険な幻影である。人間の世界、特に性愛は、人間に人間の本当の状態、つまり神を前にしての恐怖とおののきの状態を見えなくさせる。一般大衆は偽りである、とキルケゴールは教えている。「人だけが目標に達する」と言うとき、キルケゴールは聖パウロに従っている。「人間であるということは理性を備えた民族に属することであり、見本として民族に属することであり、その結果民族や種が個人より高位にある」という現代的、異教的な概念をキルケゴールは拒絶する。キルケゴール的なキリスト教徒は、もし存在できても、人間の世界では順応できない不適格者になるであろう。さらに言えば、不適格者で「個人」以外の他の何者かになるのは、自分の運命の裏切り行為だろう。

神を崇拝できそうにない信者の苦悶は、カフカによって忠実に書き留められている。カフカの小説、短編、寓話、そして日記の記載の中で、一般大衆は耐えがたい、だが神と「一体」であるというエクスタシーもまた耐えがたい、と感じる個人の苦境について読むことができる。カフカは（存在が本質や魂を生みだすと信じていたので）その用語の常識において実存主義的ではなく、むしろ本質主義者である――人間は自由な行動を通して魂を生みだすのではなく、代わりに、どんなにふさわしくないものであろうと、それで生きていかなければならない魂を人間は与えられていると信じていた。カフカの主人公を、例えば、カミュやサルトルの主人公と結びつけようとすると問題にぶつかる。カフカの主人公たちは全く別種のタイプである。カフカの主人公たちの不安は、より高次の、不可視の、おそらくは悪意のある神の観点によってのみ表現されているのに対して、典型的な実存主義小説の主人公たちは完全に彼ら自身の価値を生み出しているからである。フロイトの用語で、カフカの主人公は超自我によってゆっくりと、だが抗しがたく破壊されるエゴを代表している、とかなり分析的に言う人もいるだろう。カフカ的な「力」の優越性は（それが父親であれ組織であれ）、『審判』の結末に最も恐ろしく示唆されている――ヨーゼフ・Kは自殺することで自分の義務を果たすべきだと分かっているのだが、それに必要な気力を持っていないように創造されているので最後の行為を遂行することができない。カフカの男たちは、犠牲者として儀式的な執行を免れられず、自分たちの無力を知るよう教えられる。エリゼーオ・ヴィヴァスはカフカの芸術を世界の不条理に立ち向かう経験主義的方法のジレンマの表現とみなしている。[1] つまり、科学的方法に従事しているが、この方法では最終的な答えを見出せない現代の危機を表現している。だがカフカの芸術には、ヴィヴァスが見えていない深く宗教的な核心がある。

以下がオコナーの世界である。人間への確信に向かい合うキルケゴール的な苦悩と、人間の無知に向かい合うカフカ的な苦悩、これら二つの影響が混在し、(発狂した説教師のように)狂信的な確信に向かい、そして(『烈しく攻むる者はこれを奪う』と「障害者優先」の「理性的な」男たちのように)尋常でない出来事にもかかわらず無残に模索する経験主義に向かう。これら二つの両極端の間に「グロテスクな人間」がいて世界を占めている。考える力のないグロテスクな人間を手ほどきして、現実の姿を教えようとするのが典型的なオコナーの物語の意図である。これは儀礼的な、ほとんど儀式的方法で成し遂げられる。例えば、「奇跡」を証明するために不信心者を寄せ集めて、彼らに対してもっともらしく実演して見せる。オコナーの数編の作品を分析することで、オコナーにおける烈しい儀式のパターンの持つ意義が見出せるだろう。

Ⅱ

オコナーの二つの小説は本質的には同じ主題を扱っている。すなわち「狂ったイエスの影」のロマンスと自由を求める魂である。ルイス・A・ローソンが『賢い血』の優れた研究で指摘しているように、(2) キリストのたとえ話においてのように、抽象的な考えを紹介したあとでそれが具体的になるという、たとえ話の構想を使っている。ヘイゼル・モーツは、『賢い血』の中のキリストを否定する説教師であるが、まさに彼の存在により現代社会の矛盾する要素を代表しており、当然、滑稽で病的な両極端に追い込まれている。ローソンに同調して、オコナーはモーツの根本主義を「異常」と感じていると推測する必要はない。オコナーの他の短編(一例として「河」)では、根本主義の活力と情熱は「文明人」の懐疑主義と好対照をなしている。モーツは、単にキリストに対してではなく自分自身の運命に対して、反抗する魂を具現している。彼は説教師の孫で、ある女性の息子であり、二人とも宗教的な感情に心奪われていた。「かれは田舎の学校へ通って、読み書きをならったのだが、ならわないほうが賢明だった。聖書が、彼の読んだただ一冊の本だった。」不毛な政府の機関である軍隊にいたとき、モーツはおまえには魂なんかありはしないと言われ、彼はこれを信じたかった。「堕落しないで魂を忘れられる望みがあった。悪に改宗するのではなく、無に改宗する可能性があると思った。」モーツが選びたい選択は、現代人のように、善と悪のどちらかではなく、善悪両方の現実か無のどちらかである。というのも絶対的無は人間の自由を保証してくれそうだからであろう。明らかに、オコナーはドストエフスキーと同じくらいこの主題に魅了されていて、彼女の主人公たちによってとても勇敢に、そして無残に戦われる闘いは、幾分かはオコナー自身の闘いであると推定せざるをえない。

モーツは自分の運命を拒絶することで、絶対的自由の無益さに到達しようとする。だが彼が行くところどこでも、人々は彼を説教師だと間違えてしまう。にせの盲目の男でさえモーツを説教師と認識する――「わしはこの男の声の中に、イエスを求める強い心を聞き取ることができる。」イーノック・エマリーは、真実の探求者としてのモーツの一種のパロディーであるが、「最初にあんたを見たとき、あんたにはイエスのほかにはだれもいねえし、何も持っていねえとわかったよ」と言う。ワッツ夫人は売春婦で、「きわめてよく環境に順応しているので、もはや彼女は物を考えなくてもいい」のだが、モーツを見ると「そのイエスにまみえる帽子！」と言う。モーツが自分自身に激怒しているとき、そうとは知らず彼は実は祈っている。彼の冒涜的な言葉は「ジーザス」や「十字架にかけられたイエス・キリスト」で強調されている。オコナーがフロイトの人間観をどのように考えていたか分からないが、その無神論的な含みは別として、フロイトの人間観はオコナーの明瞭に人の心理を理解する力ときわめて一致している。オコナーは人間を二元論で見ている――人間は神と悪魔という慣例的な両極の間で引き裂かれているが、選択は人間の限界でなされなければならないので、状況はさらに紛糾する、すると神聖さは極悪非道さと表面的な類似性を持ち合わせているかもしれない。実のところ、平均的な読者にとって彼女の作品にあるこの二面を区別するのは時としてむつかしい。フロイトが説く心の自律性――意識的なエゴや自己はその独自性を保つために原始的な無意識の世界の猛烈な力とダイナミックに苦闘している、そして文明は高度に抑圧された精神の蓄積物である――は古典的な二元論の苦闘である。オイディプスが彼の宿命にもがき、ハムレットが彼の宿命にもがき、二人ほど劇的ではないが、オコナーの偏狭な聖人たちが彼らの中にある聖なるものともがくのも同類の苦闘である。彼らを「自由」にさせないのは、彼らが打ち負かしたいと願っている悪魔ではなく、彼らの中にある神の感化力である。あらゆる場合において、人間の境遇は認識との苦闘、禁じられた認識との苦闘である。フロイトの合理主義は実存主義の作家たち——その一人がイヨネスコ〔訳注 1912-94 ルーマニア生まれのフランスの劇作家。反演劇の先駆者〕である——を離反させた。なぜなら説明不可能なことを説明したがる心理学へのフロイトの絶対的な信頼は、無意識の神聖さ、神の神秘の神聖さに対する古来の確信に逆らっているからである。D・H・ロレンスは決して実存主義者ではないが、これらの理由でフロイトを嫌い、オコナーもこれと同じ反応をしただろうと推測できるだろう。フロイトは、オコナーの知的なパロディー——『烈しく攻むる者はこれを奪う』のレイバーと「田舎の善人」の木の義足をつけたジョイ—ハルガ博士——と酷似している。しかし意識の世界とエゴが支配され抑圧されている無意識の世界の間の絶え間ない転位、とりわけ具体化された抽象概念の夢のような世界（夢の普通の仕組み）の中で自らを維持するためのエゴの苦闘は、唯一無二の種類のフロイト的なドラマである。

少なくとも我々の時代にあって独創的なのは、無意識の起源は神聖であるとのオコナーの確信である。特有の文体を持ち、その文体の簡潔さにもかかわらず、オコナーは原初的な人である——暴力によるイニシエーションを通してのみ人間は「見える」とオコナーは主張している。逆にいえば、モーツが「見える」のは、彼が自分を盲目にした後である。モーツは殺害者であるが、このことは何らかの関連性があるだろうか？　もし小説が写実的ならば、関連性はあるだろう——写実的、自然主義的な作品では全てが表にまとめられて、説明されなければならないからである。しかしモーツによるにせのモーツの殺害は、彼自身のにせの側の殺害であると考えれば、物語の全く象徴的な性質が明らかになる。モーツは、しかしながら、どれほど誇張されて、滑稽であろうと、寓意的な人物である。彼は過去の宗教（近代西洋のキリスト教）と現代の宗教（科学の崇拝——感覚情報への信頼）の間で引き裂かれた現代人を代表している。両者の間に和解はありえない。もし人間が両者から一つを選択できないなら、完全に順応した人々——もはや考える必要のない幸運な人々——はできたのだが、人間は滅びるにちがいない。しかしながら、信仰と科学との間での苦悶は道化としてではなく、英雄としての行為である。オコナーは、彼女の聖者たちに風変わりな衣装を身に付けさせ、モーツとターウォーターに彼らの運命を表す、馬鹿げた黒い説教師の帽子をかぶらせ、これらの奇怪な外見上の合図に対して読者の因習的な感情をかき立てている。形而上的な工夫として、これらの田舎説教師の極端な知性は驚くべきものではない。だがもし彼らが南部を代表する者とみなされているならば、南部人だとは信じられない。オコナーはあえて慣例的に馬鹿げた人物を英雄として提示し、彼らの窮地を感傷的なものにはしていない。するとオコナーが誤解されるのは少しも不思議ではない。キリスト教というより大きな伝統を想定することなしには、オコナーの小説が伝統と妥協するとは思われない。理性主義者であるギリシャ人に教え諭すことは、「愚かしさ」である、と聖パウロは言っている。テルトゥリアヌス［訳注 c160–c230 カルタゴのキリスト教神学者］はキリストの死と復活の不合理性と不可能性、そしてこれらの理由ゆえに、そのことの不可避性を主張している。ドゥンス・スコトゥス［訳注 1265–1308 スコットランドのスコラ哲学者］は、アクィナス［訳注 1225?–74 中世イタリアのスコラ哲学者でローマカトリック教会の神学者］とは反対に、知性に優先する意志力を説いている。宗教的な気質がいつも我々に教えているように、不適格者であることは必然である。カトリック教は抑制のない宗教的感情と規律正しい宗教組織との間に明確な妥協を提示している。もしオコナーがカトリック教徒として生まれていなかったなら、熱情と秩序のこの組み合わせはきっと彼女の心に訴えたことだろう。というのもこの「秩序への憤怒」は彼女のどの作品にも歴然とあるからである。

『烈しく攻むる者はこれを奪う』の儀式的な形式の厳守は、モーツの強迫観念と似ている悲劇的な強迫観念を明らかにしている。この作品で主人公に要求されている儀式は、自分で自分を盲目にすることではなく、白痴の子供に洗礼を施すことである。モーツとターウォーターの両者にとって、儀式は避けられない。小説の中のあらゆることが儀式を強く要求している――『賢い血』では視覚と盲目のイメージ、『烈しく攻むる者はこれを奪う』では水のイメージがそれである。ターウォーターの魂はその自由を主張してもがくが、絶対的自由であるべきことをしている最中に（洗礼を施すために子供を溺れさせていること）、洗礼の儀式はターウォーターの意識的な意志に反して成し遂げられる。彼は自分の魂を持っていないと知ることになる。理性論者で無神論者のレイバーの希望に満ちた言葉にもかかわらず、ターウォーターは自分を制御できない。代わりに、彼の生命のパンへの飢えは「血の中に隠れていて……この飢えによって腹の底がぬけてしまって、生命のパン以外のものでは、癒し、満たされることがなくなるのではないか」と彼はひそかにずっと恐れていたのである。

小説の構造は伝統的な予定説を主張している。第一段落はターウォーターが小説の結末になるまで知らないあることを我々に伝えていて、このことを知れば――彼が焼こうとした伯父の死体は、十字架をかけて墓に埋められていた――ターウォーターはすっかり打ちのめされることだろう。狂気じみた大伯父はターウォーターに知らぬ他人には気をつけるようにと警告する。第二章でもう一度現れた大伯父はこう言う――「お前は、悪魔がいつでも手伝おうと待ち構えておる人間、酒や煙草から車までくれて、どうしとると向こうからたずねてくるような人間なんじゃ。知らぬ他人とつき合う時は気をつけるがいい。」小説の結末部で彼は無分別にも、見知らぬ男が車に乗せてやるという誘いを受け入れ、その男はターウォーターに麻薬を吸わせ、彼を犯す。予言を扱うこの小説には、このような多くの小さな予言が初めの頃に埋め込まれている。不気味な見知らぬ男はターウォーターの「もう一人の自分」として先に現れる。そしてこの見たところ理性的な自分は、大伯父を焼くことをやめるよう、そして洗礼を施す彼の「運命」からのがれるよう説得しようとする。この見知らぬ男の顔は「鋭く、親切で、賢く、硬いへりのひろいパナマ帽に隠れて目の色もはっきりしない。」ターウォーターが伯父の言葉、「イエスか悪魔か」を繰り返すと、見知らぬ男はターウォーターの言葉を訂正し、「イエスかお前さんかなんだよ」と言う。こうしてターウォーターの理性的な面は悪魔とつながる。そしてこれはおそらく全く文字どおりの悪魔である。彼は第一一章で「藤色のワイシャツに、黒の薄いスーツ、パナマ帽をかぶって」人間として現れることになる。ターウォーターは「この見知らぬ男の様子には、どこか見覚えがある気がする」とぼんやり思う。この男から飲むようにとウイスキーをもらうと、ターウォーターは向こう見ずに「生命のパンより上等だ」と言う。第一部では彼が密造酒を飲むと、まるで「悪魔が内側に入りこんで彼の魂に触ろうとしている」気がした。伯父のレイバーからもらった栓抜きで瓶の栓をあけ、誇らしげに「何でもあけられるぞ、これで」と言う。象徴的に、オコナーはここで懐疑論者志向の人からの贈り物である、気のきいた小道具の栓抜きは混乱を開放するだけであると言っている。つまり栓抜きは工業化された文明の産物であり、それ自体、文明の起源についての安っぽいコメントを提供している。理性への信頼は自分を裏切ることになる。ターウォーターは彼の運命を拒絶しようとしたから、彼は悪魔その人に犯される。

この言葉で小説が終わる預言――「往きて神の子らに、神の慈悲の恐るべき速度について警告を与えよ」は、第二章で怒り叫ぶ大伯父の預言に先んじられている――「行きて主の子らに正義の恐るべき速度についていましめよ。」ターウォーターは、彼が洗礼を施さなければならない白痴の子供と最初に対面したとき、それは電話を通してであり（これは意味深い）、彼はだれが受話器を取ったかを知るはずもないけれど、電話の向こう側で呼吸する音、「何かがぶくぶくいうような、誰かが水中で息をしようともがいているような音」を聞く。ターウォーターとビショップ、白痴の子供、の運命はもちろん予定されている。彼らは彼らの役割を実践しているだけである。その音を聞きながら、ターウォーターは「何か内部に深い打撃を受けて、打ちのめされながら、表にはまだ届いてこないという風に見えた。」

たとえオコナーの気質が生まれつきそうする傾向になくても、オコナーはこの儀式的で形式的な構造を必要としたことだろう。というのも彼女の作品における行動の極端さは、厳密に組み合わされた、伝統的でさえある制限を要求するからである。このこと以上に、宗教への誓約それ自身が儀式の実践を要求する。シスター・ベルネッタが述べているように、「……カトリック作家を形成するのは、そのような人にとって歴史はカルヴァリ［訳注　別名ゴルゴタ］の丘で第一聖金曜日に起こったことの前後に通じるという認識である。[3]」この通りであるなら、すると歴史上の出来事は儀式を通してのみ認識されうる。というのも歴史上の出来事は、歴史の現実においては、キリスト教徒にはもはや手に入らないからである。儀式を用いることで、現世が永遠と結ばれ、そしてこの並置こそ――オコナーの聖人たちによっては非常に不承不承接近されている――が必要である。オコナーは現代社会を才気めかして風刺する人ではない。明らかにオコナーは永遠の対照として以外には、現世に関心がないからである。フィリップ・ラーブ［訳注　1908-73　ロシア生まれの米国の文芸批評家。『パルチザン・レヴュー』の共同編集者としてモダニズムを促進した］は、『八大アメリカショート・ノベル』の中の『賢い血』のまえがきで、南部に住んだことがあるだれの目にも全く真実でないのは明白なのだが、オコナーは「南部の奥地の生活について小さな傑作を生んだ[4]」と多くのニューヨーク派の批評家の言うことを模倣している。神聖なものの存在を人間に教えるには、超現実的なスタイルのみならず超現実的な状況を要求する。というのも人間は見なれた環境から歩み出て、キリストや預言者の世界に入っていけないからである。オコナーは、自明のことだが、普通の、心理的にみて「現実の」人々を宗教的な暴力にさらそうとはしなかった。「聖霊のやどる宮」や「啓示」は納得しうる人々を扱っているが、これらの物語は決して現実的ではない。グロテスクな幻想は、特定の選ばれた生活領域以外では、成立しない――ターウォーター少年を大学に行かせたいというレイバーの希望が、突然軋むような不調和を生んでいることに注目してほしい！

『賢い血』のドラマは、『烈しく攻むる者はこれを奪う』ではもっと複雑になっている。洗礼を施し、殺害することを運命づけられている中心人物のターウォーターは、モーツのエゴと無意識の間の葛藤を共有しているが、これら二つの強力な力は『烈しく攻むる者はこれを奪う』では具体化されている。エゴ、理性的で闘争的な自己は教師のレイバーによって代表されている。彼の懐疑主義の背後には、彼が戒めているまさに信仰へのどうしようもない強迫観念があるということを我々は知っているけれども、レイバーはオコナーによって驚くほど共感的に扱われている。あらゆることを解明する機械化された文明の産物であるレイバーは、メガネをかけ、補聴器をつけ、レストランに行き、狂気の大伯父の行動を雑誌に投稿し、そして「何でも開ける」ことができる栓抜きという象徴的なプレゼントをターウォーターに贈る。学校教師と福祉課の女の間に生まれた子供は、意味深いことに、白痴の子供である。たいていの南部作家が社会の内部の退廃を表すために白痴の子供を用いるところを、オコナーは理性に傾倒した社会の無知を表すために白痴の子供を用いている。「理性の夢は怪物を産む。」

教師に対抗しているのが大伯父で、彼は預言者で、説教師で、酒密造者である。ターウォーター老人の支配領域はターウォーター少年の無意識の心であり、キリストが老人の人生の中心であるから、自分は老人の側であるとオコナーは言ったことがある。オコナーが誤解を訂正しようとするあまり、素晴らしく複雑な小説をこれほど徹底的に単純にしなければよかったのにと、読者はひょっとしたら思うかもしれない。というのもターウォーター老人は、神に仕える人であるが、同時に少年を歪曲したことに責任があるからである。また宗教的な感情が全く狂気と結びつかない限り、大伯父が独断的な人物だとは信じがたい。むしろ大伯父は、レイバーと同じくらいに、ターウォーター少年が彼の「運命」に暴力で参入したことに責任があると思われる。大伯父自身は教師が彼を精神分析して、彼と神の同盟を無効にしようとしたことに憤慨するが、彼の世界はキリストの贖罪が意味を持ったようには思われない世界である。それは無分別な暴力が付きまとう旧約聖者の雰囲気である。ターウォーター少年は次のように感じる。

自分は預言者たるべき、召された人間であり、彼の預言のやり方も、かくべつ変ったものにはなるまい、と悟った。……主が塵より自分を作り、血と涙を流し、考える力をさずけて、火と喪失のこの世界に造り給うたのもつまりは、ひとりの白痴の子供という神の作り出し給うにも当たらぬ者に洗礼をさずけ、また同じように馬鹿馬鹿しい福音の言葉を叫び立てるためなのか。(5)

人物たちは共にもがくが、大伯父の不在が、最終的には若い伯父の存在より、より強力になる。かくしてターウォーターは白痴の子供を溺れさせるためにボートにのせてこぎ出し、溺れさせながら洗礼の文句を叫ぶ。神聖なるものが同時に倫理上の悪と組みするという、キルケゴールが模索する矛盾がここにある。ターウォーターは殺害は洗礼の埋め合わせだと正当化できるが、見知らぬ者によって襲われ、それから家に帰ると、大伯父の死体は奇跡的に十字架の下に埋葬されているのを発見したとき、彼の運命は完了する。結末で我々はもうもうと燃えている火を背後に、彼が「神の子らの眠る暗い都」の方へしっかりと歩いていくのが見える。彼は神の子であると同様に、狂人で殺害者であり、まどろんでいる現代の世界には適した預言者なのか?

「河」は比較的顧みられない短編であるが、これも洗礼を扱っている。二つの世界が対照されている。古いタバコのすいさしの臭うアパートに住む子供の両親の世界、ここでは「なにもかも冗談にしている」、もう一つは赤い泥のような河の世界、そこは若い熱情的な牧師と彼を囲む信者たちの領域で、ここでは言ったりしたりすることは何一つ冗談ではない。その日彼を見る担当になっている女性にアパートから連れ出されるや、子供は自分の名前を変える。これから説教を聞くことになっている説教師の名前、ベヴェルを自分の名前とする。その説教師には癒しの力があると告げられると、彼はすぐに「その先生、ぼくを治してくれる?」と聞く。説教師と河で行われる洗礼の描写は圧巻である。若い根本主義者の説教師をオコナーが賞賛しているのは明白である。オコナーは彼に豊かな、歌うような説教の才能を与えていて、そのため儀式が伝播する効果がよく出ている。

「河といえばただひとつあるだけ。それは生命の河。イエスの血でつくられた河なのだ。……この唯一の河からすべての河は流れ出して、またおなじ唯一の河に戻ってゆく。大海のように。信じるならば、あなたはその河に苦しみを置き、苦しみから解き放たれる。なぜならその河こそ、罪を運び去るためにつくられた河なのだから。その河は苦しみに満ちている。苦しみそのものである。キリストの王国をさしてゆっくりと流れ、罪を洗い流すのだ。今おれが足を入れている、この赤い河とおなじように。(6)」

ベヴェル説教師と子供のベヴェルが洗礼の儀式で結ばれる、すると河は子供の想像力にとって比喩的な河以上のものとなる。説教師が「おれが洗礼を授ければ、おまえはキリストの王国に行ける。苦しみの河で浄められて、深い生命の河を行くんだ」と言うと、子供は「そうすれば、ぼくはもうあの街のアパートへは帰らない。河の中を行くんだ」と考える。河の土手で嘲笑っている老人ミスタ・パラダイスがじっと見つめている間、子供は新しい人生のために洗礼を受ける。説教師はミスタ・パラダイスがここでは悪魔であると示唆しながら、「イエスを信じるか、悪魔を信じるかだ！　どっちを信じるのか、はっきりするんだ！」と要求する。洗礼式を目撃するために、そしてその後でこの無垢なる者を誘惑するために、ごく当然のように悪魔がじかに現れるオコナーの小説の具体的な想像性に読者は驚かされるかもしれない。

子供が両親のもとに帰ると、彼はもう同じ子供ではない。以前は数に入っていなかったところで、今は「数に入っている。」彼の母親は子供が世話係の女の家から持ち帰った本、「イエス・キリストの生涯――一二歳以下の子供のために」を見つけ、嘲笑うように彼女の客たちに読み上げ、客たちの方は適当に面白がった。翌朝子供は家から逃げ出し、河に戻った。そこでは何も冗談ではない。子供を誘拐しようとペパミント・キャンディーの棒を持った不吉なミスタ・パラダイスに後をつけられながら、少年は河の中を歩いていく――「説教師なんてやっとひまつぶしをやるのはもうごめんだ。自分で自分に洗礼を授けて、今度こそ、河の中にあるキリストの王国にたどりつくまで、河をまっすぐ進むのだ。」彼は振り向くと、「大きな豚みたいなものが追いかけてくる」のが見えた――子供の本に出てくるイエスに追い払われた豚たちに似ているミスタ・パラダイスである。少年は河を突き進み、河の流れに押し流される。オコナーの巧みで直截な筆致はここでは人物を描くというよりむしろ神話的な性格描写を連想させる。あるレベルでは物語は皮肉であるが、より高次のレベルでは全く真剣そのものである。物語は、無垢が二つの世界のどちらか一つをためらうことなく選ぶ能力、つまりミスタ・パラダイスと街の人々の宗教心のない、物質的な世界を拒絶し、死のみを通して到達できるキリストの世界を受け入れる能力についてのものである。

オコナーの作品の中で最も偉大な作品は、最後の死後出版された短編集『すべて上昇するものは一点に集まる』である。テイヤール・ド・シャルダンの哲学へのオコナーの言及をアイロニックと解釈するのが通例であるが、私にはアイロニーが含まれているとは思えない。確かにこれらの九つの物語には多くの小さなアイロニーがあり、それらのアイロニーは喜劇的かつグロテスクで、異彩を放ち、そして心を強く打つものであるが、本源的なアイロニーは意図されておらず、この短編集は悲劇的ではない。この短編集は啓示を集めたものである。全ての啓示と同じように、探求し思索する心の領域外で存在するが、にもかかわらず、全ての人々に感知できる、経験に基づく真実の側面をこの短編集は指摘している。

テイヤールが『現象としての人間』の中で語っている「精神作用の相互透過性」は、人間がより高次の意識に「上昇する」とき、根本的に心の現象（人間のみが自意識を持っているわけだから、よって人間の現象）である統一体に向かって必然的に融合することを決定づける。現代の世界の「孤立による教義(7)」と「冷笑的で残忍な理論」とテイヤールが名づけていることについて、彼が慎重に熟考していることを犠牲にして、テイヤールの楽観主義を強調するのは誤解を招きかねない。オコナーは初期の作品では「閉ざされたエゴ」の悲劇的な結果を劇的に描いていたが、『すべて上昇するものは一点に集まる』のほとんど全ての短編が潜在的な恐怖を意識に上げて、「理性の夢」――これはもちろん悪夢であるが――を顕在させるという問題に専念している。ばらばらにいる人々のきわめて具体的で、きわめて世俗的な世界を扱いながら、とても容易に、とても巧みに精神性を喚起できるのがオコナーの天分の尺度である。

暴力による洗礼の儀式にもかかわらず、また普通の「善良な」人々に異常な運命を一見無慈悲に負わせているにもかかわらず、オコナーは世界を精神の化身とみなしている。小説という芸術自体が「非常に具体的な肉付けを必要とする芸術である」(8)とオコナーは言ったことがある。ある意味で、狂信的な説教師モーツとターウォーターの重荷をオコナーも背負っている。つまりオコナーは自分自身が預言者的な洞察から小説を書いていると考え、また自分自身を「距離を自在にするリアリスト」(9)とみなしている。オコナーの人物は暴力が彼らを全人的にするまでは、必ずしも全人的ではない。彼らは驚くべきイニシエーション、カフカの人物と同じくらいほとんど肉体的に残酷な啓示を経験しなければならない――「パーカーの背中」のパーカーと「流刑地にて」の英雄的な悲運の将校の類似性を探究する人がいるかもしれない――なぜなら彼らの精神にいたる道は肉体を通してであり、オコナーの神聖な領域にいたる方法は世俗、低俗を通してだからである。テイヤールが唱えるところの神秘的な超生命、そこでは世界の構成分子たちが愛によって統一を求め合っているのだが、この超生命への意識の上昇は神秘的な「物体の万有引力[10]」を想定しており、この「物体の万有引力」はオコナーの非常に神聖な想像力に訴えたにちがいない。教師レイバーが理性を主張する根底にあるのは、彼の無意識の世界に対するきわめて正当な恐怖である。レイバーは自分を見失わせようとしている引力にただ抵抗するために、彼の思考し、計算する、機械的なエゴで行動しなければならない。さもなければ彼は血の中に隠されているもう一人の「狂信者」、あの愛のもう一人の犠牲者になるだろう――この特殊な場合は、キリストに関連している。偏狭な人間の悲劇は、すると、化身への非常に意識的な抵抗ということになる。（ばらばらの存在である）人間が、彼らに統一をもたらすはずの引力に抵抗するとき、彼らは自分の孤立や自分の無力感を強調し、そして暴力によってのみ自己の恍惚から解放されうる。

矛盾しているようだが、全く曖昧でないオコナーの洞察を知る方法は、これまであまり注目されていない物語、「障害者優先」を通して得られる。この五七頁の物語は『烈しく攻むる者はこれを奪う』の中核的な寓話に手を加えたもので、オコナーは理性主義者で自由主義者と彼の慈善の対象である者の緊張関係を小説ではかなり詳しく探究したので、「障害者優先」では速やかにそつなく自由に進めている。テイヤールは愛のエネルギーを論じた章「集団を超えるもの」の中で、「我々は愛について感情的な面だけを考えるのが習慣になっている」と述べている。[11]「障害者優先」において救済者志願のシェパードに大きな不幸をもたらすのは、この感情的な愛である。シェパードは若いのに白髪で、市のレクリエーション指導員であるが、毎土曜日には少年院でカウンセラーとして働いている。妻の死以来、夫婦の寝室だった部屋を出て、禁欲的で抑圧的な生活を送り、自分の息子への愛を全面的に認めることを拒んでいる。肢体不自由で、いつも激怒しているルーファス・ジョンソンの世話をしながら、シェパードは自分の息子のノートンをさらに顧みなくなり、最終的には自分の全ての考えが偽善的だったことを認識せざるをえなくなる。オコナーは彼の経験の宗教的な性質を啓示と呼び、強調している。自分の声だのに「だれかが非難しているように」シェパードには聞こえる。啓示に逆らって目を閉じるけれど、それからのがれることはできない。

はっきりとした強い自己嫌悪で胸が締めつけられて、息がつまった。自分の空虚を満たそうとして、大食らいの人のように善行を詰めこんだ。自分の幻想を拡げるのを優先して、現実の息子に心を向けなかった。自分よりも心の健全な、澄んだ目をした悪魔が、ジョンソンを通してちらちらと見ている。シェパードの自己像はしぼんでゆき、ついには目の前のすべてが黒くなった。体が力を失い、呆然としてすわっていた。

シェパードは我を忘れた状態から目を覚まし、息子のところへ走って行った。だが子供のところへ急いで行くときでさえ、ノートンの顔が「変貌して見えた。光に満ちた救いのイメージだ」と想像する。この劇的な時にさえシェパードは思い違いをしていると読者には分かっている。シェパードが欲しいのはいまだ「彼の」救いであり、息子の悲惨が喜びに変貌する「彼の」経験である。それゆえ彼の心情の変化は何ももたらさず、喜ばしい和解に至らないのは因果応報的で公平である。彼は息子の部屋に駆け上がり、ノートンが首をつっているのを発見する。

息子の魂は「……宇宙へ旅立っていた。」『烈しく攻むる者はこれを奪う』のビショップのように、息子は二つの人生の生き方、二つの対抗する人生観の間の緊張関係の犠牲者である。キリストのイメージには、少なくとも宗教から切り離された文明においては、「狂おしく」「つんと臭う」、そして破局的な何かがある。現代の世界の自由主義的な、功妙に操作する人道主義には、単純な社会学的公式に要約されえない全ての絆、全ての神秘、全ての「物体の集中」を切り開くあの「澄んだ目をした悪魔」がいる。滅ぼされるのは無垢である。善意の救済者シェパードは自分自身の空虚を満たすためだけに行動してきた。実の父親としての失敗は息子の自殺を招いている。

自分の空虚さを満たそうとして、大食らいの人のように善行を詰めこんだ。

おそらくこれが我々の文明へのオコナーの直截な、最終的な審判であろう。その限界ある存在に固執するために、ばらばらの形で、つまり個人という形で、物質界の最後の必死の試みとしての利己主義をテイヤールが拒絶していることに、もちろんオコナーは共感的である。愛の進化的な過程、愛による個人の意識の上昇を論じるとき、テイヤールは人生のあらゆる自己本位な解決に伴う「熱情と無力さ」の動機を分析している。

人間という分子は他の分子からできるだけ遠ざかろうと努めることによって、個性化する。だがこうして分子は逆戻りし、また世界を多の状態に、あるいは物質のなかへ逆行させようと努めることになる。そして実際に分子の力は衰え、自己を失うのである。……我々自身の極限、我々の独創力の極致は我々の個性ではなくて、我々の人格である。宇宙の進化構造という点からすれば、我々が結合して一体になる場合にのみ、我々の人格を見出すことができるのである。(12)

困難なのは、たぶん、人道主義の衝動が――それが精神的なものでないとき――いかに自己本位な活動であるかを見極めることである。オコナーの想像力はドストエフスキーの想像力に似ている。政治的には反動的だが、精神的には烈しく、闘争的で、革命的である。もし自由主義的で、無神論の、人間中心の現代社会が他者を「救う」ために、他者を変貌させて自己満足を得るために、他者を操ることに専念するなら、そこには愛は含まれていない――個人と個人の間に真の融合はなく、あるのは巧妙に操る攻撃性だけである。この種の愛は極悪である。なぜならその愛は自らを無私だと信じ込んでいるからである。「すべて上昇するものは一点に集まる」では、知的なジュリアンは、母親が買ったのと同じ実にひどい帽子をかぶっている黒人の女に母親が今にも屈辱されそうだと分かったとき、ジョリアンの顔に突然喜びの表情が浮かぶ――「つくった笑顔は硬くなり、声に出してあからさまにこう言っているようだった。母さん、この罰はあんたの卑小さにぴったりつり合っている。これは長もちのする教訓になるだろう。」母親の得た教訓は、しかしながら、最終的なもの、つまり死という永遠の教訓である。

「あいつ、自分のことをイエス・キリストだと思ってやがる！」と棍棒形の足をした非行少年ルーファス・ジョンソンは、シェパードについて叫ぶ。実際は、シェパードは空虚だのに、自分を神聖だと思っている。自分の空虚という恐ろしい事実を偽るために、彼が善行と信じているものを自分に詰めこもうとしている。オコナーにとって、これこそが最も忌々しい罪である。オコナーの狂人、泥棒、不適格者、殺人者は他の人々に世俗的な種類の罪を犯す。彼らは聖人たちの役割を奪おうとする罪人ほどは罪深くない。カフカの言葉で言えば、「彼らは……恩寵の助けなしに、人間の幸福を実現しようとした。[13]」それは有限の、現世の万里の長城の上にバベルの塔を建てることであり、滑稽な愚行のなせる行為である。

オコナーの筆致は全く容赦がなく、それは聖アウグスティヌスが名づけた人間の国と神の国の間の厳しい区分を主張しているから、多くの読者にとっては、これを認知できる世界として受け入れるのは大変困難である。読者の中にはオコナーのこの分離の激しい主張を拒絶する人がいるだろう――私もそうだと白状しなければならない――だがこれら二つの存在の「領域」を全く別のものとして想像するとき味わうはずの恐怖には共鳴するだろう。なぜかというと聖と俗という本質的にマニ教的な二元論を考慮に入れると、人間は二つのうち一つを選ばざるをえないからである。人間は両方の「国々」で快適に住むことはできない。だが彼の肉体は、特にもしそれが病気にかかり、そして明白に、すぐにも、永久に死すべき肉体であるなら、自分は今あの人間の国にいて、神の国においてほど精神的に純粋ではない、とその肉体は刻一刻認識を強いるのである。それゆえに人生は苦闘である。自然の普通の世界は、神聖（で儀式的）か世俗的（で低俗）かである。このことから、病気になった肉体は、肉体の経過に伴う精神の「病気」の肯定、あるいはそのことの象徴的な強意であるのみならず、自己と宇宙をつないでいるより大きな、計り知れない、だが究極的には抽象も同然のパターンよって肉体の偶然性を解釈するためには、病気になった肉体は個人的な救いの根拠になる――ユングは「個性化」という言葉を使った――ということができる。このことからフラナリー・オコナーにとって（カフカとD・H・ロレンスにとっても）、肉体の裏切り、正常な健康の喪失は、必要とみなされなければならない、それは意味をなさなければならない、と言うことができる。最終的にはオコナーの命を奪うことになる病気、父から受け継いだ遺伝病、が最初に彼女を襲う前に皮肉にも書き始められていた『賢い血』は、その「血」は「賢い」という言い分をドラマチックに、比喩的に立証している。病気の事実に反抗しても無益である。それゆえ作家志望のアズベリーを苦しめる悪寒を伴う熱は、直接的に、そして医学的にも、彼の向こう見ずな行動（彼は母親が搾乳室で守っている規則に反して、殺菌していないミルクを飲んだ）に起因しているというだけでなく、熱が出ていなかったら経験しなかっただろう啓示を彼が悟るための手段にもなっている。「長引く悪寒」ではオコナーは、少なくとも私がテイヤールを理解しているところでは、テイヤールが肯定するよりもずっと原始的に、ずっと容赦なく宿命というものを肯定している。というのも人間の肉体が変貌してより高次の意識に、そして最後は集団の、神のような「統合された状態」[14]に至るとき、その変貌は時間と空間の一連の出来事の観点から経験されるのだが、実際は（もしこのことが証明できるか測定できる「事実」であるなら）その変貌はただ一つの出来事、つまり一つの現象であるからである。それゆえ「肉体」は本当は精神の低い種類ではなく、進化においてより低いかより早期のものとして経験されるものであって、聖アウグスティヌスが表した肉体の恐怖や肉体への軽蔑は、単に混乱によるものである。肉体は精神でもある。肉体は「精神的」でないように思われるだけである。紛らわしく聞こえるかもしれないが、聖アウグスティヌスは（そしてたぶん、聖アウグスティヌスや他のカトリックの神学者に非常に影響を受けたオコナーも）、肉体は、それによって精神がその「救済」に到達できる唯一の手段ではなくて、まるで障害物であるかのように、早計に肉体の神聖さを否定した、とも実は言えるのである。自分の体が悪化していくことに対して激怒しても無益である、とロレンスは悲しげに、気高く言った。なぜなら肉体はD・H・ロレンスがこの世に姿を現すことができた唯一の手段だからである。しかしオコナーは絶対にそんなことは言わない。というのは、オコナーはもしかしたら自分の遺伝病を一種の原罪として、それゆえ偶然としてではなく

——神によって、あるいは（もし「長引く悪寒」をオコナーの苦境に対するメタファーとして読むなら）オコナー自身によって、なぜか曖昧に病気が起こるよう意図されているのだが——当然に、むしろ挑戦的に受け入れていることから、我々は啓示としての病気を肯定せざるをえないからである。

若者［アズベリー］は枕に頭をおとして、天井を見つめた。何週間も熱と悪寒に苦しめられて、体がしびれている。これまでの生命はもう使い果された。新しい生命の到来を待った。その時だった。寒けがはじまるのを感じた。これまでとちがう、とても軽やかな、ひやっとする感じで、底深い寒気の海の表面を渡る暖かいさざ波のようだった。……アズベリーは青ざめた。竜巻が吹き散らすように、幻影の最後のフィルムが破れ去った。これから自分は生命のあるかぎり、浄化するおそろしい存在、もろくてこわれそうでありながら永続する恐怖に見守られて生きることになる。弱い叫び、甲斐のない最後の抗議の叫びが口から洩れた。だが、火の中ではなく氷の中で燃えたつ聖霊は、容赦なく降臨しつづけた。

（「長引く悪寒」）

この特別な物語とそのエピファニーは、オコナーのもっと鋭く想像された作品にある、心を動かすほどの審美的な力を持っていないかもしれないが、「長引く悪寒」はオコナーの全ての作品を理解する上で中核的な存在で、ロレンスの「死の船」と同様、批評を超えた美と恐るべき尊厳がある。なぜかというとテイヤールの不朽の著書はより大きな、究極的には神聖な「最後の地球」に没頭することによって個人の唯一無二を力説しているけれども、彼の著書にはオコナーが精通している本物の、生きていて、血を流し、苦しみ、存在している個人の生き生きとした描写はあろうはずがないからである。オコナーはこの存在する個人を外側からではなく、内側から知っている。歴史的、社会学的進化はあるグループの人々を「上昇させる」（黒人たちと、「すべて上昇するものは一点に集まる」の高ぶった黒人女性がそうである）一方で、その進化はまた他の人々を滅ぼそうとしている（ジュリアンと彼の母親の両者がそうである。母親は黒人女性が彼女を殴ったとき、明らかに脳内出血に見舞われる）ことをオコナーは知っている。さらに、オコナーは全体のプロセスは神聖であることも知っている——オコナーの「アイロニー」をいつも強調してばかりいる批評家が見落としているのは、まさにこの点であると私は思う。これゆえオコナーは世俗化した、自由主義の、神のいない社会に対して表面的には反動的な姿勢を示し、そして内発的なもの、非理性的なもの、血の賢さを肯定し、そこでは彼女にとってキリストがなぜか現れる。なぜなら小説を書くことは宗教への帰依の現れであり、書くこと自体が一種の神聖な歪曲である（「小説家と信仰者」のエッセイで、オコナーは「啓示のための、または啓示するはずの性質」と述べている）とオコナーは確かに信じ、そして言明しているわけだから、[15]ほとんどの批評家にとってすぐにすべき問題は、いかに彼女の作品をオコナーから引き離し、オコナーは自分が分かっていないのでは決してなく、彼女は理解されるためにより高次の、より賢い、より客観的な意識に従わなければならないのだということをいかに証明するかである。しかしオコナーについて驚くべきは、彼女は自分が何をしているか、またどのようにしたら最高に成し遂げられるかを正確に知っていたことである。オコナーの作品には究極のアイロニーはなく、究極の絶望も悲観も悲劇もなく、もちろん、悪魔への逆説的な共感もない。[16]オコナーは非理性的で、少し気が変で、進歩的な想像力で純正に改訂されなければならないというのなら、それはオコナーが世俗的な視点から、あるいは「理性的」な視点から判断されているときだけである。

「すべて上昇するものは一点に集まる」はだれかが何かを失うように見える、しかも力強く失うように見える物語である。しかし「喪失」は断片的で、全宇宙すなわち神である「一点に集まる」全体のプロセスの必要なマイナーな部分である。息子ジュリアンはすると解き放されて、レイバーとシェパードのものである「罪と悲しみの世界に」同じように「入り」、さらに、ジュリアンは注意深く、感情というものを皮肉で、冷笑的で、「理性的な」観念に洗練させていたのだが、彼がその感情に屈服したということは、（開眼したエゴとしては）ジュリアンの死であると同時に、（本当の大人になったことでは）ジュリアンの誕生である。この短編集の中の物語の多くは、ある世代と別の世代の間の緊張した関係を実際に取り扱っている。なぜならこれはより高次の自己へ上昇するという心理的な問題を明確にする一つの方法であるからである。『善人はなかなかいない』では、緊張は主に見知らぬ者たちとの間で、そして非常に変わった傲慢な人々によって生まれる。救う命は自分自身の命であるかもしれない、そして奇形の人が聖霊のやどる宮であるという認識に耐えられないのなら、それはその人にとって不幸なことである。ルーファス・ジョンソンが聖書について、見事に、逆上して言うように、「おれが信じなくても、ここに書いてあることは本当かも知れないじゃないか」——これは理性主義者シェパードとおそらく我々のほとんどの人々を激怒させるように意図された返答である。しかしオコナーの芸術は、芸術は苦しむものだということの実存主義的な劇化と、漠然と「実存主義」と呼ばれたあの主観論者の哲理への慎重な一連のパロディー、の両面である——それはオコナーがはっきりと軽蔑する、キルケゴール的ではなく、サルトル的な唯我的で、人間の価値重視の実存主義なのだが。理神論者は「何であれ、正しい」と言うかもしれないが、理神論者は彼の発言の真実性を立証できない。というのもそのような真実や啓示は、ある激しい衝動のせいで悲しみの世界に放り出された、生存し、苦しむ個人によってのみ経験されるからである。知的なジュリアンが母親を本当に失ったことで苦しむとき、本当のジュリアンが発現する。彼の自己憐憫の憂鬱はたちまちに消える。なぜか「殉教の最中に」失っていた信仰が取り戻される。この物語はとても複雑で、とても力強いので、たった一つの意味に縮小することはできないが、自己中心的なジュリアンは全文明のための代弁者であることを示し、そしてこの文明が——不可避に、恐ろしくも——その自己満足的で、現世的なシニシズムを吹きとばされる方法をはっきりと示すことがきっとオコナーの意図である。それは暴力によってである。他のどんな方法でもない。なぜならエゴは暴力によって以外は滅ぼされえないからである。エゴは言葉によって、理論的な議論によって、そのエゴイズムをやめさせることはできない。エゴは肉体的方法以外では何も教えられることはない。オコナーはカフカの「流刑地にて」の将校に親近感を感じたことだろう——将校は彼自身の肉体を通してのみ、彼の体に入れ墨で彫られた文章を通してのみ現れる啓発を切望している。キリストが彼の本物の、文字通りの肉体で苦しんだように、オコナーの人物は彼らの中にキリストを認識するために苦しまなければならない。

だがオコナーの芸術を正しく理解するために彼女特有の信仰を共有する必要は、最終的にはない。次のように言うと、彼女は必ず私に反駁するだろうが、「キリスト」の経験自体は、私的な期待にそって、その個人によって受け入れられる心理的な出来事としてたぶん解釈できるだろう。深い個人的な意味を持たないただ一つのテーマを取りつかれたように書いては書き直す作家はいないから、彼女のカトリシズムによって解釈された神秘的な「幻視」や洞察をオコナーが経験した可能性は大いにある。彼女の想像力は視覚的、具体的であり、彼女は聖餐式について、もしそれがただの象徴なら、「そんなものはいらない」(17)と言ったと伝えられている。まるで象徴がなぜか肉体的出来事ほど真実でないかのように、霊的行事を――ただの象徴とは！――と子供のように、単純に拒絶していることこそが、オコナーの作品にぶっきらぼうで、露骨で短気なあの奇妙な感じ、狂信かまたは天才かと思わせるあの奇妙な感じを与えていて、そのせいでオコナーに最も共感的な批評家でさえ、伝統的な小説によって探究された心理写実主義の特性と彼女を関連づけるのが困難なのである。ジョン・アップダイクの作品にあるわずかなわいせつさや残忍さは、例えば、オコナーの作品にある粗野な風変わりな暴力行為ではできない方法で我々を動揺させる力がある。というのも我々はオコナーを寓話作家として読み、我々が現実に生きている生き方の解説者としてアップダイクを読むからである。だが、人間の国が神の国と対照をなすとき以外はオコナーは人間の国に我慢ならないから、彼女は彼女の局限化された恐怖を、どれほど誇張されていてもあらゆるものをコンパクトな視界内になぜか包含させる、より大きな調和と関係づけることができるのである。

「啓示」の勝利は、一連のきわめて異常な出来事を一見自然に展開している点であり、その結果、どうしようもなく独りよがりで、独善的なミセス・タービンは目に見える啓示を経験するばかりか、啓示の心構えをし、それを要求し、そして彼女の頑固さにもかかわらず、啓示を受け入れることができている。物語のもう一つの驚くべき側面は、医院の待合室にいる精神錯乱の女性がミセス・タービンに言った敵意ある言葉（「もといた地獄に戻るがいい、老いぼれのいぼ豚め」）は、実際は彼女にだけ向けられたキリストの言葉であることを主人公が推測――ほとんど自動的に推測――している点である。精神的な世界が具体的で容易に知覚できる事実であるだけでなく、物理的な世界――他の人々、物、出来事、の世界――も分かりやすい、「より高い」審判が伝えられる媒介にすぎない。これは意味の世界であって、細部がより高次の意味の一点に集まるまで次々に詰めこまれる自然主義的な細部である。たぶん反自然主義の技法であろうが、観測された世界にしっかり基づいた技法である。オコナーはいつも原罪と、我々が原罪から救い出されるかもしれない方法について書いていて、それゆえ彼女は、全ての人間は無垢で、内面または外面の偶然の犠牲者であると明言する自然主義の無原則の無知を信じないし、信じることはできない。外面の出来事によって「現実の」世界を描写しようとする自然主義文学は、ユダヤ教とキリスト教に共通の文化とは全く相反する、原初の無垢である内面の無原則を扱うという仮説を設けなければならない。オコナーは鋭く観測された世界の外面の多数を活用しているが、符号という彼女の中世的な感覚、古くからある「あらゆるものの共感」のために、オコナーは主題を厳しく限定せざるをえず、主題を一つか二つの物理的な背景と数時間の期間に圧縮している。啓示はいかなる時でも起き、それが消えると同時に、その人の以前の人生の全てを集約するので、「ひどくせまい」医院の待合室には閉所恐怖症的なものは何もなく、待合室は神を持たない全社会の小宇宙となる。

「啓示」は二つの区分に分けられている。最初は医院の待合室、二つ目は豚の飼育場である。今生きている人々の多くが病気にかかっているわけだから、オコナーがミセス・タ－ピンの啓示の最初の半分のために医院の待合室を選んでいるのは意味深く、またゴスペル賛美歌がラジオから流れているのだが、ほとんど聞こえず、機械的で、空虚で、無関心な場面に組み込まれているのも意味深い――「主の御顔をあおぎ、主が見おろすとき……いつの日か私は冠をさずけられる」と賛美歌は歌っている。ミセス・タ－ピンは部屋をちらっと見渡し、「どう見ても、黒い連中よりひどい」貧乏白人たちに気づき、娘に付き添っている身なりのいい婦人と会話を始める。その娘は、精神衰弱の瀬戸際で、『人間の進歩』というタイトルの本を読んでいるが、ミセス・ターピンの額に当てられるのはこの本である。自分のことを善良なキリスト教徒と想像しているけれども、ミセス・ターピンは階級による以外には人間を思い描くことができず、人々を絶えず階級分けし、自分の地位を他の人々と関連づけて思索する必要性に取りつかれている。そのことを一生懸命考えていると疲れ果てて、しばしば「全部ひとまとめに有蓋貨物につめこんで、ガス室送りにしてやる」と夢想して終わることになる。ミセス・ターピンのキリスト教の種類に対するオコナーの冷淡な制裁は、キリストの排除は必然的に殺害に行き着くだろう、しかしその「殺害」は意志の意識的な行為というより、むしろゆっくりと着実な動きである、という確信から生まれている。

にきびで顔が青黒くなっている醜い娘は、ミセス・ターピンがしゃべる馬鹿げた偏狭な考えに激しい怒りを爆発させ、彼女に本を投げつける。娘は自制心をすっかり失い、ミセス・ターピンに襲いかかる。取り押さえられ、おとなしくなり、顔は「痙攣し」、娘は「時空を超え、条件を超越した、なにか強烈で独自の方法で」、自分のことを知っているようにミセス・ターピンには思える。そしてまるでしっかり閉じていた扉があいて、「光と空気を取り入れているみたいに」娘の目は明るくなる。ミセス・ターピンはあたかも啓示を待ち受けるかのように、心を固くする。そして本当に啓示がやってくる。メアリー・グレースは、ここではオコナーによってキリストが話す媒介者として用いられているが、オコナーの物語の中の他の不適格者たちにいくらか似ている――すこし流行を気取った、さもしい色気のある男性ではなく、「田舎の善人」のジョイ‐ハルガのような痛ましく、高学歴で、肉体的に魅力のない娘たちに似ている。オコナーがこれらの娘と自分を同一視しているのは明白である。できれば我々の生活に変化をもたらそうとして、人間の進歩に関するあの本を我々全員に投げつけ、我々の額に当てるのは、メアリー・グレースを通した、オコナーである。

　ミセス・ターピンはショックを受けるが、奇妙に勇気がある。鈍感で、感応しない人物がより高いレベルの自覚に立ち昇るのはオコナーの世界においてはまれである。それどころか、ミセス・ターピンはオコナーの知的な青年たちよりずっと勇気を見せている。彼女は地獄からきたいぼ豚と呼ばれたので、彼女の目を豚の飼育場に向け、そこで彼女は「秘密の生命をそそがれてあえいでいる」ように見える豚たちを見下げて立っている。最終的にミセス・ターピンに彼女の幻視を認識させるのはこれらの豚たち、すなわち生命それ自体の秘密にあえいでいる神秘である。彼女は豚たちからなにか「底知れない、生命を与えてくれる深い知識」を吸収しているようで、日没に彼女は空をじっと見つめていると、そこに彼女は見る。

……揺れ動く広い橋で、地上から活きた火の燃える空を通ってさらに上に通じている。橋の上には魂の大群がいて、すさまじい音をたてながら天国をめざして登ってゆく。生まれてはじめて清潔になった貧乏白人の群れがいる。白い衣を着た黒人の群れがいる。奇形の人や気の狂った人が大群をなし、叫んだり手をたたいたり、蛙のように飛び跳ねている。行列の最後に現れた群れを見て、どういう人たちかすぐにわかった。彼女やクロードのような、常になにもかもすこしずつ持っていて、……彼らは列の最後を、たいへんな威厳をもって行進してゆく。これまでいつもそうだったように、秩序をたもち、良識と品位あるふるまいをたもっている。この群れだけが整然としている。それでもなお、おどろきのあまりかわり果てた表情から、この人たちの美徳が無になってしまったのがはっきりとわかった。

これはオコナーの啓示の中で最も力強い啓示である。なぜならこの啓示は倫理的な生活についての我々の前提の根拠そのものを問うているからである。無になってしまうのは単に我々の

「美徳」ではなく、我々の理性的な機能も、そしてたぶん我々の別個の孤立したエゴの幻影さえも無になってしまう。ミセス・タ－ピンがすること――「彼女の小さな目がまたたきもせず、前に展開するものを見据えた」――以外に、エゴがミセス・タ－ピンの幻視に対抗できる方法はない。テイヤールと同様に、オコナーは我々の犠牲によって世界へ押し進めているかもしれない、より高次の意識の形態の進化を黙認する準備ができている。突然倒れて、火によって沈黙させられたあとで、老タ－ウォ－タ－が言うように、「主のお慈悲ですら人を焼くことがあるのだ。」人間は今の状態にとどまることはできない。人間は変化することなく存在することはできない。テイヤールは言う――我々は二つの方向、二つの方向だけに直面する、一方は上に、他方は下に向かう。

自然は我々の未来の要求に背を向けているのかもしれない。もしもそうであれば、何百万年の努力の成果である思考力は、不条理な宇宙のなかで窒息死して流産してしまうだろう。さもなければ、出口があいている。我々の魂の上に至上の魂がある。しかしその場合、その出口は、我々がそこから脱出することに同意するためには、我々が無我夢中で信頼できるもう一つの宇宙における際限のない精神的空間にむかって自由に開けていなければなら

ない。(18)

オコナーの人々は上の方向に向かわざるをえない、時には彼らの意志に反して――彼らの意志が焼かれてきれいになり、そして無になるから、時には彼らの意志に反してでも。人間全体への彼の愛を自分の白痴の子供への独占的で大げさな愛情に集結させているレイバーは、「当然襲ってくるはずの激しい苦痛、耐えがたい痛み」なしに、未来を熟考せざるをえない。レイバーはオコナーの洞察の中核にいて、変化を経験してきたが生き残る人間である。肉体の知恵は、それが原罪や血そのものの異常についての恐ろしい知識を我々に明らかにするときでも、我々の中で語りかける。

オコナーの啓示は、「善」や「悪」というよく知られたいかなる分類にも全く影響を受けない宗教的経験の霊的起源に関係している。オコナーの異常な聖人たちは普通の人間の行動をとることができない、「不条理」なキルケゴール的な騎士である。わいせつな叫びをあげて驚愕するターウォーター少年のように、オコナーの異常な聖人たちは「あまりに烈しいので、あんな不純さは耐え切れない」のである。彼らは、オコナー自身のように、「現世的な悪は頭から許さない」のである。神を体系的に、洗練的に、合理的に受け入れることはオコナーの中では我慢ならないのである。そして黙示録的な宗教経験が徐々に教理に変化することについては、オコナーは奇妙に沈黙している。オコナーの世界はあの超現実的で原初的な領域であり、そこでは無意識というものが、意識が認識できないから意識が負かすことができない決定量である。実際、認識されるべきことなど何もない——カフカの言葉によれば、あるのは苦しむ経験だけである。(19)

7 無意識の目的論
——ノーマン・メイラーの芸術

ここに宗教の問題の本当の核心がある——
助けてくれ！　助けてくれ！
ウィリアム・ジェイムズ『宗教的経験の諸相』

ぼくの停滞を解放してくれ。
メイラー『なぜぼくらはヴェトナムへ行くのか?』のD・J

アイデンティティの分裂の恐怖を描くメイラーの努力はおおむね自己顕示として誤解され、また彼の高度に様式化された、詩的で、イメージを作ろうとする言語構造は、魔法のような芸術性ではなく、意図的で頑迷な妄想としてしばしば誤解されてきた。私はメイラーが明言し、また暗示している考えのほとんどに異論があるけれども、彼の作品を読んでいて常に意識するのは、彼が作品に描く停滞状態は巨大な、共同体社会の悲劇であって、そして苦しみは存在しないとか、苦しみは我々がまだ手に入れていない宇宙的構想にはかなっていると宣言しても、苦しみを根絶することにはならない、ということである。彼は去来することを予言する人であるが、我々の文明はそれ自身の未来を熟視する方に向かい、『アメリカの夢』の差し迫っている黙示を迂回し、『月にともる火』でとても美しく描かれている知的精神の「エゴのない」「大気のない」「恐ろしい」領域を支持しているので、その去来することは――たぶん、とりわけ彼の予言的な声の激烈さと激怒のために――我々にとって決して本当に危険なものではないだろう。メイラーはいかなる種類の聖人として自己宣伝をしたことは一度もなく、アメリカ先住民的な道化師めいた粗野な無垢にあこがれている。その懐疑的だが非常に不安な感受性は、彼が動物たちをサディスチックに痛めつけるのらくら者やろくでなしを凝視するとき、ハック・フィンの精神構造に「なり」、同時にこれらののらくら者やろくでなし自身の精神構造にも「なる」だろう。すなわち、実際、その感受性の種類のゆえに『なぜぼくらはヴェトナムへ行くのか?』のD・Jの中にもう一人のハックを復活できている――なぜか少年D・Jは彼自身の中にジムの黒さ、つまり神経質な白人による黒さの「経験」を具現し、そしてトム・ソーヤーにあたる少年とチームを組んでいる少年D・Jは、翌朝ヴェトナムに向けて立とうとしている。だがメイラーは、聖人らしさはさておき、自己を真に公的で、共同社会的にするためには、公園と同じくらい踏みならされ、そして民主主義的にするためには自己を作品に投影しなければならないという強迫観念を我々の時代のもう一人の「予言者」であるアレン・ギンズバークと分かち合っている。

　わたしは防衛早期警戒レーダーシステムだ
　歴史はこの詩を予言的とし、そのひどい
　愚かさを忌まわしい精神的な調べにするだろう。

　ギンズバークのように、メイラーは彼自身の最も深い本能、全ての「前兆」「幻覚」「夢」「幻視」「画期的成功」、そして言語に言い換えられるさまざまな変幻させる力を信用する必要性に取りつかれている。「無意識は……とてつもなく大きな目的論的意味を持っている」（『ぼく自身のための広告』328）とメイラーは言ったことがあり、彼の真剣な作品の全てはまばゆいばかりの想像力の表現に適するイメージを突き止める試みであり、その想像力は時にはあまりに白熱していて、あまりに残酷なので、彼はそれらを審美的な構造に絞り込むことができないようである。彼はそれゆえ、無遠慮というわけではなく、その人たちにとって「自己」の「個性」がもはやあまり意義がない人々――神秘家、精神病質者、実存主義者、聖人、愛人、不能にされているのではなく差し迫っている死の可能性にむしろ奮い立つ闘牛士――に自分を類別した。(1)

メイラーが全体主義的で大衆民主主義の癌のような魔力とみなすものへの反抗としての「目的論的無意識」、また、広範囲にわたる精神の不安の兆候である彼自身の知的停滞の表れとしての「目的論的無意識」へのメイラーの信念を検討してみたい。メイラーの精神の不安は、その昔ダンが「新しい科学」を恐れたときと同じように、そのときは激しいが、もはやそれを恐れる必要はないという類のものである。メイラーの最も重要な作品は『なぜぼくらはヴェトナムへ行くのか?』――とんでもない小傑作――であり、彼の最も詩的で予言的な作品は『月にともる火』であるので、これらの本に集中すれば、メイラーのとても大きな自伝的冒険、つまり作者探しをしている「自己」を浮かび上がらせることができるはずである。

メイラーの時の時

それは邪悪な時間である。「梅毒感染作用」（D・Jの言葉。ジェイムズ・ジョイスとバローズを経由してハック・フィンに作用する）は、我々と我々のものであるはずの本能的な優しさの間になぜかやってきて、父親と息子を殺害に少々集中させ、殺害者たちは彼らが本当に望んでいる家庭内の殺害を昇華させるために団結し、そして男たちを愛する者たちではなく「殺し屋兄弟」にしている。暗く、癌のような、浪費的な魔力を秘めているこの時間は、巨大な「民主主義社会」の特徴であり、そのような民主主義社会では巨大メディア、大衆道徳、大衆意識それ自体がなぜか個人の外側に存在し、にもかかわらず個人を支配する力を持っている。そのような全体主義は、すると、政治的というよりむしろ精神的なものである。人当たりのよい大声、ラジオとテレビの声の混成、作者不明のスローガン、コマーシャル化した愛とコマーシャル化した憎しみがささやき合う声であたりは充満し、そして少年D・J、「アメリカに向けてしゃべるディスク・ジョッキー」は彼自身の分裂を録音しながら、これらの声を模倣している。

この「放送」をしているとき、D・Jは一八歳である――「アメリカ自体のさまよえる吟遊詩人がここにこうしてアメリカさんに売りさばくものは、処世術の新版手引き、この現実の電子工学エジソン世界、なにもかもがプログラミングで計算された現代世界をいかに生きるかのハウ・トウものだ、どうです、プロノンソ！」(8)——しかし彼の人生の危機的出来事はこの二年前、彼が神の出現を経験したアラスカでの狩猟旅行中に起こっていた。メイラーは想像力の可能性と、我々がそれらと向き合う——そのような想像力は戦慄的かもしれないけれども——必要性を確信しているので、『なぜぼくらはヴェトナムへ行くのか？』は、ある位置から見るのと数フィート歩いて離れて見るのでは全く別のことをいっているような、巧妙なプラスチック製の広告の審美的相当物と考えられる。だから小説は最初読むと、陰気に滑稽で「わいせつ」だが、次に読むごとに、悲劇的なメッセージが増大する。[2] メイラーは小説にいくつかの代替のエンディングを熟慮したにちがいないが、たぶん一瞬将来に目を向けると、D・Jことラナルド・ジェスロウ・ジェリコ・ジェズロウは彼を電撃的に新たな人生に駆り立てたと思われるのと同じ殺人者の本能の犠牲者として——言い換えれば、ダラスまで船で搬送されている遺体として——現れるだろう。しかしこのように作品を制限する彼の決定は作品をずっと致命的にしていると私は思う。なぜかというと読者は「D・J」を歴史上の事象としてではなく、世界中をうろついている声として解釈せざるを得ないからである。私にとっては、少なくとも、D・Jはすでに一人の人間として破綻しているので、D・Jの破滅は既定の結末である。

イギリスの批評家トニー・タナーは『言葉の都市——アメリカのフィクション　一九五〇年

——一九七〇年』（New York, 1971）の中で、アメリカ文学には、写実主義的で時に「ドキュメント的な」文学の伝統の確立のほかに、「言葉の推測上の正確さが、物事のまさしく神秘にかなっていると言い張る、断続的な無益さの感覚がある」（27）という理論を立てている。エマソンやソローやホイットマンのような作家の絶対的な自信にタナーの注意を向けさせることができようが、彼が最も関心がある伝統はもっと暗い伝統である。例えば、いかにメルヴィルが知らず知らずに沈黙に陥っているか、いかにフォークナーがただ「耐える」（けれど、確かに小説などを書かない）人々に英雄的な資質を付与しているか、いかに一九五〇年から一九七〇年までの二〇年間のアメリカの小説家が、世界の価値はいうまでもなく、世界の存在そのものに関する疑念を表明していることか。知的で抽象的な全体像はもはや可能ではなく、あるいは審美的に想像できないから、我々は断片として——小片として——自意識の強い「言葉の都市」である本、現実をはね返すよりももっとしばしば互いをはね返す本として取り残されている——「D・J演じるところのジェイムズ・ジョイス博士の弁舌をおゆるしいただこう、すべてのイカレポンチは似たりよったりじゃないでしょうか。とにかく狩猟の物語をたどってみよう」（126）。

「言語体系」を構築した小説家の中ではメイラーが断然優れていると私には思える。おおむねナボコフ、ボルヘス、そしてベケットのアメリカの息子たちである他のあまり不安感のない小説家においては我々がたじろぐ、気恥かしさや幼い少年の無邪気さや狡猾さなしで、メイラーはそうしているからである。D・J（あるいはハーレムのどこかにいるD・Jの分身）を通して放送される彼の熱狂は、本当の放送、一般大衆との本当の意思疎通であると意図されていて、そのヒステリックな糞便を巡る話やわいせつはおそらく最も重要なメッセージであろう。メイラーの知的なマニ教と、三段論法的には論理的だが、経験上は非論理的（実際、常軌を逸している。『性の囚人』を参照）な推論に及んでいるアリストテレス派の第一原理を組み立てる彼の習癖については後ほど論じるつもりである。ここでは「全体主義」体制の仮想的存在と、それが神経過敏な犠牲を要求することを集中的に論じたい。

（文学におけるように人生においても）いつも変わらぬユートピアやディストピア（地獄郷）の特徴は、オーウェルの『一九八四年』の中でウィンストン・スミスが四折版の本に日記として書き綴るだまし絵的形式で過去を書き直すことで、またはプラトンが『国家』――他の全ての詩を追放しただろう全体主義的な詩――の中で提案している空想的で詩的な神話の中で、歴史を支配しようとすることである。個人にとってさらにずっと致命的なのは、体制が言語を支配することによって、その頭脳を支配することである。なぜかというとベンジャミン・ウォーフや他の言語学者の学説が正しければ、(3) 思想を表現する適切な言葉や言語群がなければ、人間は思想を持つことができないからである。現実は存在する。死は存在する。不正は存在する。私は存在する。だが言語なしには、そのような種類の存在は全く認識できない。(去勢する、の言葉にはこれに相当する「女性の」用語がないということを挿入的に述べてもよいだろう。そしてノーマン・メイラーに関する論文では、これは逸脱にはならない。このことが分かると、全体主義的な思想統制というものが遍在していることが分かる)。組織的な言語統制によって、現代の匿名性の状況の中心にいる専制的な権力者は、個人を包囲し、(マルクーゼ〔訳注　ヘルベルト・マルクーゼ、1898-1979　ドイツ生まれの米国の政治哲学者。『一次元的人間』〕の不気味なメタファーによれば）横から見たトランプ札のように個人を一次元的なものにしようとする。我々の文明は「時間を支配し、社会的原因と結果の関連を支配することによって、自然を征服せんとするファウスト的な衝動」に基づいているとメイラーは信じ、長年そう信じてきた。だから彼の描くテキサス人が、死の危険を冒して狩猟をするほぼ原始状態への回帰にあこがれながらも、強力な武器とヘリコプターで十分に装備されているのは適切なわけである。これらの手段によって、人間は自らの救いを求めているまさにそのさなかに殺戮の機械になる。

圧制的な言語統制への反対を主張するためには、すると、個人はある種の芸術家でなければならない。つまり彼自身の特別な言葉の創造を試みなければならない。他のだれかの言葉による隷属からのがれるために神話を生みだすことは、たぶん、多くの芸術、少なくとも社会的混乱時に創造される芸術の背後にあるダイナミックな衝動であっただろう。だが皮肉にもD・Jは、彼の周りに溢れている排泄物の流れの中からのみ言葉を引き出し、そして彼自身の頭の中でその言語は世界をひどく非神聖なものにしかけている（小説全体は、D・Jと友人のテックスがダラスでの「お別れ」晩さん会に辟易としているあいだに語られている）。頭をそり上げ、顔には至福の喜びの表情を浮かべ、汚れた世界から身を清めるために一日に数千回もマントラを唱えるD・Jの相当者たちにとって、効果においてはまさに正反対だが、策術においては類似している。D・Jの相当者たちとは、西洋の大都市で買い物客を脅えさせ、惑わせるクリシュナ〔訳注　インドで最も人気のある神のひとり〕信奉者たちである。

メイラーは『夜の軍隊』で「自分が「自然にわいせつな」とき、一番アメリカ人らしく感じる」と述べている。そして、長年わいせつな言葉を自分の創作の片隅にしまって置いた後、再びわいせつ語を使用することに戻ろうと決めた。「そしてアメリカ語について自分が知っているあらゆることを発見」したが、メイラーをメイラーと主張しながら、挑戦的なアメリカの息子は人当たりのいい年長者たちに反論している。〔訳注　『夜の軍隊』からの引用――「かつては頑迷な保守的老批評家が、『裸者と死者』の中のわいせつな表現を弁護してくれたのに、そのかれらは、それともかれらの息子たちはいま、この新しい本（『なぜぼくらはヴェトナムへ行くのか?』）のそれを非難した……国は成長していたというよりもむしろ、早発性関節炎になっていたのである」（山西英一訳、早川書房、一九七〇。87）」。Ｄ・Ｊの言語を「最上の形で、非常に文学的である」（メイラーの言葉）と受けとめるよう促しているが、ここでメイラーはいかにも彼らしく、自分を過小評価していると私には思われる。(4) 実際は、『なぜぼくらはヴェトナムへ行くのか?』のダイナミックな核心は助けを求め、本当の言語を求め、彼の頭の中にある地獄からＤ・Ｊを救いだす大人の感受性を求める嘆願であるからである。なぜかというと小説の本当のメッセージは、専制的な体制への確信は知的な人間に最も子供じみた種類の個人的で人種的な攻撃をさせるまで退行を余儀なくし、そのことによって生き生きとした知性にかげりが見られるかもしれない、ということだからである（あたかもスウィフトのだめになった天分、「完全に頭がイカレてしまった」、が時おりあのスウィフト的な言語の中に表されているかのように）――この知性のないわいせつは、ただ退屈で、死んでいる。

我々の社会の中で成熟した大人になるためには、通常は思春期の特権や制約を放棄する。しかしトウェインや（彼の全ての作品において）サリンジャーが示しているように、より生き生きとした自分に戻るためには、意識的な大人の感受性を持ってではあるけれど、時々思春期に戻らなければならない。それは成人前の少年ではなく、大人の世界を分析し、判断を下せる能力を持っている反大人としての少年でなければならない。なるほど、確かに、少年たちは大人の世界についての意見、その多くは否定的だが、を述べるが、大人になっていなくてもそうできる。ハックルベリー・フィン、ホールデン・コールフィールド、アレックス（『時計じかけのオレンジ』——もう一つの「言葉の都市」——の人物）、そしてメイラーの少年は、少年としての大人であり、文学的であると同様に心理学的であるかもしれない理由で、彼らが真実について分かっていることを語る自由を手に入れるために、少年時代に戻らなければならないと感じる大人の作家のための媒体である。少年の子供時代と思春期前半期はわいせつや他のタブーのとりこになるのが特徴である。あたかもわいせつやタブーの表現が少年たちの能力を見定めさせ、彼らを少女たちから切り離す方法であるだけでなく、大人の世界に入る魔術的な近道であるかのように。（「少女」がこの種の言葉を使うとき、「少年」はまごつき、恐れる——メイラーが攻撃的な女性と彼女たちの口から溢れ出るわいせつな言葉に衝撃を受けるように。『性の囚人』参照）。我々の文化ではこの行為はおそらく普通か、少なくともありふれたことである。これが大人になってもずっと続くときのみ異常なのであり、そしてもちろん病んだ心の一つの兆候は汚物へのとらわれである。混迷し、自己嫌悪に陥っている我々の時代の「詩」がD・Jの声のメドレーであり、大人から少年への退行は運命づけられた挑戦であるとメイラーは示唆しているようである。確かに『夜の軍隊』では、大衆抗議運動に参加している彼の周りにいる「麻薬に汚され、わけのわからないたわ言の泥にまみれた子たち」に対して、メイラーは自分自身の美学に照らした軽蔑をとても正直に口にしている。大衆抗議運動は、宇宙企画とそこに所属する男たちや機械のエゴのない構成要素と同じように、どういうわけかメイラーと創意に富み想像力のあるロマンチックな伝統の全てを締め出している。『人食い人とクリスチャン』でメイラーは述べている――「我々の中の多くが糞便に取りつかれるのは、我々の内面で、我々の肉体の中で意思疎通が中断しているせいである」(New York, 1966. 320)。さらに、彼の作品から推測すべきだが、セックスは「罪」がなかったら、「無意味である」とメイラーは信じている(『夜の軍隊』、New York, 1968. 34-35)。これら全てはメイラーの本質は完全に分裂していることを示唆し、メイラーはメタファーを創造者／破壊者としての芸術家の神話的な役割とし、その役割を実際に生きようとしながら、自分自身と敢然と戦っていることを示唆している。というのも破壊に向かう彼自身の性向を文化の全般的消滅の点から解釈しようとして、次のように言うからである

――［芸術家が］集団的な意味に資する文明的行為を果たすのは、年々さらにひどく苦しくなっている。破壊したい衝動が新しい空気のように、空虚に向かう」（『大統領のための白書』228）。破壊されるのは文化ではなく、もちろん見えない全体主義の体制でもなく、芸術家自身である。

E・M・フォースターは『ユリシーズ』について、それは宇宙を泥で覆っていると言った――これは確かに不公平な意見である。しかし『なぜぼくらはヴェトナムへ行くのか？』は宇宙を排せつ物で覆っている、つまりそれは想像の宇宙である。すると次は何が起こるのか？　その次は？　思春期の挑戦的行為はその行為自体に跳ね返ってくるだけである。数年前アメリカのあちこちの都市で起こった黒人の暴徒のように、少年は彼が破壊しようとしてきた世界の中で住まなければならないからである。魔法は効かず、D・Jは次の（比喩的な）停止であるヴェトナムへ行き、そして彼は「彼の内部にあるどのような人間細胞も、いまは、たとえ万有の中心が狂っているにしても、それがエネルギーをたくわえた狂気であることを……忘却できない」（143）と知って、戦慄を覚えるにちがいない。メイラーのペシミズムは彼が賞賛するウィリアム・バローズのペシミズムより深く、メイラーの作品の方がはるかに意味深い。というのもメイラーの作品は生命力のある日中の現在と結ばれているからであるが、極端な時は、それは薄れて地下へ入ってしまう。

メイラーの「失楽園」

我々の時代は、非常に精力的な男性の中にパラノイアの兆候を導き出すのかもしれない。というのも何百万年にわたる進化は彼らに(私はかなり意図的に「私たち」ではなく、彼らという代名詞を使っている)種を保存し、増大させるはずの本能、女性を含む目に見える地上の生き物を支配するはずの本能、つまり征服によって自己実現するはずの本能を与えたからである。そして今、動物の敵は大部分消え失せ、いくつかは永久に絶滅した。最も危険な敵は今や微視的なので、それらを殺すには科学技術の装備のみならず長年の訓練が必要である……そして女性たちは、不可解な「他者」であり、苦行者や恋人や狂人が彼ら自身の詩的ヴィジョンをひらめかせるダブラ・ラサ〔訳注　精神の無垢な状態、心の白紙状態〕なので、彼女たちは支配・被支配の社会の基本的機構に今挑戦している……だが本当の敵は、貧困の経済学、星座に関する数理的な符合、ロマンチックな芸術家――「本能」を信じて「理性」を忌み嫌う――が同感できない自然についての全学識を含む、抽象的なただの「考え」である。『なぜぼくらはヴェトナムへ行くのか?』とジェイムズ・ディッキーの『救出』は(二つの小説は非常に似ているので、双方の名誉のために、それぞれのタイトルを交換したらいいかもしれない)、消滅しつつある感受性の非常に痛烈な表れであり、その感受性は敵の孤立と虐殺を非常に困難にしてきた文明化した都会の存在から遠く離れて、儀式的な行為によって男らしさの再声明を試みている。二つの小説とも、男性の他の男性に寄せるかもしれない優しさの恐怖、恋人になるかもしれない男性の否定(ディッキーはこの否定を反駁しようもない言葉で表明しているので、彼の描くホモセクシュアルな悪漢は彼らが受ける残酷な仕打ちに値するように思われる——実際、『救出』は性革命が容易にいくだろうと考えている人々全員に読まれるべき本である)、そして殺人者としての男性の神格化を扱っている。ディッキーの男性の理想はとても残忍なので、ディッキーはメイラーのD・Jの友人テックスのモデルではないかと半ば思ってしまう(「とうちゃん愛をふんだんにいただいたテックスは、テキサス人にとって無上の誇りと名声であるあの意地わるい光をやどした目つきを植えつけられた」)、一方D・J自身は甘い安っぽさを持ち合わせていて、もっとメイラー的である(「D・Jはすきすきかあちゃん愛で煮つまったバースデイ・ケーキみたいにあまったるい微笑という安っぽい表情を身につけていた」)——二人とも

「天性の狩猟カップルである。」ディッキーの最も力強い詩の中の一つ、「目を打つ者たち」で詩人である語り手は、D・Jとテックスが見た獣の神の「幻視」と似た幻影を経験する。

獣よ、わたしの道を
ふさげ。　おまえの体は平原に向かう。　鹿よ、わたしを
おまえのワイヤーロープ
の体に入れてくれ。　わたしは合体し、かなたに通りすぎる
こっそり　こじつけて　まったく
創作に絶望して　倍もよく見える遠近両用めがねをはずすと
わたしの理性はなくなる
視力のように。　セラピストよ、もうこれかぎりさらばだ
わたしに槍をくれ[5]

わたしに槍をくれ！　詩人は自らの大人の未来への道を教えてくれるはずの「創作に絶望」して、昔からの、古めかしい自分自身の姿に身をゆだねている。

メイラーはベケットの『ゴドーを待ちながら』について、それは絶望を表面化させた、人間が歴史を変えようとするとき人間の「無力」をめぐる二〇世紀の絶望を表面化させた、と感動的に書いたことがある。一九五六年のこのエッセイは一五年後の『月にともる火』と並列させてみると、付加的な意味を持つ。『月にともる火』を書いたとき——彼らしい正直さで彼の認識を最も深い含みにまで追及しているのだが——だれもが無力に絶望していたわけではなかった、だれもがベケットのように麻痺していたわけではなかった、想像のあらゆる表現は暗い、受動的な、耐えがたい言葉で言い表されなければならないわけではなかった、とメイラーは認識せざるをえなかったからである。メイラーは「テクノロジー時代の最初の大聖堂」の中に立って、宇宙計画について考え込み、世界は変わりつつあると認識しなければならないと認めざるをえない。

自分が自分の強大な自我で世界を突いたり、押したりしているのだと思っていたときに、[その世界は]現に変わりつつあった。世界は、かれがちっとも気づかないような仕方で、ちっとも予期しなかったように、いまとなっては理解することもできないように、変わっていた。……そうだ、エーテルの天空を旅する船の出現は、かれが自分の頭脳の中でこれまでまとめることができたどんな哲学によっても、測り知ることができない出来事であった。

（『月にともる火』、ボストン、一九六九。57–58）

ここで意義深いのは、かれが自分の頭脳の中でこれまでまとめることができたどんな哲学というフレーズである。なぜならこのフレーズは、人々が文明の複雑さの中で学び、研究し、自己鍛錬をする必要性のない、牧歌的な過去や魔術的な領域にメイラーは傾倒していると言っているからである。自称ロマンチストは想像力が彼を持続させるだろう、偉大な芸術作品は彼の無意識から自発的に湧き出るだろうと信じている。彼には理性はファウスト的で邪悪に思えるから、彼は「理性」を嫌い、恐れる。

現代のロマン派の作家が被っている想像力の麻痺は、直接には、世界の加速するペースとそれを記録する彼らの能力の減少から生じている。しかしもっと大事なことは、想像力の麻痺は、もし男性なら、征服しなければならないという重荷を負った孤立した「エゴ」として、そして女性なら、シルヴィア・プラスのように、征服されることを不可避とみなす予想を恐れている孤立した「エゴ」として、自分自身を信じ込んでいることの自然の結末である。メイラーの場合、マニ教的な実存主義、二つのひどく擬哲学的な前提を組み合わせたもの、の周りに全作品群を構築してきた。メイラーは有限の神の確信、つまり、分裂した宇宙の中で「交戦する要素」であり、他の概念と対立している「彼の」概念を宇宙に押しつけようと「彼は」もがきながら、なぜか人間を利用しているかもしれない、ある神の確信を主張している。『なぜぼくらはヴェトナムへ行くのか?』のクライマックスでそうするように、神が最後に現れて、この神が有史以前の「神」だと分かっても、メイラーを驚かすようには、この神は我々を驚かせることはできない。人間が自分自身の姿に似せて神を創造するのだろうか? そして意識への信頼を無意識の否定と間違えて、メイラーは想像性に富む知性の活用をすっかり放棄している。

人間の中に「恐怖」の感覚を覚醒させたいという彼の欲望は、宇宙における退廃の進行、つまり「癌」の進行として、悪の絶対的存在を確固と信じている点にその根源がある。この確信から、神/悪魔、想像力/テクノロジー、男性/女性という均衡のとれた対比へと論理的に進み、さらに現実の分類不可能な変化を表すメタファーの他の強引な代用を挙げている――「肉体対精神」、「ロマンチック対クラシック」のような単純なものもあれば、「セックス対宗教」、「殺人またはホモセクシュアル対癌」のような戸惑うものもある(これらはずいぶん昔の「ヒップスとスクエア」にある六五対の項目のうちの四つである)。メイラーは自分の境遇の自滅的な性質を十分に理解しているように思われる。もっとも、それを超える方法は分かっていないけれど。

……D・Jの天才的頭脳こそが究極存在をまさぐりあてることができるのであり、街なかのそんじょそこらのおでぶさんたちにできる相談じゃあるまい、たしかにそうさ、じっくり考えてもらおう、夢の領土の電気と磁気はさかしまの世界――神だか悪魔だかが眠りのなかで肩がわりしてくれる――なのだ、これよりもっと単純明快な説明がおありかな、専門タイプのM・A（修士）さん？　マニ教徒の至高神マニなんかひきずりおろすにしくはないのさ、そう、糞でもひっかけたらいいだろう、ここにましますD・Jこそ……彼を復活させようとしているのだ。（172）

しかし死んだマニ教の神を復活させようとする努力、あるいはヘミングウェイが代表していると思われたロマンティシズムを再確認しようとする努力（『月にともる火』の「アクエーリアス」の章を参照）には、原始的な衝動への屈服を避けられなくさせるほどの、大人の非常に意図的な歪曲が含まれている。
しかしたとえメイラーが神と悪魔への彼の確信、邪悪な「退廃」の力によって人間が弾圧されるという彼の確信をわきへ置いたとしても、彼はほかに激しい知的な疑惑を抱えている。なぜかというと『なぜぼくらはヴェトナムへ行くのか？』のまさに中心にあるのは、アラスカの狩猟旅行中D・Jと父が一緒にいるとき、D・Jの無意識の心から突然現れるのが次の記憶だからである。

……いまD・Jはめっぽう熱い息吹きの谷あいで死の座に乗って小きざみにふるえてるさなかだ、なぜなら彼の足指が膣道のうえをほとんど無音のステップで歩むごとに、ひとつの調べ、記憶の鐘音をかき鳴らし、彼のかぼそい十本足指の天使の竪琴はラスティがわがお尻にくわえる革帯の打撃音を演奏するのだから、彼は五歳にして頭の芯がはじけんばかりに悲鳴をあげる、だって彼の父の顔は狂人のお尻そのもの、撲殺するまで（――なぜかその理由はもはや知るよしもないけれど――）打ちたたこうとする力そのものなんだから、ジェットの王座卿ハレルヤファックの真っさいちゅうの子供の泣き声だからか、ひどく邪魔になるからなのか？　いまはだれにもわかりはしない、D・Jはあの打撃、悲鳴、哀願

を想いだす……。（137）

この節でメイラーはＤ・Ｊの運命は、彼が五歳のとき古典的な原光景〔訳注　子供が両親の性交を初めて目撃または想像すること〕を目撃したことにあるとまさに言おうとしている。Ｄ・Ｊは父ラスティへの恐怖と憎しみをずっと抑圧し、一〇年後「共同体としての父と息子」は彼らの野蛮さを九〇〇ポンドの灰色熊に集中させることによってのみ、互いを容赦することができるのである。確かにこれは縮小版の社会――二人の「梅毒感染作用」――である。

まっことイカスじゃないか！　死はＤ・Ｊのうえにおそいかかり、父への記憶はいまにも息子を虐殺しようとするが、Ｄ・Ｊ自身の殺意の息吹きがいまなお彼の指の、彼の両手の血液をかけめぐり、あらゆる殺意は遅疑逡巡におちこんだ、が、まさにそのとき踏跡上に一個の存在が出現したのだ、もはや死の恐怖ではなく精神の凝集があった、ふたりの人間のあいだにみなぎった殺意は鳴りをひそめた、なぜなら殺意はいまやふたりの外側に存在するものとなったからであり、父親殺しの想像ちゅうに殺意等価電波がＤ・Ｊにむかい流入しつづけたのだから、ふたりはふたたびもとにかえって野獣に思いを凝らしたのだ。

(138)

これはフロイトの悪魔的な声であり、全ての文化はエディプス・コンプレックスから生まれ、文明はそれ自身の不満であり、人間は決して救われないと語っている。メイラーはすばやい熱狂的な洞察のひらめきを得ようとしているが、フロイトは「人はなぜ戦争をするのか」や他の論文の中で、メイラーが達していない厳粛さと驚嘆の念をこの主題に抱いている。人間は最初の経験によって絶対的に決定されるのだろうか、そして種としての人間は、最初の先祖が経験したことに「決定される」のだろうか。主として病理学の病態に基づいているフロイトの決定論的心理学は、ヨーロッパの実存主義者の哲学やアメリカの「人道主義的」心理学を経て、故エイブラハム・マズロー〔訳注　1908–70　米国の心理学者〕が、きわめて真剣に、「超人間心理学」が開始されなければならないと提案することができた時点にまで進展している。マズローの言う「超人間心理学」とは、人間の進化の次の局面のための心理学を意味する。メイラーや他の現代作家は、「真実」はどこからともなく彼らのもとにやってくる、または彼ら自身の頭脳の最深部から浮かび上がってくるという彼らのロマンチックな想定によって悲惨にも自らをだまして、知的成長を奪ってきた。アクエーリアスとしてのメイラーがアポロの大聖堂の中にいて不安なのは、少しも驚くにはあたらない。

究極的には、心理学上の真実はないのかもしれない、あるのはただ哲学的提案にすぎない。これらのうちの一つが、情熱は知性より優れているという提案である。これは哲学的提案であり、ずっとそうであった。ただし、情熱は言葉を持たない。

しかし人が、メイラーがするように、もしＤ・Ｊのような健康な少年にほとんど意思決定を持たなくさせている死のような重い心理学的決定論を受け入れるなら、前もって運命づけられた結末に向かって象徴的な狩猟を最後までやり遂げる以外にすべきことは何もない。父親はわがままにも熊を殺したのを自分の手柄にしたので、Ｄ・Ｊは「ラスティの頭をぶちくだいてしまうくらい長い夢遊病の発作にかかるんじゃないか」と恐くなって、友人のテックスを起こし、二人は大人たちがいるキャンプから逃げ出す。Ｄ・Ｊは、息子よりもっと子供っぽい父親ラスティへの愛の重荷から永遠に解放される──「なんというおどろき。ひとりの息子がひとりの父親にたいしてしめす愛情の有終の極致。」そして今Ｄ・Ｊとテックスは「天上の光輝の唯一無二の山である北極光」にまで連なる「磁性的北極の氷の万力」を目指して進む。

小説のこのセクションには、メイラーの最も美しい文章のいくつかが含まれていて、彼の個性の相争う部分が調和されて、詩のような全体性と統一性のある、長く、ゆったりした、複雑な小説となって、いつかは発揮されそうな技量めいたものが暗示されている。それは、たぶん、「メルヴィルの文体で」企画を練った長編小説だろう。少年たちが果たすのはまさに自意識の強い、文学的浄化の儀式であるのだが、非常に鮮やかな散文の中で美しく描かれているので、我々は初めてこのことについて読んでいるのだと思うかもしれない。事実、自嘲的な文学的言及のほとんどが影をひそめている。『白鯨』やフォークナーの『熊』やD・H・ロレンスの非常に多くの側面を連想させるこの小説の象徴的な核心により深く迫るにつれて、超越的で神聖な場所に近づきつつあるように思われる。鉱脈のように現れた雪原にいる一二頭のドール雄羊、狼、リス、北極の花々、ベリー、陽光、ねずみ、すずめ、うさぎ、「林立するその角の集合はまことに壮観そのもので、行進する森ではないかと目を疑うばかり」のトナカイを前にしては、わいせつな言葉は忘れられている。

銃を持たず、少年たちはテントを設営し、眠ろうとする。しかしD・Jは「不安のために寝つけなかった、狼への不安、甘美の飽満、睡眠への不安、甘美の飽満……。」そしてD・Jは神秘が彼の方に接近し、不可思議な神秘を感じ取り、「木々や森をわが領域のうちにつつみこみ、それらがたがいに抱きあう意味を理解し、大地のうえを伝播する通信をとらえ……それは木々の葉や吹きわたる風によってもたらされた大いなる悲哀であり、言葉こそもたないがなにか電気を帯びた悲痛の集束であった……」と感じる。大鹿の帝王が近づいてくる。しかし少年たちは無関心で、自然から、そしてお互いから全く切り離されて、「ちょうど電気コイルのなかで、磁気を帯びてゆく二本の棒磁石のようであった。」ロレンスの『恋する女たち』の特に二〇章と結びに言及するからといって、私はメイラーがロレンスに近いと示唆しているのではなく、メイラーはD・J——媒介者であり、さまざまな声の寄せ集めである——に非常に似ている、そして友人バーキンが申し出る愛に対するジェラルド・クリッチの恐怖がD・Jとテックスの中に再び現れ、二人は互いに触れることさえできないでいると示唆している。疑いようもなく、ジェラルド自身の魂の北極での冷たい死、女性でも、女性でも！　軽蔑する唯物主義的なエゴの死は、ずっとメイラーの意識の中にあるにちがいない。

二人の少年は互いへの反感を捨てられない、どのような神秘的な一体感でも結ばれることはない——D・Jは、少なくとも、この一体感のためには父親への以前からの嫌悪で自滅している——だから彼らが見る神の幻視はD・Jが死んでいく熊の目つきにすでに見た「あの野獣的で邪悪なさかしらさ」でしかなく、つまり「よう、ベイビー、おまえさん、まだ完全にものにしたわけじゃないぜ」と熊の目が請け合うものである。

……それはげんにその場に存在した、そう、それは神というもの、その神はじじつ存在していたが、けっして人間のすがたではなく、けだものであった……秘密の叫び声で、「さお、おいで」とさそいこむ……。なぜなら、神とは、つまりけだものであって、人間じゃないんだから、だから、そのとき神の命じた文句は、「イッちゃうんだ、コロしちゃうんだ――わが意志をおこなえ、イッちゃえ、コロしちゃえ」だった、そして、ふたりはたがいにその場で、相手を所有しようとする淫欲のせめぎあうはげしい葛藤のなかで、しかし、相手にやられるかもしれぬという不安のなかで、分割のナイフをかざしてつるみあった……光の色調は変化してゆき、北極の光輝のうちなるなにものかが彼らの内部に侵入し、彼らの不安を共有し、そこに精神感応と新しい力の霊交が実現し、ふたりの関係は双生児に転化し、ふたたび愛する者どうしのような密接さはなくなり、おたがい殺し屋兄弟になりさがり……（202-4）

そしてアラスカ狩猟旅行は終わり、少年たちは男たちと合流し、全員フェアバンクスに向かい、飛行機に乗り込み、「新たな生活にもどるべくその帰路を急いだけれど、その生活がそのまままっすぐ、二年が過ぎ」、D・Jが彼のお別れ晩さん会の座についている「ただいまこのぼくの意識に直結している。」明日、「テックスとぼくは、ヴェトナムでとりおこなわれている悪魔のわざを目撃するため、ここを出発するんだ……こちらはD・J、消えゆくアメリカを語るディスク・ジョッキー、ついにテープも切れそうだ。ヴェトナム、まっ赤な地獄。」こうして小説は終わっている。しかし小説は、「なぜぼくらはヴェトナムへ行くのか?」の質問には答えていない。

問題はメイラーがメタファーを現実の代わりに使用していることにあるのだが、彼は非常にすばやい、巧みな、熱烈な仕方でそうしているので、我々はメイラーが中心の問題をぼやかしていることに必ずしも気づくことができないのである。彼の鼓舞されたような文体の止まらない勢いは我々を先へ先へと連れて行き、さらにD・Jの自嘲はあまりに現代的なので、最終的には、シュペングラー的な絶望を表す媒介にはなりえていない。小説は、実際には、マンの『魔の山』よりも古めかしいのだが、『魔の山』も時代を代表する若者が戦争の匿名性の中に入って行くことで終わっている。しかしマンは我々にある程度の選択の自由を保証するさまざまな解釈を提示している。例えば、彼について読んだという事実以外に他の理由がなくても、読者はハンス・カストルプより優れているという希望を持てるし、ハンス・カストルプは彼の運命を経験しただけなのだと納得もできる。メイラーの作品では、しかしながら、D・Jの意識はメイラーの意識でもあり、北極での神の幻視は人類の究極的な神を表すメイラーの疑いを入れないメタファーである、と我々には思えてしまう——狩猟旅行という状況や「自然」に対する愚かで消極的な黙認を考慮に入れると、とても期待できるような神ではない。逆説的に思われるだろうが、彼の小説はとても生き生きしているのに、メイラーは、実際は、停滞状態の作家である。問題は刺激に対する全く男性的な反応ではなく、刺激はいつも人生の尺度でさえなく、問題は人間の知的で意図的な知覚方法であって、その知覚方法は肉感的な刺激を受け入れ、または拒絶し、それらの刺激を芸術作品に似てなくはない脚色とみなすのである。だがメイラーは非常に制限された全知を自分自身のために定めているので(私はこのフレーズを意図的に使っている)、『アメリカの夢』の一五頁で、もしロジャック(つまりメイラー)が動機づけの根源を「魔法、恐怖、そして死の知覚」と信じているなら、実在のヴィジョンの超越があるはずがなく、そのことの肯定があるだけであると我々は知っている。それはちょうど、ダラスの大人全員の忌々しき人間の限界を認識しながら、また宇宙におけるニュートン的な決定論を想定しながら、D・Jは「万物にかかわる本質的な動物的狂気を血肉化する」(70)必要があるのと同じである。「動物的狂気」が彼の中に入り、北極の夜の冷たい磁性的「精神感応」

めいたものが彼の魂を充電させるときのみ、D・Jは統合され、ロジャックのよりも（ずっと非人間的だから）もっと致死的な力が付与される。リチャード・プワリエは綿密なメイラー研究において、メイラーは書き続けるために「二つの世界の……戦闘隊形をとった具現者のままでいる」必要があるのだろうと考え、「人々が非常に容易に吸収できるよりももっと多くの事が起こりつつある、そのような瞬間にメイラーがきわめて強く惹かれる」ゆえにメイラーを、例えば、ベローよりも高い地位に就かせている。(6)

しかしながら、最近の本『実在の使い』は、全く広くは受け入れられていない現実に陶酔することは、新しく拡張し続ける現実の姿にいつも敏感に反応するエゴにとって永続的な弊害をもたらすかもしれないと示唆している。「撮り直しなしの」映画作り──即興とはリハーサルなしで普通の生活の流れや成り行きに対等であろうとする試みである──に関わるとき、最も「人間的」だと信じているからである。結局のところ、無意識の目的論的な力は我々を……ただ普通の生活に連れて行くのだろう。メイラーの空想的な実存主義は、彼の作品の中の最も興奮している瞬間のいくつかを説明するかもしれないが、それは長くは続かない興奮である。なぜかというと過剰な物質にすぎない世界に自分自身を置くことは、自分自身に催眠術をかけるような災いのもとであり、そのような世界それ自体が分からなくなるからである。このことから、あらゆる種類の中毒を取り上げ、「中毒者」が人間の行動の原型であるバローズのフィクションにメイラーが関心を持っている説明がつく。だがバローズの全知の心の中では、何気ない人間関係は容易に消去され、成り行き任せの「流れ」や「意識の分野」は、真空空間の中では時間を超越し、単元的な宇宙から推測されているように見えるが、寓話やおとぎ話のように、新聞やその見出しが示す今現在の世界に当てはめられるとき、その意味を受け入れている。メイラーはこれ以上、はるかにこれ以上を目指そうとしている。ハーレムからディスク・ジョッキーの番組を放送しているかもしれない相補的意識に対するD・Jの神経過敏な謝罪を説明できる方法はほかにはない。つまりメイラーは本当に打ちのめされた、魔法のような「死の知覚」を要求する正当な権利を持っていない――アメリカに一人でも黒人が存在する限り――とメイラーは知っているし、そうはっきり言明したいのである。死にかかっている、あるいは死んだマニ教的な神々を復活させようとする努力は、メイラーの観点からすれば、彼がなぜだか獲得できなかった想像力のなせる業なのかもしれない。メイラーとD・Jの「天才的頭脳」は、両極端の自覚、計り知れない神秘の混沌にどっぷりつかることが、「時間」つまり普通の時間とは何の関係もない宇宙の「時間」に入るための必要なイニシエーションであると信じて、実時間の意識を生みだす自発性を持っているように見える多くの現象をその頭脳に詰め込んでいる。だが誤謬は――私はメイラーが誤謬を利用する方法にすっかり敬服して言うのだが――メイラーは「別の」種類の人生、つまり彼が経験しなかったが経験すべきだと信じている別の人生、彼が想像できない別の人生を彼の想像の中に無理に押し込み、さらに、メイラー自身のものである白人の、ファウスト的、「委員会」文明――メイラーを可能にしてきた、とりわけその名前で出版した全ての本の「ファウスト的な」メイラーを可能にしてきた文明――を打倒する力をこの相補的意識に割り当てている点である。というのも我々の文化についてのメイラーの定義――それは「時を支配し、社会的な原因と結果の関連を支配することによって、自然を征服しようとする」ファウスト的な衝動の上に築かれている――を再び考慮すれば、これは実に真剣な小説家の厳密な定義だからである。メイラーは時間を人間の意志に服従させようとする人間の中にある衝動には、邪悪な何かがあると信じている。だがこの「悪」が偉大な芸術のまさに根底にはある。主人公がとてつもなく多量の物質に耐え、そして彼の知覚の対象物とのあらゆる知的関連性に抵抗することによってのみ、自分のアイデンティティを獲得する実存主義文学は、全く別のものである。典型的なアメリカ的野心の持ち主であるメイラーは、これには満足しない。だが彼の精力的なマニ教がより高次の芸術を禁じている。

イニシエーションは、すると、主人公により新しいヴィジョン、彼自身の力のより複雑で未来志向のイメージをもたらすのではなく、行き詰り、終止符をもたらすことになる。主人公が出かける地域は、ロジャックの未探険の西部やバイロンのユカタン半島の未開地（小作人がみんな気高く、穏やかだった牧歌的な「南米」へ行くべきかギリシャに行くべきか、バイロンはしばらく決心がつかなかったのを思い出す）ではなく、ヴェトナムである。つまり終止符である。西部の「乾燥し、人一人いない、荒れた行き止まりの砂漠」が新しい品種の人間を産みだしつつあるとロジャックが思い巡らせているとき、彼はロレンスが『恋する女たち』でとても美しく描いている情熱的な確信――種としての人間は絶滅するかもしれないが、生命力は尽きないという確信――を再び引き継いでいる。

しかしD・Jは「肛門的指標隠喩の芳香たぎる熱帯島に孤立」したままであり、メイラーはD・Jより長生きし、マホメット・アリは「二〇世紀の精神そのもの」などと言って、自ら拒絶していた空想的な伝統を続行している。

それゆえ、停滞である。それゆえ、古めかしい儀式や、かつては非常に意義深い未来への参入であった人類の歴史上の出来事――しかし今では、決して経験されなかったから、ぼんやりと感じられる何かを疑似宗教的に思い出させるもの――をますます防衛的で、焦躁的な言語構造で賞揚する。メイラーはこの苦境を小説にするにあたって、多数の声を代弁している、あるいはもしかしたらそれらの声は彼を介して話しているのだろうか。『なぜぼくらはヴェトナムへ行くのか?』をざっと読んだだけでも、そこにはT・S・エリオット、ジェイムズ・ジョイス、ロバート・ローウェル、ウィリアム・バローズ、ヘミングウェイ、フォークナー、メルヴィル、トウェイン、スターン、スウィフト、ベケット、セリーヌ、カフカ、ピンチョン、ホークス、ギャス、バース、プルースト、バージェス、フロイト、ロス、セルビー、ジュネ、ベロー、レニー・ブルース、ボルヘス、ロレンス、そしてもちろん少年としてのメイラーが大人としてのメイラーへの嫌悪を口にしている自己会見と『ぼく自身のための広告』の中のメイラーの存在が明らかである。これらの声はどれひとつとして隠されていなくて、小説は(彼の周りで非常に激しく渦巻いている電波からメイラーが選び出している)魔法のような精神感応の意図的な文学のイベントであり、自分は独創的な作家ではなく、これまでも決してそうではなく、独創性への同時代の偏愛に惑わされているだけであるというのがメイラーの側のもっともな自白である。偉大な芸術は共同のもので、「独創性」とは、優秀な人物が彼の文化の豊かで統合されていない全てを使用することにのみ適応される用語である。

だがメイラーが共鳴していない数少ない作家の中の一人は、メイラーの実の兄弟のように私には思われる。ジョン・ミルトンである。なぜならミルトンといえば、彼の天才的偉業は時代遅れの宇宙論に以下のものを全て押し込んでいるからである——彼自身の創作活動、魔法のような力と最小限度に知的な人間についての彼の「幻想」、構成されたあらゆるもの、メイラー的な「風変わりな活動」の寄せ集め、本質的には国内の緊張に狭め、それからコペルニクス以前の宇宙全体を含み、説明するために熱狂的に拡大された力の政治学。しかしミルトンは、もちろん、彼が考える全体主義的な統一性の必要性を偉大な芸術に変えたが、メイラーは、素材を超越すべき芸術家の必要性、最終的に恥じないで全体主義的であるべき芸術家の必要性(「全体主義的」という用語よりもっと穏やかな用語が他になければ、ジェイムズ的な用語が見つかるだろう)に抵抗しているので、偉大な入り口に近づくが、それを横切ることはない[7]。

メイラーが代表している、または代表していると信じている人間性研究の、自由主義的な想像性の伝統に属する『月にともる火』にあるメイラーの恐怖は、彼の主題である「根を破壊してしまう」まさにその人々とメイラーがある種の神秘主義的な連帯に加わることを妨げてはいない。この本には多くの美しい、きわめて感動的な文章や、メイラーの心が今にもある方向から別の方向へ、そしてまた別の方向へと動いていこうとするのを読者が感じ取り、ほとんど息もつかず、参加する真に霊的な緊張の瞬間がある。メイラーが月の写真をじっと見、セザンヌについて理論を立てているとき、NASAの経費の正当性が証明されていなかったなどとだれが言うだろうか。セザンヌが近代美術の父で「ある」かどうかはほとんど問題ではなく、大事なのは非セザンヌ的なメイラーが「抽象のロジックの探究へ向かう」人間の必要性を展望することができていることである。また大事なのは、とても詩的に、メイラーはなぜ我々はヴェトナムやどんなところへも行くのかという質問に対する可能な答えを、答えとは認識しているようではないが、記録できていることである。

「……〔宇宙飛行士の一人であるニール・アームストロングが質問に答えている〕我々は、挑戦に直面するのが人間の本性であるから、月へいくのだ、と思います」わたしがいま何のことを言っているか、たぶんきみたちにはわからんだろう、きみたちのうち、大多数のものには、決してわからんだろう、と言うように、ちょっと挑戦的な顔つきをした。「人間の深い内的な魂の本性だからです」深い内的な魂という言葉は、かれらが強引にむしりとって、かれの咽喉を灼いたかのように、吐き出された。……「そうです」と、かれは自分が雑誌の執筆者たちに引きわたさなくてはならなかったことを心に留めるかのように、うなずいた、「ちょうど鮭が流れをさかのぼって泳ぐように、わたくしたちはこれらのことをしなければならないのです。」(46–47)

アームストロングは、表面上は、巨大な機械の中の「エゴのない」部品の一つのように見えるが、実際はメイラー自身と同じく個性的で、ユニークな人物であって、そのアームストロングがメイラーを通して我々に語りかけている。そして彼はより新しい意識を表明している。進化のときにあって、あの無意識の世界が、意識的に、慎重に、(もし他に適切な言葉がないなら)ファウスト的な方法で、今取り上げられつつあるという事実をよかれあしかれ受け入れる、新しい意識を表明している――(ヴェトナムのような)最悪のような時でさえ、善と悪という廃れ、固定化された、有史以前からの課題に頼らないで、勝利と同じように惨事を説明できるのは、目的論的で懸命な、半ば無意識な、半ば意識的なものの表現であるという事実を受け入れる、新しい意識を表明している。もし人がロマンチストにちがいないなら、彼は機械の心理を考察することだろう――あるいは彼は「宇宙が一つの錠であるなら、それを開ける鍵はものさしよりもメタファーであることを知っている野蛮人としてこの世界をもう一度眺める」ことだろう(415)。

このような展望を考慮すると、メイラーはきっとこれから最も素晴らしい作品を書くことだろう。メイラーが全く不必要に文明に向かって投影してきた人間性の虚無的な二分化をわきにやれるかどうかを見、そして「我々の時間の意識に革命をもたらす」彼の欲望を多数の他の人々と、競争相手や「殺し屋兄弟」とではなく、「抽象のロジック」という共通の探究に関わる目覚めた大人たちと共有するのを見るようになるのは興味深いことだろう。

8 石から、肉体のなかへ

——ジェイムズ・ディッキーの想像力

絶望と歓喜が
一緒に横たわり、のたうつ
熱い草のなかで、一枚の葉も動かず……
ディッキー「背を向けて」

私ほど自分自身に注意を払っていれば
人は必ずいつも地獄に住むこととなる。
ディッキー『出撃』

ジェイムズ・ディッキーの素晴らしい詩の業績は、自然と経験の両世界との関わり合いにおける詩人の「個性」への不安な関心に特徴がある。彼の作品は、我々に分かってきているように、言葉の意味においてめったに告白的ではないのだが、いつも個人的で、時に黙想的で、時に劇的である。近年ディッキーは物議をかもしているので、信じられないほど抒情的で劇的な才能は相応には認められていないし、また彼がアイデンティティ、自己、我々が個性と呼ぶあの神秘的で捉えどころのない概念について絶えず、しばしば偏執的に問い続けていることに関しても研究がなされていない。

しかしこれはごく当然のことである。物議をかもし、したがって誤解されるのは、時代の隠された原始的な欲望やタブーを表明する個人にとって、いつも宿命だからである。ディッキーの詩が重要なのは、彼の詩が非常に技巧的であるからだけではなく、ますます複雑で「不自然な」文明の局面に答えて、アメリカの想像性について、時に意図的ではなく、多いに表現しているからである。(ディッキーにとって、内面的な変化は、肉体的な行動と対照的に「不自然」に思われるようになる。それゆえ彼の日記『出撃』からの引用語句で、題辞の中の「地獄」という表現が生まれる)。彼は、きわめて真剣に、「世界も人間の心も繊細さゆえに死にかけている。必要なのは力である」と言ったことがある(『出撃』Garden City, New York, 1971. 85)。彼の想像性は英雄らしさを求める。しかし、たとえどれほど情熱的に彼が自然それ自体の根源的な秘密のリズムと一心同体であると信じていても、世界は英雄を適合させることはできないし、必ずしも適合させないだろう。かなえられない要求を口にするその人、満足しないだろうし決して黙っていないだろう「私」を人々はひどく嫌うようになる。私自身が地獄であるは、個人的な感情を詩的な言葉で表しているけれども、哲学的な発言である。

ディッキーがこれまでに出版した詩集──『石のなかへ』（一九六〇）、『いっしょに溺れて』（一九六二）、『ヘルメット』（一九六四）、『バックダンサーズ・チョイス』（一九六五）、『目を打つ者たち、血、勝利、狂気、バックヘッド、そして慈悲』（一九七〇）──は多くの仮想的、実験的なペルソナを提示し、どのペルソナも、詩人の「自己」が耐えている、より以前の意識の一種の化身である。詩人は動き、成長し、苦しみ、変わる、だが彼は依然として同じである──その声はただ一つの声で、間違えようがない。その声は、魂は英雄的だと知っているので、なぜ彼自身がこんなに追い込まれ、こんなに絶望的なのかとたずねている。ディッキーの中心テーマは、ますます没個性化、知性化した社会に直面している現代人を特徴づけている挫折感である──挫折感とそれが必然的に生む残忍な憤怒である。ディッキーはリベラル派には人気がない。だが、他のいかなる真剣な作家からも学べないのだが、我々はディッキーから、ある世界に生まれて別の世界で生き延びたということはどのようなことであるかを学ぶことができる。ディッキーは我々の時代のホイットマンだと主張できるかもしれないが、ホイットマンらしき人は内気で、もはや無垢ではなく、アメリカの暴力によって洗礼を受け、彼の行動が正当化されるようなどんな基準も彼の社会の中では捜し出せない、「殺人者で犠牲者」の役割を負っている。自然とであろうと他の男たちとであろうと、自分を集団と同一視したい人物は、外の世界が主体と対象のあの霊的な結合を支持するときのみ、生き延びることができる。ディッキーは我々の堕落し、汚れ、罪に取りつかれた時代の内側から語り、その時代の言葉を語っている。

これは必ずしも常にそうだったわけではない。彼の最初の頃の詩は抒情的で瞑想的である。それらはほとんど作者不明に近い感受性を表していて、形式によって、神によって催眠術にかけられたような感受性であり、劇的で表面上耐えられない真実が形式的で儀式的な——本質的には魔術的な——想像力によって弁別されて、一貫した、輪郭のはっきりした統一を生んでいる。彼の後半の詩はこの感受性を、破壊され、過熱し、感情的にも理性的にも混迷した世界に服従させている。最初の詩集の「石のような硬さ」は驚くほどさまざまな変貌を経験し、ついにそれは「目を打つ者たち」と「背を向けて——さまざまな乖離」では、厳しく、孤立した、闘争的な自意識として現れる——「普段の顔つきがひどく、大げさに引きつっている……。」詩人はプロスペロ〔訳注　シェイクスピアの『テンペスト』の外部から島にやってきた侵略者」として出発し、全てを知り、全てを許し、そして一連の鋭く試された知覚の表現を経て、偉大な悲劇的な独白をするハムレットのようになってくる。

ディッキー以上にだれが我々自身について——我々「アメリカ人の」「男性的で」最も危険な自己について——語ることができようか？　ホイットマン以上に、ディッキーは多くの側面を含んでいる。広大で複雑な自己のこのような側面が他の側面と反目しているという事実のために、ディッキーがとがめられるはずがない。ディッキーは詩の技巧、外の世界、外の世界と彼の関係（彼は恋人——殺人者——観察者になるのだろうか？）で実験を行っているが、彼の作品で最も感動的なのは、彼自身が徐々に導き出す彼自身についての認知、彼の「個性」の謎について、容赦なく本当のことを言っている点である。彼の芸術でも、彼の個性でも、ディッキーは探究され、征服された領域にとどまることを拒絶する。ディッキーは探し求め、定義する必要性に取りつかれているので、宇宙は意味に満ちていると知ってはいるが知性的で意識的な側面を意味に結びつけることが必ずしもできない人々を代弁している。それゆえ「意識的な」心とその公的表現を拒絶し、そしてディッキーの中では非常に不穏なものである文明それ自体を拒絶する必要がある。実際、『出撃』はほとんど絶望の告白であり、詩人は彼の性格のさまざまな側面を総合的に捉えることができないようで、知性と芸術の世界を「地獄」と考えている。この本の初めの頃で「本当なのだ、愚かで普通であることの方がましなのだ」と言っている。このような気質が求めるものは、しかしながら、知性でないのではなく、それ以上のものである。

ディッキーはいつもそのような極端な言葉で自己表現をしてきたわけではなく、ずっと注意深い熟練した詩人であったし、詩における意味は言語を通して、知的な構成体系を通して表現されなければならないと認識している。実際、詩における意味は詩ごとに新たに作り出されなければならない。それは徹底して短縮され、省略され、あまり高ぶらず、あまり原始的であってはならない。『詩における疑念』の中の優れたエッセイで、彼は若い詩人に彼らの無意識の「歌」に耽ってはいけないと注意し、そのような「歌」を、「意味深長であるべきであるという原理によって指示され理解されなければならない、ただのある種の奇怪さ(1)」と定義している。抑制されず想像されたことのない自己は、その詩の意味が理解されるためには、適切な構文を用いて、外の世界と関わっていなければならない。

しかし現象の世界は変化する。すると言葉は微妙に変わり、進展し、その指示対象から自由になる。そして人間の自我は、両者と不思議につながり、ただ生き延びるために絶えず変化を経験せざるをえない。「毒蛇にかまれた傷」(一九七六)の中の「松の丸太木の舞台」と「私に割り当てられている役」は、詩人が生きて、息をし、実在する肉体に閉じ込められていると認識するとき、突然に、恐ろしく、代名詞の「それ」から代名詞の「私」への劇的な転換に譲歩している。つまり彼は決して役割を演じているのではない。もし彼が生き延びたいのなら、自分の血流からその毒を抜き取らなければならないだろう。それゆえ、詩人のより高い自覚が生む重責の一つは、究極的には認知の形態、つまり言葉の配列方法以上である変身があるかどうか、可能な化身があるかどうかを発見することにある。さもなくば我々は自分がすっかり「乖離している」と想像し始める。その「乖離」を否認するなら、認知のまさに枠組――言語と正気と論理――を否認しなければならない――あたかも、化身という精神構造を全壊させることによって、意識のはるか下のレベルでなぜかそれを経験するかもしれないかのように。確かにディッキーは肉体的経験としての詩を強調してきた。「参加」の詩と「思索」の詩という対立するカテゴリーらしきものを掲げている（『出撃』59）。そのような乖離は、しかしながら、人間の知性は宇宙への侵入者であるとか、人間が考案した言語体系は全く自然ではない、人類にとって自然でない、というきわめて抽象的な前提に依存している。確かに、人間の発明または創造である言語は人類の最も高度な業績である。ある言語心理学者たちによれば、人間は言語を認識し、系統立てて述べるための遺伝子の資質を持って生まれ、「統語法における意味の識別のための特別の、特に人間のDNA鎖とともに、全ての種類の情報のための遺伝子を持っている」と推測している。(2) なぜか知性を不自然なものとしてではなく、勝利感をもって、人間のものとして受け入れることができないので、ディッキーは自分と果てしなく苦闘することを運命づけられている。『目を打つ者たち、血、勝利、狂気、バックヘッド、そして慈悲』の最後にある「背を向けて――さまざまな乖離」は、数えきれない戦いと「内面の生活」が点在する牧草地を扱い、詩人の人生は「学ぶことができるものとして/これらの熱烈な若い英雄が彼らの人生を学んだように/あとで、ずっとあとで」見られるかもしれないという希望で締めくくられている。

もしそうなら、詩人の境遇についての客観的評価は、人生そのものとは別に行われなければならない。しかも、「ずっとあとで」やっと行われる。ディッキーがワーズワースから借用した批評用語を使うならば、彼は「二流の生まれ」の詩人で、ランボーやディラン・トマスのように詩のための天賦の道具を持っていた人ではなく、懸命に努力することでのみ、「移り変わるが最終的には不変の内面の必然性という基準に反して、各詩を、各行を、各語を試す究極の道徳的な習性」でのみ、「生まれながらの」詩人と「作られた」詩人の間の差異を最後は縮めている詩人である(『詩における疑念』 55–57)。直接的で生のままの自己表現ができる本能に反して、ディッキーは彼自身の個性を「書くための手段」として明確に定め、発展させようとした。ディッキーは、彼のユニークな体験をありふれた経験と関連づけるために、生の感情の混沌とした「奇怪さ」をそぎ落とし、縮小し、抑制してきた。ディッキーはエリオットが理想とした非個人的な詩に反論しているのだが、逆に、彼が告白的な韻文の奇怪さと名づけたものを推奨しようとはしない。「人間の個性に価値があるという確信は消えてしまったも同然である……。」

しかし個性とは何か。それへの確信が我々を救うかもしれない個性とは何か。ディッキーの「個性」観は、何層からも成る事象ではなく、むしろ一連の想像されたドラマであり、時に獣や昔の先祖との交霊のひらめきや一体感にすぎない――原始的な行動を支持して「理性」が拒絶されるときのみ個性が得られる、終末論的な「目を打つ者たち」でそうであるように。しだいに高まる自意識の進展は、次々にイメージが探究され、仮面のように詩人の顔にかかげられ(3)、吸収され、最後に捨てられるとき、宇宙におけるあらゆる実在の役割は究極的には断念されなければならないので、悲劇的な動向に思えてくる。

「完全な素晴らしい愛」

今世紀の最も偉大なフレーズはアルバート・シュヴァイツァーの「生命への畏敬の念」であるとディッキーは言ったことがある。この確信はディッキーの作品に浸透しているが、最初の数巻において最も強い。『石のなかへ』は、詩人が多くの愛の形式を探究する、黙想的でほとんど夢幻的な詩から成っている――個々の個性を「暗い」と「明るい」の両方に神話的に、呪詛的に分解することで始まり、ある女性との関係を通して詩人が自信を持って「知っていること」と詩人が「知られていること」を強調している、この詩集のタイトルである「石のなかへ」で締めくくられている。

詩人の慎重な関与なしに「暗闇から上がってくる言葉」が聞こえてくるように、「復活祭に野宿する」は、簡潔で抑制が利いている。森に夜明けがおとずれると、夜の「精霊」は木々に変わり、そして「いっぽうの目は私とは関係なくゆっくり開く。」あらゆるものがそれ本来の穏やかで、人間ではない姿で、暗闇から出て、日光の中へ動いていく、すると世界は、森と日光が一緒に現れたことで「修復される。」精霊が昼間の木に変身するのは、詩人の歌がなくても起こる変身であり、あたかも詩人自身が独自に昼と夜のサイクルに浸り、彼の「魔法の羊飼いの外套は……［彼の］肉体の上ではもう生きていない」と知っているかのように、詩人は全面的な受容を表明している。他の同じように呪文めいた詩では、詩人は泉のふちに横たわり、自分自身と彼の死んだ兄の微笑みと「深刻な顔」を黙想し、また郊外にある松の木の小さなけがれた森の中で「儀式のように」横になる――神々と動物の両者の下まで戻り、下りて、泉の「歓呼された再生の一部になろう」とする（「植物王」）。（数十年後、彼の詩が著しく変化を遂げたとき、彼の最もエクセントリックな詩の一つである「悪魔」で、ディッキーは人間が木に変身するのを再び扱うことになる）。

『石のなかへ』には多くの戦争の詩が含まれているが、その主題にもかかわらず、それらの戦争の詩は自然の詩と同じように、詩人の個性を大いに取り上げていて、混乱とパニックの中で想像力と決意の根源を突き止め、数十年後「平和な」とき、詩人はそれを思い出すことができる。「包囲」は、女性を「囲い」、理想化するディッキーの多くの詩の中の最初のものである。あるフィリピンの島にいる従軍看護婦のグループが鉄条網の柵のある囲い地区によって保護されている。しかし詩人は、彼女たちが外にいる兵士たちに「無気力の輪から自分たちを救いだして……」とささやいていると想像する。奇妙な儀式的な静けさの詩行の中で、詩人は戦後、この幻想は彼に「完全な素晴らしい愛で／敵の女性のことをよく考え」させることになったと明かしている。戦争の詩の中で最も鮮烈な詩「功績」は、日本人に処刑されたデイヴィッド・アームストロングを偲んで、苦痛と勝利のパラドックスを称えている。ディッキーはアームストロングが太陽を背に逆立ちしていたのを思い出し、斬首による彼の死を別の種類の「功績」とみなしている。ここにも、あたかも自然の循環は、木々の形を吸収して原初の精霊に戻せるのと同じくらいにたやすく、これほど激烈な死を吸収できるかのような黙従の感覚、終局性がある。

「木と牛」の畏敬の念に満ちた畏怖は、詩人の意識を木、牛、日光と「聖なる同盟」を結ばせて、詩人の心を「赤い獣」にしている——詩人の頭にはぼんやりとした雄牛の角が授けられるが、これは「夕暮の雌鹿」の中でロレンスに、彼の頭は「しっかと均整がとれ、枝角がはえている」と想像させたのと同じ魔法のような力によるものである。太陽それ自体は木と牛が存在するから、より強烈に燃える。説明できないけれども、ある種の奇跡が起きて、死から救われるかもしれないと詩人は半ば信じている。後年の詩「霧が動物たちを包む」で、猟師である詩人が純粋な物や出来事や過程の「長い間求められた不可視性」、つまり「沈黙、白さ、狩猟」になぜか変貌しているように。しかし『石のなかへ』は受動性、罪悪感の気配がないこと、狩猟であろうと愛であろうと、肉体生活の心地よい興奮に特徴がある。表題作の「石のなかへ」は、月の「石」に霊的に没頭し心奪われて、「女性のところへ行く途中の」詩人を描いている。女性はこの詩の関心の外側にいて、だれとは特定されず、神話化もされていない。詩人も、「チェリーログ街道」におけるようには、生き生きとは描かれていない。彼はどんな男でも、恋人でもいいのであって、「死者は私の肉体の中で彼らの可能性がある」と信じている。全てが静止し、神秘的で、穏やかである。詩人は、後年の詩「アポロ」の月に引きつけられた男たちとは全く違って、彼の場所と彼の愛を「知っている。」「アポロ」の男たちは「ただ手順以外に／何にも」浮かれていないとみなされ、彼らは「新しい生活の名において全ての人間」を象徴している。この後年の詩は、月の「石」を「数個の石」に変え、連綿と続いてきた宇宙論を「地上が裂けて以来、動物の目が見たことがなかった」「裂け目」や「山」のある宇宙に解体している（地球から見た月は、科学的でないにしても、明らかな象徴的な価値を持った古代からある称えられた月の理論を引き裂いた）。プラトン的な石の単一性ではなく、石の複数性に解体している。

……我々はじっと見つめる　月のちりを、
地球が輝いている地表を。我々は笑う、楽しく静電気にはしゃいで。
我々はしゃがみ、石をひろう。

（「アポロ」）

よりドラマチックな自己の意識は、ディッキーの二番目の詩集『いっしょに溺れて』に明白である。「救助員」では、詩人は溺れかかっている子供を救えなかった救助員の拷問のような苦しい記憶を想像している。また「私の足もとで眠っている犬」では、詩人の足もとで眠っている犬が見る狩猟の夢の中に自分がいるのを想像する。また、「魚の動き」では、ロレンスその人と同じ機敏な、畏敬の念で精細に魚を熟視し、魚の世界の隔てられた「他者性」から生じる、ロレンスのと同じ判断をする。魚の突然の動きは、「大洋全体を震動させる」力を持ち、キルケゴール的な飛躍の恐怖、船上から見える浮かび上がる表面の揺れのずっと下方にある全く静止している大いなる深淵の「恐怖と震動」を、人間に教える力を持っている。

しかし「動物たちの天国」の狩られる動物／狩る動物は詩を構成する要素で、生命―死―再生の神話的サイクルの中にすっぽり吸収された獣のプラトン的な本質である。つまり自然のまさに中心では、エマソンのインディアンの虐殺者や果てしない犠牲者のように、これらの獣は「体を震わせ」「倒れ」「引き裂かれ」「立ち上がり」「再び歩み出す。」あたかも神の統一体はなぜか活発で知的な意識を除外しているかのように、詩人自身が詩の中で明瞭な位置を占めていないから、「動物たちの天国」はディッキーの詩の中でほとんど類のないものである。「霧が動物たちを包む」やその他の狩猟の詩、また狩猟中に彼が経験する神秘的な「蘇生」について『自己会見記』(Garden City, New York, 1970) で語っているディッキーの発言から、この詩を振り返ってみると、彼の最も深い共感は肉食動物に対してであると推測できるのだが、彼の最も素晴らしく、最も精巧な業績の一つであるこの詩からは、このことは明らかではない。「フクロウ王」の中のフクロウは、別の詩的で（写実的ではない）創造物で、詩人その人の姿をしている――「私の姿をして」座り、「私の鉤づめは木の深くまで達し／私の視力はゆっくり失われてゆく／少しずつ……。」優れた力は、フクロウのように暗闇の中で見ることができる人々に、ディッキー自身のように他の平均的な人々とはかけ離れた驚くべき視力を持っている人々に備わっている。(4) しかしその力は慈悲に富み、神々しく、節度がある――フクロウ王は「獣が彼らの結婚式で踊るとき」、盲目の子供と神秘的な儀式に加わる。『いっしょに溺れて』の詩人兼語り手は、『救出』のどうしようもないほど熱烈な殺害者ではないように、フクロウ王は『救出』の中のテントの上に止まっているフクロウの冷たく、凶暴な暴力の象徴ではない。フクロウ王のレトキ的な王国では、全ての自然は心によって変貌を遂げ、残忍な偶発的な出来事や夢は静められ、詩に現れがちな「奇怪さ」は純真な言葉に変えられている。最後の連は、非個人的で神のような意志のわざで緊張が和らげられている、ディッキーの初期の詩とこの詩の関連性を示している。

遠くで、フクロウ王は
私の父のように歌う、だんだん
力強く。父よ、私は
あなたの顔に触れます。私は
自分自身の顔を見たことがないけれど、それはあなたの顔です。
私は行きます、進んで行きます、
私はあらゆるものを信じます、私はここにいます。

子供の（盲目の）受容を通して、ディッキーは世界を受容している。悲痛な「目を打つ者たち」の中で、盲目の子供たちが「見る」ために自分たちの目を打つのを見た経験におののいて、正常で理性的なものの見方の世界を拒絶しているのとちょうど同じように。「フクロウ王」では、超越的な父鳥が自分だけの想像の闇に閉じ込もり、一方死んだ子供の父親が現れ、「私の声に惹かれている」子供を自分の子供だと主張する。もし子供が救出され、大事にされるなら、詩人の意識の両面が要求されるが、その両面は子供の黙従に依存している（ちょうど、猟師にとって、狩られるもの——虐殺されるもの——の想像上の「黙従」が儀式的に必要であるように。ディッキーは『自己会見記』で彼の狩猟好きの正当化を試みている。参照のこと）。この詩は「無垢の歌」であり、この世のものではないような純真さ——子供は、まるで祝福するかのように、木から木へと動いていく——は後年変貌を遂げて、「目を打つ者たち」の気が狂った盲目の子供たちの悪夢のような「経験の歌」になるのだろう。すると、詩人の憐みの対象は、本質的に、希望がなく、人間の子供でさえなく、全ての愛も言葉も届かないので、詩人その人はかろうじて狂気をのがれるだろう。しかし、これはずっと後のことで、長い年月は肉体へより深く関わっていく。

歴史に加わって

三番目の詩集『ヘルメット』で、ディッキーは永遠に回帰する完璧な世界から抜け出し始め、畏敬の念に満ち、用心深く、だが本質的に受動的な観察者ではもはやなくて、今や歴史を経験しようとしている。ディッキーは「彼」自身の個人的な歴史を二〇世紀のアメリカの歴史の縮図的な探究に相当するもの、あるいは探究として受けとめたいと欲しているのは明らかであり、ディッキーが非常に重要な詩人である理由の一つがここにある。『詩における疑念』で、ランダル・ジャレル〔訳注　1914–65　米国の詩人・評論家。第二次大戦中は空軍に入り、作品は戦争に関するものが多い〕について鼓舞され、機知に富み、巧みに均整のとれたエッセイの中で、ジャレルの詩には優れた技法はほとんど見出せないとディッキーは言っているが、ジャレルの貢献——「言葉をもてあそぶのではなく、本当の事柄について書く」——は価値ある貢献であると主張している。ディッキーは、自分は芸術家であり我々の時代の歴史家でもあり、両面の難題を引き受けるつもりだと暗にほのめかし、優れた詩的才能をジャレルの「憐みと恐怖の……領域、一種の理解不能という理解、そしてとりわけ一種の無力感(5)」に注ぎ、その課題を果たしている。神聖だが生気のない自然の循環からひとたび解放されると、美しく完璧な詩「ヘルメットで飲む」に見られるように、ディッキーは彼よりも単純な生き物や彼自身の以前の姿についてこの「理解不能という理解」に命を吹き込むことに関心を示している。「馬の夕暮」では強勢は受容から、自己と対象を峻別する自覚、対象を判断するために人間が行動に参加する必要性に移っている。

今まで生きたどの獣も
太陽の当たる場所で何が起こったか、分からなかった
彼がよろめいているあいだに　なぜ草の色が
丘の上をすばやく動くかも、気にかけなかった、
寝るために綱に引かれていく
四本の酷使された、尊い足で……

(「馬の夕暮」)

『ヘルメット』のこの詩や似たような詩では、行間の優美な流れは以前の詩の流れと似ている。神の目の幻想が調べを生んでいるからである。「無力感」のテーマが膨らむにつれて、しかしながら、ディッキーは上手に作られた、甘い響きの詩に興味を失い、「労働祭の説教」にあるような叫びと悲鳴の狂詩文に並々ならぬエネルギーを注いでいる。死はかつては統一体の神秘的な肯定で解消できたが、最近の詩「糖尿病」ではこっそりビールを飲むことで、「がん競争」ではウイスキーを飲むことで解消されている。

『ヘルメット』は全体的にさらなる成長が見られ、あたかも詩人によって長らく愛された主題が今、愛それ自体の催眠状態から抜け出て変化し、彼の呪文のような力からのがれ始め、詩は生き生きと、別のものになっている。ウォレス・スティーヴンズの「壺の奇談」を連想させる詩の中で、ディッキーは有刺鉄条網の柵のそばに立ち、手のひらを一番上の電線におき、ぴんと張った電線が壊れるなら、その結果起こるだろう混乱の光景を想像し、神経質な妄想を抱く。

もしも電線がどこかで切れたら
彼の全血液が地面に落ちるだろう

彼は立ったまま、じっと見つめている
顔はヘレフォード種の牛のように真っ白……
（「有刺鉄条網の柵」）

「てっぺんのぴんと張った索」は「ホ音に合わせた」ギターの絃に似ていて、ギターの奏でる音は数十エーカーの農場を整然とさせ、農場を「ぴんと張らせ、魅了して」いる。突然、人間の役割にいる詩人は木や牛の立場より上にある自然における立場、歓喜と絶望の危険性の両方を含む知的な責任を受け入れなければならない。しかしこの柵の電線の上に置かれたディッキーの手のゆえに、

枯れたトウモロコシは
枯れて以前よりもっと均衡がとれ、
動物たちはもっと気づいている
大きな人間の抱擁の中で

差し上げられ　見えないところに運ばれる
短い、壊れない柱の上で
支配された土地は賛美歌のように
詠唱する……

後期のいくつかの詩のセンセーショナルな側面のために、ディッキーが非常に真剣に、非常に鋭敏に、審美的な実践の背後にある形而上学に関心があったことは普通知られていない。「詩的景観」についての詩は、ディッキーにとって、ごく数編で十分であるということは、新しい難題への彼の意気込みと追求をよく表している。作品全体の中でしかるべき年代順に読めば、「有刺鉄条網の柵」は意義深いだけでなく、感動的な詩である。この詩は、責任感を持って歴史に関わる者としての詩人の自己観を明確に述べた最初の詩である。彼の最も力強い詩において、あの「ホ音に合わせたてっぺんの線」と、詩にありがちな、おそらくある「奇怪さ」の放棄の間にある緊張は、非常に賞賛できる詩ではあるが初期の詩には全般的に欠けている、劇的な興奮をもたらしている。そして抒情的な韻文にはあまり満足できなくなったディッキーは、言葉が全頁の上で優雅に動き、跳ねている、熱狂的なほど想像力に富んだ独白で実験を行うことになる。

『ヘルメット』には、自然にある全ての現象の間にある統一、類似、「一致」を明言するのではなく、「他者」への新しい探究心も見られる。ディッキーは「ダリエン橋で」立ち、ずいぶん昔彼が子供だった頃、その橋を作った鎖に繋がれた囚人たちに思いを巡らす。彼は鳥を、「だれも捜したことのない」一羽の鳥を見たいと思い、彼の指にしているすれた結婚指輪は囚人たちの鎖を思い出させる――彼らのように、彼は自由を、死をさえ、あるいは少なくとも「変わらない、絶望した目／そこから全ての奇跡が跳び出す」ことを再び信じられる能力を切望する。（「木と牛」の奇跡的な光景とは対照的である）。「シェニール」では、彼は別の種類の詩人に遭遇する。キルトを織り続けている老女で、そのキルトは機械で作られ、普通に売られている種類のベッドカバーではなく、赤いクジラ、一角獣、翼のある象、王冠をかぶったアリ――「全く正気の人が思いつくはずのない獣」――が織り込まれたキルトである。ますます、超現実的な世界が現実の、正気であるはずのところに侵入している。「クーサ川で」では、カヌー下りに出たディッキーと彼の仲間が、上流にある鳥処理場によって汚染された河川の有様に衝撃を受ける。

朝のあいだずっと　われわれは羽の上に浮かんでいた
いたるところから、羽が絡まった丸太の下から現れる
切り落とされた鳥の頭のあいだに

われわれの背後の上流から、
前方からこちらにゆらゆらと流れてくる、
ついにわれわれは破滅の運命にあり
地球は永久に腐敗したのだ……

二人の男は早瀬を下り、最後にはこの恐怖をのがれるけれども、『救出』のカヌーをこぐ男たちは川に戻ってきて、川の不思議な危険や、彼らがこぎ続けるにつれて「次第に深みを帯び、重苦しい狂熱をはらみ、威厳をそなえ」始める非人間的な川の低音を聞く――『救出』では全員が生き残れるわけではなく、この詩にあるような他の人間の汚染をのがれられる人間の能力の勝利宣言のようなものはなく、だれ一人文明には戻らないだろう。正午の強烈な光の中で

クーサ川をカヌーでこぐ男たちはこう感じる。

加速する早瀬のうねり
それからそのうねりに乗り出した
世界は洗い清めることができると感じている男たちのように

水に触れただけで青ざめている岩間で、
汚れのない地上の流れが
自分たちの下で流れているのを見ている
胎児のように、そこに飛び込んだ。

「チェリーログ街道」は紛れもなくディッキー的な最初の詩である――郷愁的で、同時に滑稽で、他の詩では非常に入念に神秘化させていた愛から神秘性を取り除き、名前さえつけ(「ドリス・ホルブルック」)、道順さえ挙げている。

ハイウェイ一〇六から
チェリーログ街道に出て
おれは車輪のない三四年型フォード車に入った
くずにからまれ、
座席は取り外されている
山で作られたコーンウイスキーを一杯飲むために……

この自動車解体処理場で少年は全てを神聖化したり、本質的に重要視させる必要はなく、車の名を挙げ、見定め、色々のことを楽しみながら、車から車へ――フォードからエセックス、青いシボレー、ピアース・アロウへ――と動いていく、「激しいストッカーレースにいるように／廃車の駐車場で……。」彼はガールフレンドが彼女の父の農場からぬけだして彼のもとに来て、「それから彼女の顔におれの痕跡を全く残さずに、農場に戻れる」ことを望んでいる。彼女が着くと、二人は抱き合い、彼らの愛の行為は黒蛇がネズミを捕まえたのと同じ「止まって、夢を見ている車」の中で行われ、カブトムシがすぐに、バネのついた後部座席は自分たちの居場所だから返せと要求する。語り手は不格好なオートバイで去るが、それは「廃品投棄場の霊のように／修復されて、力がみなぎるオートバイになった」――この詩は目を見張るような「労働祭の説教」より以前のものだが、もっと確信に満ちている。

「毒にやられた男」は、後年の詩「毒蛇にかまれた傷」（『詩集一九五七―一九六七』の「落下」にある詩）で探究したのと同じ状況を扱っている。「毒蛇にかまれた傷」では、毒蛇にかまれた人は毒を出すためにナイフで自分の体を切らなければならない。この詩より前の「毒にやられた男」では、形式的でほとんど寓意的な意味が恐ろしい経験から引き出されている。詩人はある種の幻想を抱き、自分の心臓の血が「果てしなく山から流れるだろう」と感じる。「毒蛇にかまれた傷」では、この幻想的な抽象性を「私の右足と命に支障がある」に弱めている。年老いて、詩人は生存それ自体に切迫した関心を持っている。ディッキーは自分を「生き残り」の詩人と呼んだことがある。蛇についての別の詩「蛇よ、さようなら」では、ディッキーと彼の息子はあるパリの動物園で蛇を観察している。ディッキーは過去にしたことがないほど蛇に集中しようとする。彼の瞑想は徹底していたので、彼は蛇に変わり、塔や教会や通りなどの人間界は「私の凝視で全て古く、全て冷たく……」見え、同時に彼は彼の人間としての存在、「自己」と「愛」の人間の奇跡をなんとか保持してきたと信じたいと切望する。だがこれは間違いであった。

私は通って見てきたものに
十分に感動していないと知っている、
私は自分に見えたものを見てきたのだ

変化せず、催眠術にかけられ、敏感な……

変化せず、催眠術にかけられ、敏感な、とは奇妙な言葉の組み合わせである。しかし、後年の詩集『バックダンサーズ・チョイス』の「化身」を扱う詩の最初の詩では、彼は頭が「有毒になり、睥睨している」蛇に変身する。たぶんディッキーは、彼を魅了してやまない自然へのまさに畏怖の念のために、自分の経験によって人間的な見地からは「感動する」ことはできないと示唆しているのだろう。神秘家の全面的受容の世界はいつも人間の苦悩の世界と鋭く対照をなす。

『ヘルメット』は、ディッキーの最も優れた詩の中の一つで、多少論じられている「ヘルメットで飲む」で締めくくられている。若い語り手は、戦時中、たこつぼ壕の近くで拾ったヘルメットで飲み、「まるで脳にキスをされたかのように」動揺し、立っていた。

あたかも私は冷たい、震えている男に
乗り移っているかのように
私とちょうど同じ背丈で、全てに耐えた男に。

彼は自分のヘルメットを投げ捨て、見つけたヘルメット、死者の遺産、をかぶる。すると死んでいく男の最後の想いが彼の頭の中で「見える」ようだ──それは二人の兄弟の思い出で、「太陽で育つと思われるほどの」とてつもなく大きい木々を背景にした、兵士と彼の兄の思い出である。「近づく祈り」が死にかけている豚の経験を想像する詩人の意識的な努力を追跡しているのに対して、「ヘルメットで飲む」は全く詩人の意図を持たない想像である。

二人の少年が互いに向き合っているのが見えた、
　　　　　　私は垣根と
二人は静かに話している、

巨大なアメリカスギを見ている、
幹の切り込みはゆっくりと上がって
驚くべき緑が育っている

…………

私は生き延び、そこへ行った、
ヘルメットをかぶって汽車を降りた
ヘルメットにはある男の最後の想いが込められている
それは彼に兄と会わせ
兄に木を見せることだった。
二台の車でカリフォルニア中を走り
ついに二人がかつていた白い未舗装の道に来た、
ブロンドの髪の兄と会えることを願いながら、
道に迷うまで
一緒に森の中を歩くことを願いながら、
それからヘルメットを脱ぎ

私がどこにいたかを彼に伝えるのだ
何を浴びせ、何を流し、何に耐えたかを

そして私はその男だと伝えるのだ。

この詩の二人の兄弟の関係は興味深い。なぜならディッキーとディッキーが生まれる前に明らかに死んでいた彼自身の兄の関係を逆にしているからである。(「地下水」や「ひも」や他の詩で、兄の「背の高い死体」が詩人によって呼び出され、詩人は自分が両親の「悲嘆から」もうけられ、死んでしまった「本当に素晴らしい子供の代わりとなるために」生まれたのだと信じている。そのように信じ切っていることが招く心理的に悲惨な結果は、たとえ真剣なものであっても、ほとんど検討する必要はない。人間はいつも「生存者」で、いつも「罪の意識があり」、いつもある優秀な存在の劣った代理なのだと気づいているからである)。この詩では弟が死んで、ディッキー自身が生き残っている兄を訪問しに行く、あたかも、なぜだか、ディッキーも兄も生きていて、お互いに言葉を交わすことができるかのように。若い兵士の死にもかかわらず、生きる勇気を与える魔法のような詩である。

怪物たち

『ヘルメット』の後で、ディッキーの詩はかなり変化している。ディッキーが仮想的な複数の自己と人間界の外側にある価値の可能性を探究するにつれて、「チェリーログ街道」の口語口調と深刻ぶらないリズムはきわめて真面目な目的のために用いられている。「功績」のような初期の詩では、神秘的な静穏さは残忍な執行をさえ観察される対象に変えているのだが、『バックダンサーズ・チョイス』では詩人は、持続されていた神への儀式なしに、自分を生の人生にさらしているので、ほとんどの行動、ほとんどの心の状態はありのままに、残忍に、感情的に考察されている。

ディッキーには「天分」と「技法」が融合した多くの卓越した詩があるが、彼の全作品の中心的な詩は『バックダンサーズ・チョイス』の「焼夷弾攻撃」だと思われる。最初の三つの詩集の高度な、慎重に選択された技法に慣れている読者でも、だれもこの特別な詩をすぐには読み解けないだろう。この詩は忘れられない詩で、アメリカ現代文学における重要な功績であり、アメリカ人にしか、ディッキーにしか書けなかった傑作だと私には思われる。「焼夷弾攻撃」は八頁の詩で、不規則な詩行、不意の場面の移動と飛躍、さまざまな長さの連がアメリカの郊外の非現実的なイメージとつながり、目にした恐ろしい経験が「十分に貯蔵されている食料品室」で耐えられている。この詩の努力は、詩人が二〇年前、第二次世界大戦終戦前の数ヶ月間に日本に「反道徳的な急襲」をした当事者として行ったことを認識し、感じることである。詩のより大きな努力は罪を感じること、最終的にいくらかでも罪を感じることである。詩の題辞の一つは、ヨブ記からの引用「あなたには神のような腕があるのか」である。これはディッキーの皮肉な、自分に向けて自分で決定する質問である。なぜかというと巨大な国家の名のもとで戦い、その国家を克服できていないのは、自宅所有者で殺人者であるディッキー、ヨブであり神であるディッキーだからである。この詩のアイロニーはディッキーには全く新しいものである。

自宅所有者は一体である
家族のみんなが一緒に横たわっている　生きたまま焼かれるものもいるけれど。

彼らに同情しようとする人もいる。
同情できる人もいる、とよく言われる。

この超然とした感じは全能の神のような強さからではなく、絶望から来ている。彼は今ヨブであるけれども、かつてある時は「神の腕」であった。人間と神の両者であることはありえない。ディッキーの初期の戦争の詩はいつも神に生存者を見せ、生き残れたことに感謝し、むしろ子供っぽく、無秩序の下の奇妙な正しさの神秘に圧倒されている。彼の人生においてこの詩の意味は中心をなすものであったにちがいないけれども、この特別の詩に到達するのにディッキーは長い年月を要したようである。今、生存者は殺人者でもある。これはどういうことなのか？殺戮とは何だったのか？　——何が殺戮の罪から放免してくれるのか。懺悔でそれができるが、何よりも、罪を感じることである。もし詩人が子供たちの死にさえ罪の意識を感じられないのならば、そもそもいかにして彼は人間的な何かを感じることができようか？　——

……私の手を持つ技術志向の見知らぬものが
青い光のともるガラスの宝の穴に座っている、

翼の不格好な腕の下で発射させることができる、
細い留め金のついた爆弾、
「しずく形」三〇〇ガロンの落下タンクには
ナパーム弾とガソリンが詰まっている。

この見知らぬ人とは、南太平洋、フィリピン、沖縄の上空を一〇〇回も実戦任務で飛行し、B29で日本急襲に参加したディッキーその人である。しかしその見知らぬ人は今では記憶、不気味にも美的な記憶でしかない。彼は、アメリカの郊外に住む夫であり父である人の心の中にいて、所有する自宅の一部で、彼の現在の「宝の穴」である半分返済した食料品室と自分の体重が気がかりである。

私の家では芝刈り機が成功に安んじている
私用の食事がある　私は
二〇年を打ち切ろうと努める……

あの出来事の後これほど長い年月がたって、何が残っているのか。彼は今一文民で、一市民であり、一アメリカ人であり、美的とは言えない生活に必要な全ての些細なもの——ゴルフカート、テニスシューズ、新車、そしてクリスマスの飾りつけの購入——に、自分が皮肉な秘かな責任があることを理解し、そのような生活は「国への愛によって鼓舞された接着剤」、つまり、たぶんばらばらに分裂するか、死に向かうはずのエゴが自分のアイデンティティとしてしっかりしがみつく手段だと彼は知っている。驚異の念はまだ残っているけれども、彼は過去にそうであったような、月に心奪われ、夢遊病的なリズムの中には決していない。「焼夷弾攻撃」はディッキーが「自由詩」と名づけた詩で、主題の提示の中のある強迫感は、美的な反応を排除するか末梢的にさせ、[6] そして詩人の行動についての彼自身の回想が様式化された言葉で検討されなければならないのなら、その回想は嘲られている。

私は巧みに飛ぶ
リゾート地につづく農家の上を、
天上で歌いながら、全部のハンドルをひねりながら
真っ赤なひどい爆発の中で

小さな牛はふっとんで動かない
かべにゼリーを投げつける
化学兵器戦争の野外実演のように。

この光景を思い出しながら、「私の帽子は頭の上でむずむずしているはずで」、「私の体の脂肪は青白いはずだ」と彼は知っている。しかしこの爆弾による急襲の恐怖の一つは、まるで操縦士が用いた「神の腕」は操縦士も破滅させたかのように、なぜか正常な人間の反応を破壊してしまっている点である。これまでの詩では、非常に説得力を持って、全てのものに対する人間の愛はなんと自然で、なんと必然的であるかを見せていたけれども、この詩では、ディッキーは人間が破壊を余儀なくさせられるとき、そして歴史に踏み入れ、アメリカ人であること(「そしてそのことを誇りに思うこと」)を余儀なくさせられるとき起こることを我々に示している。そうすることで、ディッキーはほとんどの詩人が実際は扱わなかった悲劇的な局面に入っている。もしホイットマンが他人の暴力ではなく彼自身の暴力を肯定せざるをえないなら、ホイットマンの肯定は続くだろうか。もし戦争が必要なら、戦士が必要である。だれかが壮大な愛を犠牲にしなければならない。そして伝統的な人生謳歌の詩人の歌は、戦争時の愛国者としての彼の功績によって残酷に愚弄されるだけでなく、詩人は彼の行為の意味を知ることさえできない、彼は機械の中で機械の役割を果たしたからである。「焼夷弾攻撃」では全てが遠く隔たり、抽象的なままでなければならない、どんな致命的な経験もしなかったように。機械の時代は、分別を通して見、感じ、知ることの直観的な必要性から人間を、取り戻せないほど、引き裂いてしまっている。もし詩人が非常な高みからのみ、知的な望遠鏡を通してのみ、彼の愛の対象を見るのなら、ホイットマン的な人間の肯定を維持するのはむつかしい。ホイットマンが「すんでのところでまたしてもいつもの間違いを犯すところだった」(「ぼく自身の歌」38)と感じるとき、それはただ感情的な間違いである。創造からは何も経験できないから自分の創作は全く何の意味も持ちえない、といったような感動のない自己の虚無主義はホイットマンには全く考えられなかっただろう。

「全てのアメリカの火」による夢のような爆発の後で、穏やかな死や尊厳ある死というような、死にはあるべき死の姿はないだろうと詩人はきっぱりと言明している——たぶん、シュヴァイツァーの生命への畏敬の念への反対陳述であろう。次の部分はディッキー特有の見方である。

　　ああ、ある人の暗い腕の下で
変な臭いのするものが落ちる――地上の人々が
死ぬとき、音さえしない。
ある人はコクピットの中で落ち着き、魅了されている
美の力に青ざめて、
柔らかい光のともる青白い宝の穴の中で
深く美を熟考している、
池に火が燃え移り
火が波紋状の土地を転がっていくのが見える
…………
この超然さ、
名誉ある美的な悪
人生における最大の力の感覚
これらはバーで飲んで捨てなければならない、何としても、
餓死によって

これらの「光景」は、彼の創作の人生において、詩人の中でさらに激しい想像力を鼓舞し、「自宅所有者」としての自我を放棄させ、「猟師」あるいは「原始的な」自我の方を選ぶことになるのだろう。機械化された国家は人間を美的な悪に誘う。だから救いはたぶん美以前の、有史以前の動物界の中に見出せるかもしれない。そこでは、自暴自棄で自滅的な暴力から動物的な自己を払い清めるために、可能な儀式（『救出』の構成上の基礎はこれである）に必死で訴えるのだろう。ディッキーの主題が絶対的というよりむしろ探究的であろうと、彼の作品が自伝的な質問や記録を辿っていようと、彼の詩の機能はそのような見方の失敗の実証であるように思われる。だが彼の詩は確かに動物の敵意——と無垢——を迎え入れる気にさせ、我々の崇拝のトーテムをフクロウ、蛇、キツネ、クズリと思い込ませ、文明に生来ある超然さと悪の可能性を永久に拒絶する気にさせる。

ドストエフスキーのように、ディッキーは殺人者の絶望を熟考する。しかし、ドストエフスキーと違って、ディッキーは殺人者がより高次の形態の自己に変容するとは想像できない。ラスコーリニコフが成長する神秘的な過程、スメルジャコフがゾシマ長老の原基の形であるとみなされうる神秘的な変遷をディッキーは想像することができない。しかしディッキーは、ドストエフスキーがしたように、メタファーで表現することができない。というのも彼は殺人者その人であったから、彼がそのようなことをしたからである、彼であって、他の誰でもないからである。彼の詩は驚異の念の推移、複数の自己の変化を記録しているけれども、最終的には彼は彼自身でしかなく、我々その他の人々のものではなく、我々全員が「分かち合う」解放された罪の概念ではなく、彼のものである記憶を持った有限で老いつつある肉体の中に閉じ込められている、ほかならぬ彼でしかない。（マルクーゼのように、ディッキーはおそらく自由主義のいくつかの側面のうちの「退行的な寛容」にただ軽蔑を抱くことだろう）。共有されるために、全体化、普遍化されるのなら、罪それ自体は美的出来事？　驕り？　こじつけ？　とされはしないか。

　しかし詩の語り手はそのような抽象概念に関わってはいられない。

それでも、私はいまだ空腹だ
いまだ二〇年の重荷を背負い、
いまだそこに降りて行って

本当に起こったことを見ることができない
…………
私は戸口で
何も想像できない。
粉々の葉のように
パチパチ音をたてている耳について何も、
灰となった子供たちについて何も想像できない、
愛想がよく、優しい、善意あることを想像しないわけにはいかない

「存在」を受容する詩は完璧な決意にまで進んでいくことができるが、苦悶する「転生」の詩はそうはできない。(「同情できる人もいる、とよく言われる」とディッキーは皮肉に、悲しげに述べている)。「焼夷弾攻撃」の物語的で告白的な要素は全く異なる美学を要求する。それは美学を否定する自由形式である。詩人は以前の自分と和解できないから、対立とのいかなる和解もここでは不可能である。「赦罪? 判決?」がどうしたというのだ。これらは問題ではない、「本当に大事なことはそのことにある。」

「焼夷弾攻撃」はディッキーの作品全体を理解するための中心的な詩である。初期のレトキに触発された詩に基づいては、この詩の誕生は予言されなかっただろう。しかしひとたび抑圧されずに現れると、とても強力な啓発なので、この詩は謎めいて不可解なままであるかもしれない多くのことを説明できる。『バックダンサーズ・チョイス』、「落下」、そしてとりわけ『目を打つ者たち、血、勝利、狂気、バックヘッド、そして慈悲』は道徳、衰退、病気を扱っているが、これはたぶん部分的には詩人の実年齢のせいであるが、あくまでほんの部分的である。というのも肉体的には闘争的で、ますます非審美的な世界へ降下するパターンは、レトキやイェイツのような最も優れた詩人が辿ったり、「二流の生まれ」の他の詩人が提案する、通常のパターンではないからである。だがディッキーが道徳とそれへの自意識に置く強勢は、彼の文学批評にも現れ始めているモチーフである。自然──自然の進化──を信じてやまない男が、老いという自然の進化に不安を感じるなどということがあるのだろうか。これはヘミングウェイにも言える矛盾であり、たぶんリルケの言葉で理解できるはずである──我々の恐怖は死の恐怖ではなく、十分に生き切らなかった人生への恐怖である。ポール・キャロルの『若いアメリカ詩人』（シカゴ、一九六八）への序文で、ディッキーはわずか四年前に出版された『詩における疑念』の黙想的で偏りのない批評を全く否定する発言をしている。

老いの進行はほとんどいつも、それまでに全くといっていいほど決着に至っていなかった秘かな確信を詩人にもたらす……自分の終局が近づけば近づくほど、ますます安全な暗い洞窟を切望する。問題は文学の様式についてではなく、全く文字通り生と死の問題であるという基盤に立って、言語と詩人（または、今ではだれか、ある新人の詩人）が原始的なレベルで互いに没頭する熱狂的で、まとまりのない、全力をあげた、全てを包含する語り方を切望する。彼の「技巧」との終生の苦闘は、悲劇的で滑稽な時間の無駄使いのように思われる……。(7)

この評言を読めば、話者は四五歳よりずっと上だと読者は想像するだろう。「自分の終局に近づけば近づくほど……」は深慮のある発言で、『最後詩集』のイェイツなら分かるが、『グリーンヘルメット』のイェイツと同じ年齢の詩人によるものだとは驚くばかりである。しかしもし「技巧」（あるいは文明）の否定が自発的な活力を解き放すために必要とされるのなら、なぜ、ディッキーにとって、それが試みられなければならないのか理解できる。

エントロピー（不可避な社会的衰退）

一九六五年に『バックダンサーズ・チョイス』で全米図書賞を受賞し、ディッキーは一九六七年に『詩集一九五七―一九六七』を編集し、ウェスリアン大学出版から出版した。『詩集一九五七―一九六七』は、しかしながら、厳密な年代順を守ってはおらず、「バプテスト教会を去っていく女性伝道者による、ジョージア州ギルマー郡の女性たちへの労働祭の説教」という悪魔的な詩で始まっている。これはディッキーの最も異彩を放つ詩の一つである。明らかに、ディッキーは読者に彼自身が入ったのと同じ純真さでは『石のなかへ』の世界に入ってもらいたくないと思っている。形式へのあの賞賛は一一頁の説教によってほとんど怒鳴り散らされていて、説教は、ジョージア州のある若い女性に対する暴力と彼女による暴力について、また、「白い安物のウイスキーで酔いつぶれて」オートバイに乗った恋人との彼女の逃亡についてである。

歌いながら　　サドルバッグに詰めこんだ彼女の服が

飛び交い　もつれ　靴はとび出し　まるめたストッキングは
ほどけて小枝にまきついている。分かっているのは　目で追える
ものは　彼女の下着ばかり　やぶれたストッキングが次から
次と　サンザシの上に広がった長いスリップ　これら全てが出
てきた。子供たち、わかるでしょう　あの場所は彼らが空中に
飛び出し　死に　姿を消し　私の口に入り　みんなの心に
入ったところ

これは素晴らしい出来栄えの詩で、激情し、霊感を受けた説教の口調があり、肉体は精神を超えて高められているが、肉体と精神の両方が高められて神話になっている。あらゆるものをあらゆるものに変えるのが神話である。つまり情熱によって、あらゆるものが他のあらゆるものに変わる。「熱狂的で、まとまりがなく、全力をあげた、全てを包含する」この作品では、知性はほとんど支配権を発揮していない。ディッキーはアレン・ギンズバーグの詩の価値に疑問を表明したことがあるけれども、(7)読者はギンズバーグのいくつかの作品を思い浮かべざるをえないし、ギンズバーグがエーテルをかぐか、モルヒネを注射して、「アンコール・ワット」の

全てと、説教する声が我々にある真実を宣言しているあの狂詩文「エーテル」を書いた様子を思い浮かべざるをえない。「我々は月のちりである／我々は完璧からの残り物」――「(私の)狂気は、わけのわからない現象への／わかりやすい反応だ。」

さらに――

綿に浸したガスを嗅いで
神を見ることができる
小さいほうの宇宙で
何が可能たりえようか。

(「エーテル」『リアリティ・サンドイッチズ』)

ギンズバーグよりも原始的なエネルギーに駆られているので、もちろん、ディッキーはギンズバーグよりずっと過激で、冷酷であり、一方ギンズバーグは表面的な文法の統語法とはいわないまでも、想像の統語法に敬意を払う理論家である。「労働祭の説教」は、爆撃機の操縦士の絶望への復讐と同時に絶望の反復、罰するがほとんど姿が見えない父親の神話の崩壊、そして「落下」の飛行機のスチュワーデスの服のように主人公の女性の服は脱ぎ捨てられ、空中へ逃亡する、の三側面から成っている。全ての熱狂的な言葉のほとばしりの中に暴力がある、とりわけ以下の部分は顕著である。

それから彼女が降りてくる　おのに全力を込め
たびたび　たびたび　彼は打ち倒され　叩きのめされる
むち打ちながら　マリファナをふかし　吸い込みながら
子供たちよ、毎年この時期
女の子は両手にアイスピックを握り　一本の松材
針を持って　うろつくだろう。子供たちよ、毎年この時期
物事はすばやく起こる　針が天国へ向かう男の目に通る
のは簡単なこと　彼女はその場を去る　裸のままで
これ以上罪を犯さないで　家じゅうを歩く

数えきれないほど読んだ後でも、「労働祭の説教」は衝撃を与える力を持っている——「針が

天国へ向かう男の目に通るのは簡単なこと」のジョークを考えてみてほしい。狂気じみて繰り返される句（「起きなさい　労働祭にはいつも　靴下をはいて」）は読者をひるませ、そしてディラン・トマス風のシュールな感触は時々こじつけめくが（「ラバの目の中で神と踊っている」）、詩が金切り声をあげて殺人、全裸、エロティシズム、繁殖へと変化して、ただ一つの出来事になるとき、そこには抗しがたい力が秘められている——「あらゆるものはもっと**もっと**もっとある。」「ピーナッツと豆が喜んでその殻を交換する」ように変化が進行するとき、また「納屋は落ちる／ジェリコのように」という黙示録的な結末部がトマスの『脚長の餌の唄』を思わせる詩の巧妙な手際において、自然そのものが活気を帯びてくる。田舎それ自体が、「納屋で学んだ神聖さについて家畜が独り言を言うように」女伝道者を通してしゃべっている。これは神秘主義的趣であるが、実存的で、みだらで、騒々しく、ブヨのざわめく音と奇妙な予言に満ちている。

　毎年五月にはあなたたちは木びき台のようにうずくまり、
もっとここにいて　牛糞になるだろう　ニワトリが鳴いている
…………

あなたたちの最後の一人は　なんとか持ちこたえている
釘のようにうめくだろう　そのうちあなたたちの髪は切り株
にまいた鎖と同じ灰色に光るものでいっぱいになるだろう。
子供たちよ、毎年この時期には背中が痛むだろうが、でも平和
も手に入れるだろう……

「労働祭の説教」は、「シェニール」の「全く正気の人が思いつくはずのない」イメージを超える、イメージのパッチワークを創り出している。

しかしながら、『バックダンサーズ・チョイス』には道徳を扱っている非常に個人的で感動的な詩もいくつか含まれている。それらは詩集のタイトルである「バックダンサーズ・チョイス」、「咽頭炎」(「息もつけない咽頭痛で死ぬ」寝たきりの病人であった、ディッキーの母親についての詩)、「叫んでいる、かれら」「逃亡」、そして死を超越する霊的な可能性を重ねて主張している詩「共同墓地」などであるが、その可能性への確信は安定した三拍子の詩行に表現されている。

人間の全年齢が一つになる
十分に暗いところで。
…………
共に転落した全生物が
戻ってきて激しく抱き合っている
相手のいないものはだれ一人いない……

（「共同墓地」）

しかし最も情熱的な詩は、恐怖を表現するのに適しているイメージを創り出すことに関わっている、反対の内容の詩である。「水面下の追跡」では、詩人は彼自身の経験にはなく、これからもありそうにない恐ろしいイメージを呼び起こしているが、これは記憶の意識的な再創造である。詩人は八月、牧草地に立って、彼が「アザラシの鳴き声」を聞き、「個人的な氷河時代の冷たさ」を感じると想像する。それから彼は餓死した北極探検家たちについての記事をかつて読んだこと、彼らの日記にはただ一個所、忘れられない恐怖について書かれていたことを思い出す。

氷の下で、
シャチがさっと動き、体をねじらす、
割れたガラスで切られている

イタチの影の方へ、
それから、水面から顔を出し、彼は
雪より暗い何かを見る
彼は離れる
もっともっと力を蓄積するために
…………
それから突進する
まっすぐ上に　氷面に現れ、ひたいで氷を粉砕する

だからシャチは南部のありふれたこの牧草地にまで詩人を追跡し、「どのようにしとめられ死

んだ動物が我々を追跡するのか」「雪の中だけでなく家の畑でも」と考える。ノーマン・メイラーの虚無的で、非常に入念な「文学」作品である『なぜぼくらはヴェトナムへ行くのか?』もまた、主人公・犠牲者に獣としての神の幻視を経験させるために、主人公を北極まで運んでいるのは興味深いので、ここに言及しておく。この「幻視」はするとアメリカの（普遍的な?）経験の全てに課せられているので、超越の可能性を見込むことはできない。（ディッキーが「目を打つ者たち」で結論を下しているように）もし神が獣なら、するとその獣が神であり、人間は「彼」に黙従し、普通の南部の牧草地で追い詰められた恐怖を経験するか、もしくは「彼」を模倣し、「彼」の力のいくらかを手に入れなければならない。しかし、この幻視を私用に供するために、ますます、詩人は彼自身の地理的、歴史的な領域を超えて接触しようとする。それは自然主義的生活の歪曲や拒絶を要求する。『自己会見記』の中で、なぜ彼にとって狩猟がそれほど重要であるかを説明しながら、認めているように、狩猟は時に、一種の必要な芝居がかった行為である。「主要なことは、自分の食料を狩る人間のサイクルに戻ることである。今の時代にこれは原始的な人間であろうとお芝居をしているのかもしれないが、動物と良好な関係を全く持たないよりはいい……私は森に入り、弓と矢で狩猟をし、このように動物の世界に入っていけるとき、蘇生感を強く感じる。」だから『救出』では、「蘇生」の経験、つまり「救出」それ自体は、他の男たちを狩ることで刺激されている。単純な動物ではもはや十分ではなく、小説の全体は、語り手が標的——通常は禁じられている人間という標的——に照準を当てて、強力な弓から矢を放って殺す、あの強烈に劇的な数瞬間の周りに構成されている。ナパーム弾やガソリン弾は幻想から落とされているから本物ではないが、矢は少なくとも本物である。また、『救出』の包囲された男たちの間に不可欠な親密さは、原始的な兄弟関係とほぼ同じで、単純で、明快で、直接的な行動の世界に女性たちがもたらす混乱を排除している。なぜなら女性たちは、神秘的で計り知れない存在である限り、「文明」でもあるからである。

しかしもし女性たちが対象、それも崇拝の対象であるなら、彼女たちもまた原始的な力崇拝の神秘性に吸収されうる。ディッキーの全作品中で最も魅力的な詩の一つは「悪魔」である。この詩はのぞき魔で恋する男を魔法で木に変え、全能の観察者に変え、再びのぞき魔に変えるのだが、その間ずっと、心酔する対象を愛し、欲しがるが、その対象を本当に知ることをあきらめている男は詩人その人である。詩は殺害への長い、静かな、恭しい序章である。だがのぞき魔と詩人が同一人物であるのは明白で、「お気に入りの百の窓の明かり」は「彼の眼鏡ではどこかうまく見えない……」と述べて、詩は不吉に締めくくられている。ディッキーはあまり面白くない現実の世界と比べて、彼自身の空想に賭ける価値を認めることにとても正直である。重要なのは彼の想像力に富んだ創造であり、彼の見る力である。ユングが「アニマ」と名づけたものを賞賛して、ディッキーは『出撃』の中で「哀れな死すべき滅びやすい女性たちは、存在の深みのあるこれらの強靱で肉欲的な者たちの前では塵のようだ」(4)と言っている。とりわけ、「彼の眼鏡ではどこかうまく見えない」あの内面の光明の可能性がいつもあるわけだから、このような発言に見られる個人の自信過剰は危険を伴う過大評価であると人は思うかもしれない。

事実、ディッキーの後半の詩では、視覚は男性であることそれ自体の謎めいた恩恵に歩調を合わせて、危うくなっている。見抜く力が弱まり始めると、自制心の低下の危険性が即座に現れる。逆にいえば、輝かしい奴隷制度への前兆として、「見ること」それ自体が拒絶され、否定されうる。また「奴隷地区」という詩で、ディッキーは自分自身を、南部の大農園の奴隷所有者、私生児である黒人の息子の白人の父親、その自分の息子を否定する父親、そして所有者としての役割を用いて熱狂に駆られる家長として、同時に想像するとき、見抜く力の否定はより体制的で、邪悪な背信行為を助長させている。ディッキーの問いは多面的な父親の背信、他の人々の目を欺くことに関わっている。

一日に一度
一人息子の
褐色の、じっと待っている、完全に所有され、
驚いた目をのぞきこむのは何のため、
認めるのではなく、所有するため……

どうやって奴隷への罪を負うのか？　が詩の中心にある問いである。

　ディッキーは『詩集一九五七―一九六七』の「落下」の部門で、詩人が鳥の姿になる「化身（Ⅱ）」から始めて、人生のさらなる拡張を探究している。彼の最初の化身は蛇で、古い車輪の中で餌ではなく、最初の男が歩いてくるのを待っている――刻一刻、蛇の頭は「さらに有毒になり、睥睨している。」しかし鳥として詩人は、彼から死ぬ運命を完全に奪う、長くて不気味な、理解しがたい飛行を経験する――

ある人生で死ぬことは

別の人生に入り
雲を突きぬけ　その上にそびえること

しかし「化身（Ⅱ）」はきわめて抽象的で、『バックダンサーズ・チョイス』の「化身（Ⅰ）」より深くは詩人の想像力を引き出すことに従事していないようである。長い詩「落下」の驚くべき詩の妙技が「化身（Ⅱ）」の足りない分を埋め合わせている。「落下」は定期航空路線のスチュワーデスが飛行機から偶然落ち、トウモロコシ畑で死ぬまでを詩にしている。「今までにカンザスにやってきた一番すごい人」はたくさんのものにすばやく変身する――フクロウ、タカ、女神――落ちながら裸になりながら。彼女は水の中に落ちそうだと想像し、「ぽたぽた水を落としながら、元気に現れ／コカ・コーラを手渡されるように」落下を飛込みに変えるのだが、最後は自分の命を救うことはできない。彼女は人間で、「化身（Ⅱ）」の精神的な力を持った鳥ではないから。彼女は「肉体はなんの苦労もなく／それを支え、浮かばせ、死なずに生きさせる体勢以外の、どんな体勢にもなる」ことが分かってくる。「彼女の体の形そのものが土の中にすっぽりめり込んで」彼女は死に、不可解に、疑問の余地なく、そこにいる。それから彼女の衣服がカンザスのいたるところに落ち始める。彼女はある種人間の女神で、詩がいろいろな主題を提示することができると同じだけの不滅を、彼女はこの奇妙な詩によって付与されている。

はっきりと告白的な詩である「姦通」は人生を肯定する瞬間を求める詩人の欲求を語っている。にもかかわらずそれらの瞬間ははかなく、そして姦通の行為による罪は魔法にかけられたようなものだという確信に明らかに依存している――「我々はまたやってしまった／我々はまだ生きている。」詩の主題は、実は、姦通でも、人々とのつながりを求めるものでもない。人生はまだ可能なのだと証明する必死の欲求についてである。我々はまだ生きている、というあの罪の意識のある、勝利の叫び声である。この詩や他のいくつかの詩の中でディッキーは、セックスが「罪」から切り離されると、無意味だろうというノーマン・メイラーの心情を共有しているようである。この男性のシナリオの中で女性はどのような役割を果たしているのだろうか。姦通の状況としてはありえない場所のせいで彼女は泣かされているわけだから、彼女は確かに十分に現実味がある。しかしもっと重要な意味において、彼女は本当は存在していない。というのも彼女は男性のアニマ投影によって一時的に照らし出されているあの「哀れな死すべき滅びやすい女性たち」の一人であり、彼女は恋人の存在の深みから生じる空想と比べれば、「塵のよう」だからである。デカルトの我疑う、故に我思う、我思う、故に我ありは、デカルト哲学の救済の論理に絶望する人々にとっては、私は愛する、故に私は存在する、私は愛される、故に私は存在しなければならない……となっている。

ディッキーに関してこの恐怖は、彼には全く理解することができない、わけのわからない科学技術の文明に人間が閉じ込められたときに感じる、根本的な無力感と密接に関係している。自分が存在し続けると詩人に確信させるためには、女性との情熱的な愛や姦通の罪でさえ、究極的には、十分ではないのだろう。「最後のクズリのために」の詩でディッキーは、その種が絶滅の危機にあるあの「小さい、汚い、翼のない」動物のクズリと自分を同一視している。クズリは「大食漢のはらわたの炎」のとりことなり、「愚かな激怒」に燃えやすい動物であるが、ディッキーはこの動物の「世界を食べる」という途方もない欲望において、クズリとの親近感を認めている。

だが血に飢えた激怒にもかかわらず、クズリは絶滅の危機にある。つまりは「生き残るものに非ず。」詩人とこの獣の霊的な一体感は、逆説的には、死との同化、追い詰められた死との同化であり、実は、詩人の熟考の背後にある衝動である——「臆病な詩がどれほどか／お前の激怒の愚かな爆発を求めていることか。」シルヴィア・プラスや非常に多くの他の詩人のように、ディッキーは人間としての彼自身と残りの世界——宇宙そのもの——の間の分裂を想像している。この分裂は、詩人の意識が彼の立場を見させ、判断させているのだが、一方で自然の残りはほとんど無言でいるという事実に象徴されている。ちなみに、孤立した人物が思っているほど自然が本当に無言で、無知だとは疑わしい。人間の自我、「私」が、いかなる重要な意味で、それがその一部である膨大な、生きている全体から切り離されているとは、もちろん疑わしいことである。しかしながら、詩人が自分自身を動物の中でも最も凶暴な動物と比較して、詩人が「臆病である」と一瞬認めたとしても、そのような凶暴さ、そのような激怒の「愚かな爆発」が詩より優れていて、一貫性のある独創的な構成の中で言語を創り出し、まとめ上げる人間の活動より優れているかどうかも、やはり疑わしい。詩の祈りはとても感動的だが、我々に「主よ、私を死なせ給え、だが絶滅させ給うな」と語っているのは、クズリの意識ではない。

ディッキーは、人間は結局不滅でないかもしれないと恐れる人間の恐怖を内面から作品化している。人間による人間、他の人々、環境の支配はますます錯覚であって、弱まり、衰えているように思われる。「エントロピー」——よく使われ、間違って使われる用語——とは、ある組織が衰え始めるときの活力の減少と増大する混乱の現象を表すもので、人々が所属するか、または組み込まれている組織は無限であるはずだと考える人々にとって、エントロピーはいつも脅威であり、恐怖である。不滅を一つの抽象概念として捉える人間の考え（「不滅の」魂は生き延びることが期待できたが、「死すべき」人間——個性やエゴ——は期待できなかった）

から、肉体における不滅に寄せる狂気めいた無益な希望へ移行した、心理的な理由を考慮する紙面はここにはない。確かに文化的、政治的、経済的な理由はあるだろうが、私は永久に生きたいという願望の単純さを十分に説明することはできない。なぜならこの願望は異常なくらい幼稚で、子供っぽくさえあるので、大多数の知的な人々の意識の中にそんなふうに入ることは決して認められないからである。この願望が現れると、それはいつも偽装される。偽装は時々漠然と、失望した絶望の形をとる。または全く正当な対象のない激怒の形をとる。または絶望している人には、あまりに愚かなのでどれほど不幸なのか分かっていないように思える人間（や動物）を抑えようもなく、感情的に羨望する形をとる。動物、鳥、「無意識な」自然の表情を過剰に賞賛するのは、ある人々においては、彼ら自身の自己嫌悪を隠すためのものである。彼らの意識の活動は主に自分を非常に気にし、自問的で、自己不信的であるから、彼らは「地獄」にいるのである。残りの世界は、しかしながら、全く満足しているように思われる。エントロピーはある人々には無分別に恐れられ、他の人々には無分別に喜んで受け入れられる。組織の分裂、混沌、抑圧された激怒の「愚かな爆発」、これら全ては喜んで受け入れられ、最も深い魂を解放するものと誤解されている。

神秘主義――進化、消滅

神秘主義は一般的には最も高次の宗教的、精神的な功績として考えられている。この主題についてほとんどの文学は、もっぱら聖人のような人間を扱い、彼らの中には力強く感情的な悟りだけではなく知的な悟りも経験するものもいる。これらの神秘家は、ある意味では、我々の世界を創造した人々である。どうやら今生きている我々の中のこれらの人々は、いつも無意識に、思わず知らず、彼らの想像の範囲内で生きてきたから、彼らの名前を挙げる必要はない――書いているとき作家が、膨大だが有限な彼の言語の世界内で生きているように。そのむこうに、ある実在がある、きっと。しかし作家はそれをすっかり想像できるわけではない。私がこの瞬間存在していること――私が作家で、女性で、生き延びている人間であること――は偶然とはほとんど関係なく、我々に人生は価値あるものだと思わせて下さい。我々に人生を高めさせてください。我々に別の新しい世界、別の民主主義を想像させてください……とだれかが思うことの、わずかではあっても、直接的な結果である。オーデンが言ったことはよく知られているが、詩は何も起こせない、というのは真実ではない。それどころか、詩、あるいは詩的想像力はあらゆることを起こしてきた。

だが「神秘主義」は他の方面において影響力がある。本質的には、神秘主義は「自我」の喪失であるが、「自我の抑制」の喪失にも帰するかもしれない。不可思議で、計り知れない大変革が我々の文明に起こりつつあるように思われる、そして歴史上の全ての激動のように、それは知りうるものでも、統治しうるものでもない。人生の流動や進化の途上に起こる説明のできない分岐のように、それは、個人はいうまでもなく、全ての種の願望から全く離れて独自の道を進む。しかしながら、神秘主義は、ますます多くの人々の間で、特に若者の間では、自我の喪失、超越の経験によって特徴づけられるようである。だが人々は神秘主義のあの別の世界に、自我の活動を通して広めた知識だけを、意識的で道徳的な知性だけをもちこむ。つまり、神聖なる存在との合一体験、「それは汝なり」の知識は我々に、その慈悲深い表情の中にはイエス・キリスト、釈迦、そして他の偉大な教祖を授け、そしてその敵意に満ちた怪奇な表情の中にはヒトラー、スターリン、チャールズ・マンソンのような人間を授ける。自我の消滅感を確かに経験したが、ふと浮かんだような受け売りの宗教体系を何一つ持っていなかった人物によって書かれたので、この主題で最も重要な研究は今なおウィリアム・ジェイムズの『宗教的経験の諸相』に依拠する。神秘家は道徳の、全ての抑制の、「文明」の、正常性それ自体の、人間による法典を振りほどく。神秘家と議論をしても無駄である。彼は知っているからである。D・H・ロレンスが自分は人間とではなく、太陽と同族であると宣言するとき、彼はエネルギーの一形態であり、より高い、外部にあるエネルギー形態にのみ彼の有限の存在の起源がある、という彼の宗教的知識の確かさから語っている。文学批評家はメタファー、象徴、言及に関心があるかもしれないが、ほとんどの作家は彼らの最も深い経験から書いている。言語を戯れに組み立てて構成すること、審美的な衝動は、いつも二次的活動である。だから社会的行動も二次的である。そしてあの社会的存在、「自我」も二次的である。

しかし意識的な自我が社会的世界や精神の世界に価値を見出すことに絶望するとき、その自我の消滅がより高い知恵や、生存のために強く求められる道徳観の向上に帰することはおそらくないだろう。その代わり、神秘家は彼自身の先祖の過去、彼自身の「動物」性に突入するかもしれない。これは浅薄さ、悪い考え、あからさまな非道が特徴的である時代においては、とりわけ人々の心をそそる。これらの異常な行為が「普通で」、それゆえ「人間的な」と考えられるからである。何かに価値が置かれなければならない――何らかの神らしきものが崇拝されなければならない。彼はどこにいるのか？　それはどこにいるのか？　だれが彼を体験したのか？

そこで、あたかも動物がそもそも驚くほどは知的でないかのように、多くの人々が「動物」が「人間」より勝っていると評価しても、驚きではない。いずれにしても、動物は彼らの本来の姿のためではなく、彼らの明らかに非文明的な資質のために評価されている。たぶん彼らの狡猾さと野蛮さ、彼らの「無垢」のために評価されている。動物は厳しい行動の掟（人間においては、「道徳」）の中で生き、そして死ぬのだと仮に主張しても、ロマンチストは聞こうとしないだろう。ロマンチストは、彼の動物は自由で、野生的で、彼らなりの方法で不滅でさえあると確信している。ロマンチストの詠む動物はいつも、彼ができればしたいが敢えてしていない全てのことをする。ロマンチストの動物は、漫画家の動物が漫画家の創造物であるほどは明白に、戸惑うほどには、彼らの創造物ではないが、理想の象徴というあの特別の神聖な恩恵をしばしば女性と分かち合う。もしただ生存の問題なら、理想の動物は、彼の環境をほとんど必要としないから生き延びることができる捕食動物であろう。テッド・ヒューズの『カラス』の詩は、例えば、口ばし、かぎづめ、視力の異様な鋭さに縮小されているけれど、いつも人間のものである最小の意識に関わっている。しかしこれらの詩は、調べてみると、奇妙に抽象的で、修辞的で、議論めいてさえいる。それらの詩には、ディッキーの最高の詩にある鋭い感情に訴える直接性はほとんど全くない。テッド・ヒューズにとって寓意的可能性であるものが、ディッキーにとっては実存の事実なのである。
ディッキーが「石」の夢から目覚め、「肉体」の荒々しい闘いに入っていくとき、彼はもはや彼の文明の戦争「の上を巧みに飛ぶ」ことはできないだろう。彼は男としてその戦争に加わらなければならない。もし戦争が彼の方に来ないのなら、彼が戦争を捜し出さなければならない。

ディッキーの小説『救出』の恐怖は、普通の、郊外の枠組と、普通の男たちが残忍な出来事に同化することから生じている。彼らは、ヒューズのカラスのように聖書に関わりのある人物ではなく、また遠くの敵意ある世界に捕らえられている男たちでもなく、自分たちの家から遠くないところにある、危険だけれども美しい川をカヌーで下りたがっている、四人の中年の中流階級の男たちである。小説は自然に戻り、原始的な力と一種の共感的な関係を築くべきだという我々の深い直観的な必要性についてのものであるが、暴力をふるう必要性、全く取り返しがつかないので決して告白されることのない暴力によって、彼らの凡庸な生活から救出されるべきだという男たちの必要性についてのものでもある。それは非常に文明化された、裕福な社会の空想であり、そこでは肉体的な暴力が、人生参入の儀式がもはや存在しない社会を霊的に——それゆえ永久に——変えつつあると想像している。この社会はそこに住む男たちにたずねる、どうやって君たちは男だと知るのか？　しかし行動に関する限り、体力と進んで命を賭することによって男性が女性と区別されたずっと以前の社会からみる以外は、その問いへの答えはない。しかし他の男を殺害することを儀式に変え、男らしさの証明に変えることはできる。『救出』はこの儀式についての物語である。メイラーにとって同性愛は恐怖を、ディッキーにとっては強い嫌悪感を呼び起こすものであるけれども、『救出』は、同性愛を考慮に入れている点で、メイラーの短い小説『なぜぼくらはヴェトナムへ行くのか？』と似ている。『なぜぼくらはヴェトナムへ行くのか？』の少年たちは北極の狩猟キャンプで今にも愛する者同志になりそうになって震えるが、二人は、恐怖におののいて、互いから退き、それからヴェトナムの戦争に行って戦うために今や結ばれた「殺し屋兄弟」として、途方もないエネルギーを与えられる。どちらの小説も同性愛に異常な恐怖を表しているのではなく、もっと困ったことに、愛情への恐怖を表している。ディッキーは全ての人間の同情を得られないくらい堕落した奥地の人々を創り出し、その結果ほとんどの読者は語り手と共に「殺害者」になることを余儀なくさせられる。外部の力であろうが内面の衝動であろうが、同性愛を強いる人を殺害するのは、動物的な衝動や欲望を明らかに増進する結果となり、そして語り手は文明と彼の妻のもとに戻ることができる。その男は深い秘密を持ち、道徳的に許されない悪魔的な謎を抱いて、救出される。暴力は彼の救済手段である——それは普通の生活から彼を救出している。

『目を打つ者たち、血、勝利、狂気、バックヘッド、そして慈悲』はタイトルが示唆する如く、多種多様な詩がぎっしり盛り込まれている。いくつかの詩はぶっきらぼうに告白的で、「アポロ」の詩は歴史的な出来事と関連し、そして全ての詩が物思いに耽り、時に冷笑的で、時に優しく瞑想する、同じ調子である。この詩集は思索的な問いかけをする複雑で抽象的な作品、「背を向けて——さまざまな乖離」で終わっている。しかしほとんどの詩は家庭的な事柄と固いつながりを持っていて、病気や死といった扱いにくい主題も、ディッキーの言葉で言えば、「生きる価値がある」とされている。

この詩集は非常に多くの質問をしているが、答えることを拒絶しているので、読者は戸惑いを感じる。次のような質問でいっぱいである——私は何を言ったのか？　何をしたのか？　私はまだ酔っているのか？　この女性はだれだ？　どこにいるのか？　私が見えるか？　手の五本の指はまだ何かに対して見せられるのか？　彼らは私たちのために来てくれたのか？　ある主題に対するその態度のためにも戸惑いを感じる。例えば、糖尿病とがんで苦しんでいる男たちは厳粛には扱われていないし、また心臓発作（あるいは愛）で死ぬというディッキーの空想では、彼と看護婦・売春婦の女性は一緒に下の方へ揺れ落ちていく、「テレビのように　アーサー・ゴッドフィーの顔のように／とても幸せそうに。」収められている一七の詩は、長さは非常にさまざまで、多種多様なテーマの間で対話や論争を繰り広げていて、まるで詩人が彼の魂のいくつかの側面と闘いを開始したかのようである。「闘い」という言葉をここで故意に使っている。なぜならディッキーは「背を向けて」の中で「古い平和な愛から／宇宙に対する／静かな戦いのヘルメットに」目を向ける必要性を宣言しているからである。

　詩の多くは、数十年後「家に帰る」ことによって自分の青春を捜し出す無益さのような病的な感情や病的な種類の希望についてのものであり、数編は特別な心身の不調を扱っている——「糖尿病」「がん競争」「狂気」「目を打つ者たち」（これは盲目と狂気の両面について）。「糖尿病」は二部から成る、残酷なほど率直で，嘲弄的な告白の詩で、詩人の途方もない渇きで始まる。「ある夜私は王子のようにのどが渇いた／それから王のように／それから帝国のように燃えている世界のように。」しかしこの渇きは人生への渇望ではない、それはメタファーではない。それは臨床的に本当のことである。病気が診断された後、詩人は砂糖を「白くなった壊疽」と見、そして彼の一連の訓練は皮肉に数えながら行われ、初期の詩のテーマのパロディーになっている。

バーベルが上がるたびに
ジョッギングしながら足がよろけるたびに数える
死が一つ、死が二つ、死が三つ　それから復活
しばしの間、悪くない！　……

彼は親切な若い医師に練習量を減らし、管理してもらい、「生きる価値のある死」に耐えるのだろう。「糖尿病」の詩の後半にある「ノスリの下で」において、ディッキーはむし暑い夏、彼の血液の「腐敗した、いらいらする甘さ」、彼の生活の「都会の麻薬」に引き寄せられた「死の鳥」を想像している。最後の挑戦的なそぶりで、詩人は故意に死の鳥を喚起するのだが、奇妙にも英雄らしくない方法で、禁じられているビールを飲むことで、そうする。

私の眼球の充血した糖質は
彼ら「ノスリ」がやみくもに旋回するのを感じる

火の中で　上がっていく　旋回しながら　旋回しながら
ボグバッグ尾根に戻っていく　これはまったく
うまい、兄弟。私の体は旋回している　不均衡に光っている
甘さはいたるところにある、私は私の鳥を呼んでいる。

この詩集の特徴は読者と詩人をつなぐための用語——「友」「兄弟」「仲間」「息子」「きみたち」——を繰り返し使っていることである。「毒」という詩は全体が一種の祈りであり、詩人と聞き手は、「毒を出さなければ」ならない兄弟として結ばれているが、この毒は人間の「頭から」出てきて、生命に必要な血液を腐敗させる。「狂気」は、狂犬病にかかっているので殺さなければならない、家で飼っている犬についてであるが、この詩にもまた「助けてくれ助けてくれ　狂気を助けてくれ」の叫び声がある。

病気の詩に対してバランスを保っているのは、ディッキーの息子たちについての数編の詩と『ライフ』から依頼されて作った、対になっている詩「アポロ」である。「アポロ」は雑誌のほぼ中央に掲載されていて、一枚の黒いページで仕切られている。黒いページは、「夢の中

に浸っている青い惑星」である我々の惑星はそこでは微小な存在でしかない、宇宙の黒い特徴のない深遠さの象徴である。悲しみの雰囲気が漂っているけれど、ディッキーの息子たちに捧げる、あるいは彼らについての詩は全て優れている。「天空の主」にはブレイクの詩からの引用が序文につけられている。「……もし目撃者が驚異のこれらのイメージの友人で伴侶になれるなら……そのとき天空の主と出会えて……幸せになるだろう。」息子の上手なカラスの鳴き声について描写するとき、ディッキーは自分の以前の役割を新たに心に描いているようである。その鳴き声はとてもうまくカラスをだませたので、カラスは数十マイルもむこうから息子のところにやってきて、「空にいる盗まれた声の中の／主に出会う。」カラスたちは一言だけ、彼らにとってあらゆることを意味する一シラブルだけ聞くのだが、一シラブルを操るとき、少年はある種の詩人になっている。「鳥と獣にまさる新しい力」が人間によって獲得されているが、「裏切りのためではなく、死や欲望を呼び起こすためではなく」、「卵の中では決して聞かれなかった」独特のトーンを「ただ授けるためである。」おおクリス、おいで、さあ降りておいで、はディッキーが自分自身に当てている言葉である。魔法が彼の息子の属性になっている。

「伝言」は生命の姿（「ずたずたの、勇敢な羽」を持つ蝶）や死の姿（牛の骸骨）を扱い、父親の保護を父親の知恵で調和させているが、その知恵は眠っている少年にはまだ語られない

――人生は賭けであり、戯れである、「骨の中で、羽の中で、光の中で。」詩はまた、父親は息子を人生に――「海に」――手放さなければならない必要性について詠い、人間の愛は、大海の冷笑的な深淵や物言わぬ原始的な世界などを問題にせず、人間の世界に存在することを思い出してほしいと助言している。「伝言」の数編の詩に歴然とある愛は、まるで語り手たちは怒って自己憐憫と闘っているかのような病気の詩には、全く欠落している。「がん競争」は、「ガンとウイスキーをいい関係で」持っている、死に瀕している男が酔った心の中でがんとウイスキーが闘っているのを想像する。「私は二つがもがいているのをじっと見ている／部屋中で、家の内と外で　二つが郵便受けの近くで闘っている……。」ここには尊厳はない、死にゆく時でさえ。詩は肉体の衰退を嘆き悲しむことを拒絶している。

アポロの月への発射に向けて語りかけながら、ディッキーは畏怖、疑惑、皮肉、黙認といったさまざまな感情を総合している。『月にともる火』のメイラーのように、ディッキーは何らかの大惨事が引き起こされるのではないかと思わずにはいられない（「月の疫病が我々の子供を殺しはしないだろうか……」）、そしてメイラーが月面の写真をじっと見つめているとき、セザンヌを思い出したのと全く同じように、ディッキーは、月の探検者たちの一人の意識を想像しているうちに、グレイのエレジーからの詩行が「私の心からどうしようもなくこみあげてくる」のを聞く。科学技術の勝利は過去の審美的な勝利から見られている。メイラーもディッキーも未来について懐疑を表明し、ディッキーは彼らしくより感情移入が強いけれども、両者とも科学の必然的な方向を受け入れている。

私の目は見えない
そこに届かない涙で　息が体じゅうにあふれ
吐き出せない
…………
我々の服は抱擁する　体に触れることはできない
ひざまずけない。　我々はじっと見つめる　月のちりを、
地球が輝いている地表を。　我々は笑う、楽しく
静電気にはしゃいで。
我々はしゃがみ、石をひろう。

未来は、しかしながら、詩人の他の男たちとの想像性に富む一体感を通してのみ探究できる。

『目を打つ者たち、血、勝利、狂気、バックヘッド、そして慈悲』で最も力強い詩は、未来を論じることを全く拒絶し、過去への古い強迫観念を探っている。対をなす感傷的な詩「帰郷」は詩人（「持ち主」）を彼の失われた子供時代に連れ戻し、「彼の頭の中だけで」生きている家、時間、場所、部屋が錯綜する中で、詩人は「弟や息子のような」昔の自分に遭遇する。子供時代は大人となった今とはかけ離れていて、大人となった詩人は「耐えがたくなっている」部屋の持ち主で、「まるで私はそこにふさわしいかのように」、見知らぬ人のようにその部屋を歩く。（『バックダンサーズ・チョイス』の「モーム」の中で）若いディッキーが悩んだアイデンティ・・・・・・・・・・ティ！　アイデンティティ！　の謎は、過去と現在が争っているように、いまでも彼を責め、持ち主は自分の質問で気が変になるのではないかと恐れる。

お願いだから私に教えてほしい、
私たちの犬たちはみんなどこにいるのだ？
家は？　　それはどちらの方向？
この空いた敷地がそう？

最後に敗北を認めて、「頭が変になって、泣いている持ち主」は、自分は何も生かせておくことができないと悟る――自分の部屋、自分の家族、自分の過去、自分の青春、自分自身、の何も生かせておくことができない。だがそれらを死なせるわけにもいかない、だから彼はそれらを「しばらくの間、息子たち」と呼ぶのだろう。ほとんど短編になりそうな詩「バックヘッドの少年たちを捜して」では、無益な過去の青春探しは特別の場所で行われ、詩人は旧友たちを捜すために故郷に帰ってくる。もしそのうちの一人を、ただ一人でいいのだが、見つけることができたら、彼の青春はもう一度「私の中で王のように歩む」と信じている。しかし彼の友人たちはもうそこにはいない、変わってしまっている、体が麻痺している、あるいはガソリンスタンドにいるチャーリー・ゲイツのように、詩人が「暗号でしまっておかなければならない」秘密を握っているあの人では実はなかったりする。詩は味気ない、あっけない命令口調で終わる――「満タンにしてくれ、チャーリー。」旧友と会う形で自分の過去に出合うのは、過去を「保つこと」の不可能性を強調している。

「目を打つ者たち」は、おそらくインディアナ州にある子供の収容施設が舞台になった、とっぴで奇妙な空想的な詩である。この収容施設では明らかに入居してから、何人かの子供たちが盲目になっている。ただ盲目になるのではなく、気が狂っていて、視覚神経を刺激するので彼らが眼球をたたけないように、彼らの両腕を両側で縛らなければならない。どんな一連の写実的な事実から見ても、この「収容施設」が現実のものだとは考えられないので、一人の子供の盲目を扱った「フクロウ王」のように、詩全体が探究的な空想であると読者は結論を下す。子供たちの盲目と彼らのそのことへの痛ましい反応はあまりに苦痛なので、「訪問者」は彼自身が発狂しないようにするために虚構を創らなければならない。訪問者は子供たちが何を見るかを想像しようとする。

　　　　　　　　主よ、彼らが
　　青いほほを殴ってさらに暗紫色にするとき、
彼らは昆虫の羽や緑が、また親身になって悩んでいる療法士が
見えないというのだろうか?
　　　視力がなくても見えるずっと昔の
　　　　種族の光以外は?

訪問者が子供たちに代わって想像する世界は、有史以前のものである。「神のように働いている、獣のような」穴居人の画家が、洞穴の壁にさまざまな獣――シカ、アンテロープ、ヘラジカ、アイベックス、クアッガ、放心している灰色のサイ、ホラアナグマ、マンモス、「洞穴の記憶の中だけに現れる動物たち」――を描いている。「人類が若かった頃」、子供たちの中脳の裂け目には、聖母マリアの肖像ではなく、ずんぐりした「母親」の姿が詰まっており、また「神が人間のように手探りで捜し」、そして画家が傷を負った獲物を「狩猟し、切る」石の上の血まみれの手形が詰まっている。それから、訪問者の理性的で懐疑的な性質は穴居人の画家を「見知らぬ人」と呼びかけて、画家と論争する。たぶん、子供たちは何も見ないために、自分たちの目をつぶしたいのであり、訪問者の創り出した穴居人の画家は訪問者自身の盲目性の表れであり、「人類の未来像を作り変える」かもしれない不思議な力を求める彼の希望の表れでもある。世界は芸術を、芸術の魔法のような人生の再生力を強く必要としているのであって、肉体の苦痛以外に無価値な空白を必要としてはしない、と信じたい願望を彼は認めている。さもないと彼は気が狂うだろう。さもないと彼は彼の詩作に何の価値を見出せるのか。芸術家は、単に詩人自身にとってではなく、人類にとって療法士にちがいない。しかしディッキーは、自らが定義した「虚構」を黙認することで、つまり彼自身を穴居人の画家と同一視することを可能にし、「狂気、曲解」を選ぶことによって彼の「理性」の鈍感な真実をのがれることを可能にする、ある種の嘘を黙認することで、この複雑な詩を締めくくっている。彼はほの暗い人類の記憶の中に、歴史を除外する恐ろしい幻想の中に、自分を投影している。理性を持たないものと創意を持たないものに全面降伏する以外に、救いはないことになる。

獣よ、わたしの道を
ふさげ。　おまえの体は平原に向かう。　鹿よ、わたしを
おまえのワイヤーロープ
の体に入れてくれ。　わたしは合体し、かなたに通りすぎる
こっそり　こじつけて　まったく
創作に絶望して　倍もよく見える遠近両用めがねをはずすと
わたしの理性はなくなる
視力のように。　セラピストよ、　もうこれかぎりさらばだ
わたしに槍をくれ

祈りは、「獣」に語りかけられているのだが、詩人を必然的に低下させ、人間の姿をした獣に変え、彼の「創作の絶望」は口には出さないが、暴力的な行動を詩人に強要する。結論は曖昧なものかもしれない――画家は、自意識の強い芸術作品を通して、彼の作品を否定しているという結論である――あるいはレイモンド・スミスが「ジェイムズ・ディッキーの詩の信念」(8)の論文で考察しているように、詩人は芸術のための芸術の美学を拒絶している。しかしながら、詩の最後の言葉は、行動以外は、しかも原始的で血まみれのあの行動以外は何も信じられない、という信念の自滅性を表しているようである。

ディッキーはこの行動を「曲解」と分析し、詩はそのことについての情熱的で宗教的な気持ちを表している、つまり一つの宗教（芸術）への信念の喪失の証と、別の宗教（獣）へのためらいがちな傾倒である。これはディッキーの想像性がずっと切望していた神秘的な飛躍であり、彼が――なんとかして――そこから救出されなければならない凡庸さとして中年期に経験した、より高次の、芸術的な、道徳的な自己の挑戦である。

ディッキーの「ヒロイズム」の形態はたぶん時代錯誤だろうが、彼の絶望は予言的かもしれない。

これらの後半の詩、「肉体」についての詩では、「落下」や「労働祭の説教」で創造したきらめく言葉の壁さえも跳びこえる劇的な獰猛さがある。ディッキーはそこに、詩の中にいる。詩を読みながら、我々はディッキーの頭の中にいる。彼は進んで全てを、あらゆるものを語る。彼は進んであけっぴろげであり、彼自身の研ぎ澄まされた感性と今闘っていると分かる。助けてくれ　助けてくれ　狂気を　助けてくれ——この詩集の恥知らずの叫び声である。

社会は最も感受性があり、風変わりな人々の自己表現をいつも避けたわけではなかった。いわゆる原始的な人々と彼らの祭司やシャーマンとの関係については多くのことが書かれている。このような社会は彼らの首領の法悦や奇異な啓示から何らかのものを得たので、彼らを異教者として破滅させたり、彼らの幻視を「ただの詩の類」と解釈して、彼らの効力を奪ったりはしなかった。もし予言的な幻を見る人が、彼の経験を持ってその世界に戻り、魅惑的で独創的なメタファーを創ったことでせいぜい喜ばれるくらいなら、彼は自分の経験にどのような価値を見出せるのだろうか。ディッキーは、我々の中の多くの人々にとって、非常に戸惑いを感じてしまう存在であるが、彼はより大きなコンテクストの中で、一種の「シャーマン」として、つまり文明は彼が言っていることを理解しないだろうし、理解できないから、必然的に文明と交戦している男としてみなされなければならない。ミルチャ・エリアーデ〔訳注　1907-1986ルーマニア出身の宗教学者〕はシャーマンを「法悦の専門家」と定義している。伝統的にみて、シャーマンは興奮して狂乱状態になり、入神状態に入り、鳥や動物の言葉を理解し、模倣する力を身につける。シャーマンは少なくとも現代においては「正常な」人間ではない。彼は神聖と信じられることに参加する。

もしシャーマンあるいは似たような魔術的な力を持つ男が、彼のことを解釈する社会構造を持たないなら、そして言葉の限定的な意味において彼が明らかに正常でないなら、彼の本能はその世界に対して反逆的な態度を取らせるだろう。彼が最も平穏なときは、彼はその世界と冷笑的な妥協を図ることができる。アイロニーは野蛮の洗練された形態でありうるし、肉体的な残忍さと同くらい野蛮になりうる。ある知的な人々においては、アイロニーは空しい希望の表れであり、他の知的な人々においては、アイロニーは暴力の代用である。アイロニーは暴力的である。もし言葉によって提案された解放がもはや苦しむ人々の厳しい要求を満たせないのなら、彼はきっと絶望に、乖離に陥るだろう。それゆえディッキーにおいては、肉体的に危険なことに熱中し、芸術において、そして（もちろん慎重に制限された領域で）人生において原始的なものを求愛し、そして絶えず自分を試し、身を持って自分を証明する熱狂的で、自虐的な必要性が生じるのである。(9) 狩猟という儀式は、それがあまりに明白に「儀式」——ゲーム——であるから、究極的には機能できない。また自分たちの食料のために狩らなければならない人々にとっては、狩猟の儀式性などは過去においても現在においても狩猟そのものと何の関係も持たない。狩猟は別の計画された冒険であり、別の「臆病な詩」でしかない。意識は多くのレベルで吐き出されている。狩猟は別の計画された冒険であり、別の意識にかき立てられる官能的な烈しさ、瀕死の状態にかき立てられる興奮、絶滅を恐れる獣の愚かな激怒、郊外に住む太りすぎの自宅所有者、夫、父親、詩人の苦境などであるが、……最も真実な自己はなぜか距離を置き、無関心なように思われる。『目を打つ者たち、血、勝利、狂気、バックヘッド、そして慈悲』の最後の詩「背を向けて」は、単に結婚における別居ではなく、自己の視点から見た乖離のいくつかの側面を扱い、その自己は「あとで、ずっとあとで」、それが納得のいくものになる——たぶん、本の中で、虚構の創造として——のを見たいと願っている。

狩猟、格闘、過度の野蛮なスポーツを「儀式」と呼ぶことによって原始への退行が正当化されないのなら、それは断念されなければならない。肉体が想像力の要求についてゆくことができない以上、詩人がもはや「原始」を再現できないのなら、原始の理想は断念されなければならない。肉体の優れた能力——視力の尋常な鋭さ——は人間を挫折させるあの問題、つまり死ぬ運命や病気よって徐々に害される。死が待ち受けている。だが人はいつもそれに準備ができているわけではない。もし死が恥として、また別の漠然とした敗北とみなされても、死は決して受容されないだろう——黙示録のために祈るほうがましである、そうすればだれもが同時に死に、あとでそのことを考える人はだれもいないわけだから。現代文学において非常にほめ称えられている停滞状態——閉鎖的で自己破壊的である、巨大で偏執狂的な錯覚の体系を掲げること——は次のような推論の単純な失敗に賛成の論を張っている。つまり人間の自我はあまりに長い間宇宙における最高の意識の種類と想像されている、という推論の失敗である。その錯覚が人間の自我から取り払われると、自我は苦しむことになる。苦しみながら、自我はその感情をあらゆるもの、あらゆる人々に向かって、宇宙それ自体の中に投影する。現代の想像力豊かな文学は、直観的な経験の増大し続ける緻密さを知的な経験の緻密さと総合させることをほとんど拒絶してきた。現代文学は、我々の種のダイナミズムは肉体ではなく、主に頭脳のダイナミズムになっているという事実を認めないだろう。永遠に存在すると思われる崇高な愛もゆっくり消えて行く。だが愛するものたちと共に愛そのものも死ぬのである。

『目を打つ者たち、血、勝利、狂気、バックヘッド、そして慈悲』の最後を締めくくる詩「背を向けて——さまざまな乖離」は、多くの点で他の詩と異なっている。第一に内省的である。全くといっていいほど思索的で、魂の神秘を扱っている抽象的な一七連から成っている。そこにあるなじみの戦争のテーマとある特定のイメージ（ヘルメット、「強くなった草」の牧草地）はディッキーにとって新しい意味で使われている。厳しい、感情を表さず距離を置いたトーンは、「目を打つ者たち」の絶望的な残忍さと病気を扱った詩と対照をなしている。

詩の直接の理由は、明らかに「昔の平和な愛」への不満である。近くにいる別の人は「突然に／自由になり……彼女の肉体を嘆き悲しむ。」しかし詩の告白めいた性質はあまり重要ではない。詩人の距離の置き方は「四つの四重奏」におけるエリオットの距離の置き方に近い。ディッキーはたぶん自分自身——彼の「魂」と彼の関係——について書いているのだろう（この解釈はたぶん必要ではないだろうが、魂は神秘主義的な文学においては通常女性とされている）。詩人の問題は、いかに「普通の」男として、彼の状況を全般的に人間の境遇と結びつけるかである。「化身（Ⅱ）」にあるように、詩人は彼自身がある人生から解放されて、「彼が知っている全ての事柄から離れて／旅に出ようとしている王のように」感じられる別の人生に自分が投影されているのを発見する。「単純な窓」の外は普通の光景の世界であり、自然界の一部として自分を反映できるかもしれない。だがこの世界は危険と「鉄の仮面をつけた沈黙」の世界である。全くの静寂の中で、詩人は窓の敷居に手のひらを置いて立ち（かつて鉄条網の柵に手のひらを置いて立っていたように）、「秘かな無抵抗」と存在の「紛れもない沈黙」を感じる。人間は立っているように存在している、そのことに人間の存在理由はあるのであって、そのことに向かい合うとき、「言葉もしっかりしてくる。」

それからシーザーのような人物として想像してみて（ディッキーはどこでもそうだが、ここでも「とても偉大な将軍の目で見」たいと思っている）、彼は、彼の人生において、軍隊への憧れ、特定の時間や場所から全く自由でありたいという願望とは何の関係もなく、また「最も遠いところにいる女と／そして時間において最も遠くにいるものと子をもうける／花や灌木のように、ミツバチで子をもうける／ギリシャ人、エジプト人とローマ人、重装歩兵、小作人、おりに閉じ込められた王、千里眼を持った奴らの子をもうける」というアイデンティティから免除された、全能の生命力とも何の関係もないと認識する。彼の強い願望はあまりに広漠として、個人性を全く締め出しているほどである。彼は、少なくとも想像において、彼の家庭生活から背を向けなければならない、その結果彼の魂はそれが要求する解放を達成することができる。その願望の対象は広大な宇宙にはほかならない。クズリのように、詩人の魂は「世界を食べる」ことに飢えている。この願望は、本質的に、一種の奇跡あるいは化身である。

背を向けながら、恐ろしい
普通の地面を見ると、少年の目は男っぽくなり、

中年の男の目は絶望した少年の目のように、
老人の目は新しい天使の目のようになる……

夢見ながら、詩人は馬、「馬たちの大霊である雲」、そして彼の歯から飛び出すかもしれない武装した男たちを見る。詩人は、牧草地を血で汚さず「内面の生活」を解放する戦いについて語らなければならない——あたかも意志と芸術の創造に純粋に集中することを通して、詩人は認識するかのように。

あまりに多くの事柄が広く開いている！
隔たりは四方八方途方もなく深い
でも一人で、何にでも、参加できる　何でも望むところへ
行くことができる　世界中のどこへでも　いつかは
ここと今以外。

抵抗しなければならないのは、近くで聞こえる「耳慣れないすすり泣き」である。有限の自己、

家庭の存在への詩人の愛着は乗り越えなければならない、あたかも詩人は、彼の魂のより高い切望を放棄させないように見張っている監視人であるかのように。詩人にとって全ての中で最も難解な義務は、詩の創造を通して、詩の中では無限を手に入れた人間として英雄的人物になれるかもしれないという自覚を持つことである――彼の人生は「学ぶことができるもの／これらの熱烈な若い英雄が彼らの人生を学んだように／あとで、ずっとあとで。」

「背を向けて」は「目を打つ者たち」の絶望的な幻想に対するためらいがちな返答である。永遠の「肉体の生命」が率直に、厳しく検討され、そしてたいてい病気にかかるものだと気づいたことを認めたうえで、この詩は多種多様な詩から成る詩集を肉体の生命を超越する必要性を唱える発言で締めくくっている。この詩の直接の対象は結婚の不和であるが、ディッキーの戦いのイメージはとても一般化されたものである――「こんなに多くの戦いが／牛の牧草地で戦われ／だれの農場でもあちこちで戦われた／男同士で　男たちだけで、負傷した目で」――ディッキーの最も包括的な人生のメタファーは戦いとしての人生であり、人間のメタファーは戦闘者としての人間である。

ディッキーが後半の詩で衰退、病気、退行、乖離に置いている強調は、それらが詩の最終グループを構成していることを示唆している。最終というのは、詩人はまさに新たに挑戦しようとしている意味においてである。「石」の神秘主義から「肉体」の神秘主義にまで発展し、統一をめぐる変化、消滅をめぐる変化を探究した後で、彼は保留しているように思われる——「背を向けて」の形式的な抽象概念と「目を打つ者たち」の耳障りで原始的で壮烈な調べの間にいて、「天空で主と出会い……幸せに」させてくれる、ブレイクが「驚異のイメージ」と名づけているものをたぶんまだ探し求めている。

いずれにしても、ディッキーの作品の意義は、人間の価値について確信が得にくいとき——あるいはある文化が人間の最も基本的な本能を受け入れられないとき、本能を後方へ、下方へ押し戻し、意識的な想像から離し、まるで古代の先祖の肉体の中に押し戻すかのように肉体に戻し、過去に戻すとき、つまり未来への知的な参加を禁じるとき——常に理想となりそうな野蛮なるものの表現にある。

9

カフカの楽園

おまえはわざわざ外出する必要はない。机にむかって座ったまま、耳を澄ませばいいのだ。いや耳を澄ますまでもなく、ただ待てばいい。いや待つというよりも、ただ静かにひとりで座っていればいい。そうすれば、世界のほうから仮面をぬいで姿をあらわしてくるだろう。世界はそうするしかないのだ。そして恍惚として、おまえのまえで身をくねらすことだろう。

カフカ『罪、苦悩、希望、真実の道についての考察』(1)

……われわれは楽園にずっと留まれた「かもしれない」、いやそれどころか、……われわれがこの現世で自覚するかどうかとは関係なく、事実そこにずっと留まっている「かもしれない。」

カフカは二〇世紀最高の作家の一人で、今では伝説的で、聖人めいていて、そしてオーデンが一九四一年に言ったように、ダンテ、シェイクスピア、ゲーテが持っていたのと同じ種類の時代に対する関係を持っているだけでなく、カフカは多くの読者にとって、ある種の永遠の謎、禅宗の公案のようなもの——本源的な、内面の、魂が変容する経験、この経験を「解く」ことが存在それ自体の問題を「解く」ことになるだろうというもの——になっている。いかにカフカを解釈するか、いかにカフカの典型的な主人公の立場を超越して、城そのものの秘密を認識するか！——これはとてつもない難題と思われるが、カフカは次の謎めいた短い会話の中で我々に話しかけている、と言ってもいいようだ。


……ある人が言った。

「何故さからうの？　喩えどおりにすればいい。そうすれば自分もまた喩えになる。日常の苦労から解放される」

すると、もう一人が言った。

「それだって喩えだね。賭けてもいい」

先の一人が言った。

「賭けは君の勝ちだ」

あとの一人が言った。

「残念ながら、喩えのなかで勝っただけだ」

先の一人が言った。

「いや、ちがう。君はほんとうに賭けに勝った。喩えのなかでは負けている」[2]

　カフカはこれを本気で言っているのだろうか。人生の絶望的な問題は最終的には言葉の術策であって、地獄の絶え間ない苦行は単にそんなこと――意図的に喩えを構築する苦行――だというのだろうか。ベケットとは違って――ベケットの詩的な絶望は詩作以外に何もない、人間が言葉を作り出す以外に全く何もない、人間性すらないという確信から生じているのかもしれない――、カフカは「現実」では我々はいつも勝っていると大胆に断言する。我々の勝利は保証されている。喩えの中でのみ、自意識過剰な心の熟考においてのみ失敗の可能性がある。失敗という言葉は、失敗の状態が現実とならないうちに信じ込まれているにちがいない言葉である。カフカの主人公たちは勝利を目指して励めば励むほど、彼らの知性が説明を激しく求めれば求めるほど、彼らの破滅は避けがたくなる。これらの男性全員はこの真実のヒントを与えられているのだが、彼らは自分の雄弁さにとても夢中になっているので、自分自身のこじつけや自我の深みにどうしようもなく捉われ、そして彼らは負けたように見える。しかしそれは、カフカが言うように、喩えの中でのみ負けている。現実では——実際は——彼らは勝っている。

解決はない、出口はないように見える、だが人間の精神をだめにするのは、人生は矛盾しているというこの概念である。矛盾を打ち破ることは自己を超越することである。禅宗にあるように、公案すなわち謎の認識は、難問としてではなく、出来事として経験されなければならない——自我の突然の抹消によって、有限の自己は無限と同一であるとの認識によって、同時に「世俗的な」世界でもある楽園というものの洞察によって。カフカの先見的な芸術は、因習的な西洋の意味においてはそうではないけれども、確かに宗教的である。というのもカフカの苦悩の戯曲化は、実際は、自らの超越に近づこうとするときのエゴの危機を記録するものである——彼の作品の中でたびたび述べられているあの「輝き」に先立つ必要な苦悩——のに、楽園と地獄についてのカフカの究明は非常に恐ろしいものなので、通常エリゼーオ・ヴィヴァスのような鋭敏な批評家たちは、(3) キルケゴールとカフカを区別しながら、カフカの苦悩の戯曲化を彼の究極的な見解と間違えてしまうからである。利己心を保持するための英雄的だが破滅するはずの個人の苦悶に感情的、知的エネルギーを注いで、読者がカフカの英雄的でない英雄（アンチヒーロー）になったような気になる限りにおいては、カフカは最も陰鬱な作家の一人である。しかしもう一人の、より高いカフカがいて、彼は『審判』のヨーゼフ・Kと『城』のKの創造者であり、彼の作品のだれ一人ともアイデンティティを共にすることはない思弁的な作家である。ヨーゼフ・KとKが不可能な目標に到達するために苦闘している――自己の自由裁量により自己を規定している――、一方でカフカは彼らの闘いは無意味であるという認識に我々を導く。なぜかというと「［彼らが］この世で自覚するかどうとは関係なく」、彼らが切望する救いはすでに彼らが手に入れているからである。

人生は、そんなものと定義されるときのみ、矛盾している。簡潔な「皇帝の使者」でカフカは、歴史や他の人々という外の世界が我々を見捨てるとき、内面の想像（夢）を通して悟りを経験できる可能性をまさに語っている。「皇帝の使者」はカフカの作品の中核をなすものであり、東洋哲学や心理学への彼の興味も示唆しているので、この短編を抜粋することは有益である。

皇帝は……きみに――哀れな臣民、皇帝の光輝のなかではすべもなく逃げていくシミのような影、そんなきみのところに……一人の使者をつかわした。……

使者は走り出た。頑強きわまる、疲れを知らぬ男である。たくましい腕を打ち振り、大いなる群れのなかに道をひらいていく。……群衆はおびただしく、その住居は果てしない。広い野に出れば飛ぶがごとくで、きみはまもなく、きみの戸口をたたく高貴な音を聞くはずである。

だがそうはならない。使者はなんと空しくもがいていることだろう。……かりに彼が最後の城門から走り出したとしても——そんなことは決して、決してないであろうが——前方には大いなる帝都がひろがっている。世界の中心にして大いなる塵芥の都である。これを抜け出ることは決してない。しかもとっくに死者となった者の使いなのだ。

しかし、きみは窓辺にすわり、夕べがくると、使者の到来を夢見ている。

皇帝、使者、そして「哀れな臣民」の関係はカフカを魅了した関係で、彼のほとんどの作品の根底に存在する。皇帝は実在するのか？ ——彼は常に死んでいるのか？ ——使者とはだれか、どれほど遠い距離を進まなければならないのか、臣民に「死者となった者からの伝言」を持って行くだけのために、何千年彼は耐えなければならないのか？ 使者はこの世の体力を無益に使い尽くし、もし彼がその臣民の勝手気ままな心の投影であるなら、彼は失敗を運命づけられている。（『審判』に出てくる）「掟の門」の喩えの中の門番のように、「流刑地にて」の絶望のうちに自殺する将校のように、使者はおとなしく悟りを待っている臣民自身より錯覚に陥っている。これは悲劇だろうが、カフカは悲劇の価値を全く信じていない。意識的で、私的で、貪欲な自己への基本的な嫌悪と、悲劇とは存在の他の領域を除外して自己を過大評価して表現する芸術形式であるとの確信の二点を、表面的には似ていないかもしれないが、カフカはD・H・ロレンスと共有している。それゆえあらゆる種類の勝利を達成しようとする試みは――本人自身の衝動に勝つことさえ――時の流れに勝つことさえ――楽園を地獄にしてしまう悲劇的な修正であり、「喩え」を「現実」と読み違えることである。「歌姫ヨゼフィーネ、あるいは二十日鼠族」の語り手が彼の回想を締めくくる複雑な疑問（「あのチュウチュウは記憶にある以上に高らかで、いきいきとしていたであろうか？　彼女がいたときですら、単なる記憶にとどまっていたのではあるまいか。わが一族はその生来の知恵より、ヨゼフィーネの歌を、現にそれがあるかぎりは高く評価していた。それだけのことではなかったか？」）は、歌詞を伴わないヨゼフィーネの神秘的な歌唱の麗しさと純朴さと明白な、皮肉な対照をなしている。普通のねずみ族は歌を理解していないが彼女の歌に救われていて、彼らは「何をおいても罪のないずる賢さが好きで、のべつ子供っぽくささやき交わしている。……かかる一族は何かにとことん心服したりはしない」けれども、ヨゼフィーネを熱愛している。そして絶えず現実から喩えを作り、まるで現実はいつも楽園ではないかのように、忌まわしい堕落した世界が理解されるために必要な手段としてこの喩えというものを想像するのは、このような普通の子供じみた人々である。「変身」のグレゴール・ザムザは、妹のヴァイオリンの演奏の美しさに誘われて、監禁されたかび臭い彼の部屋から、彼の過去の生活から出て、「まるで、いままで自分がよく知らないままに渇望しつづけた心の糧を手に入れる道が、やっとそこに示されたような」気持ちがする。彼も言葉を越えた芸術を通して贖いを求めている。

しかしグレゴール・ザムザは、探求する自己という意味での主人公でもある。皮肉なことに、グレゴールはニーチェの『超人』版で、人間と過剰に知性化された世界の深淵の間にかけられた危険な綱渡りの綱である。カフカの神話では、しかしながら、なぜか主人公の外側にある——「最近の苦労の連続にもかかわらず……」だんだんと生き生きと快活になってくる妹に代表されているように、たぶん、自然それ自体の中で——超克が起きるためには、主人公は死ななければならない、ごみと一緒に掃き出されなければならない。グレゴールの死後、彼の両親と妹は田舎に行楽に出かける。暖かい日ざしの中で新たな夢が生まれ、家族のそれぞれの幸運が全く新たに予想され、そしてその若い肉体をしなやかに伸ばしている少女は、グレゴール—

―すなわちカフカのあの側面――ができなかったあの最終の、言葉には出されない人生の肯定である。つまり「変身」は完了した。悲劇ではこの変身は五幕後、悲劇の主人公が犠牲となった後で同じように完成されるが、明らかに優秀な人間であり、強烈に個性的で特異な主人公を悲劇は確かに肯定している。しかしカフカは肯定していない。カフカにとって「英雄的」とは全過程であり、全過程の輝きを認識できることが最も高い達成であるが、特にだれがそれを経験するかは重要なことではなく、重要であるはずもない。

カフカの作品の怪奇な喜劇性は現代の「ブラックユーモア作家」に影響を及ぼしたかもしれないが、カフカの喜劇性は我々現代作家のほとんどが持ち合わせない前提に基づいている。カフカの英雄的でない英雄は進化するか、もしくは退化し、ベケットやイヨネスコの中の無名の機械的な人間になり、そしてベケットやイヨネスコの人物は時に肉体の部分にまでさらに縮小されている。しかしベケットやイヨネスコの世界では、英雄的でない英雄が自分自身と馬鹿げた奮闘を演じている巨大で、不可解で、そして本質的には神聖な神の世界は消滅している。そこでは、英雄的行為は行動の形態であって、熟考の形態ではない。もしそれが言語と関連しているなら、この言語は闘争、論理、分析、絶え間ない等級分けの言葉であり、現実を詳細に調べ、それを征服するための徹底的で自信過剰な企てのための言語である。カフカは主人公というものについての西洋の概念全体に反対している。西洋の主人公の概念とは、勇敢で、孤立していて、他の全ての個人に対して、そして、もちろん、ただ征服されるために、あるいは少なくとも分類され、切り裂かれるために存在している自然に対して威圧されない自己である。主人公であるためには、何らかの種類の苦闘があると読者は思いこんでいるにちがいない。もし読者が英雄的な行為にあこがれ、そして苦闘がなさそうなら、その場合は主人公が自分でそれを作り出さなければならない。現代においてカフカの最も熱烈な賞賛者は、彼らのカフカ研究を通して、カフカは主人公を殺し、主人公に反対しているという見方にではなく、カフカの錯覚している主人公に驚くべき一体感を証明している男性たちであるとは、皮肉である！ ——まるでその苦闘は態度や文化的、心理的な期待に起因しうることをはっきりと示されていないかのように、まるで自然はそのことについて何も知らないかのように、そして自然は、言葉を持たないので、そのことをこの先ただ無視するだろうかのように。とても恨みがましく、とても自分に執着している断食芸人が檻の隅でだれにも見物されず、やせ衰え、一方で一匹の精悍な若い豹がみんなの注目を引いている——断食芸人も豹と同じくらい我々の注目を引くはずではなかろうか？ ——のは悲劇的ではない。なぜかというと彼の断食は嘘に基づいていることを断食芸人は認めているし、そしてグレゴールの妹のように、この豹は、拷問のようなエゴの支配の外側にある「生きる悦び」を所有しているからである。実際は、豹は全く何も「知らない」から、特別の誇り高い運命を主張しようとするエゴの苦闘について何も知らないのである。悲劇はエゴに、ハムレットやオイディプスのような特別の運命に、感情移入を要求し、彼らは我々のために――時にあきれるほど明白に――ただあまりに一つの方向に進化しすぎてしまったから最終的には破滅させられるだろう青白い思想めいたものを表現している。知性、認識の技術、生存のための機器があまりに進化しすぎて、それらの発明物によって混乱させられることになり（カフカが法律に関わっていた背景は確かに彼にこのことの認識を助けた。カフカの「掟」についての物語は、現実の法律よりずっと簡単ではあるけれども）、それから、滅びるか、絶滅するにちがいない。ちょうど異常なくらい発達した特殊な機能を持ったある種の動物たち（途方もない枝角、途方もない大きさ）が、環境の順応により適している動物に滅ばされなければならないのと同じように。ドストエフスキーの地下室の男が軽蔑的に言うように、理性が知っているのは、知識として知りえたことだけである。だから歴史に捉われていると、我々は科学の限定的な発展に捉われ、理性に絶対の信頼を置くなら、事実の限定的な蓄積に捉われてはいないだろうか？　というのもカフカの主人公の理知的探求は自然に反する探求であって、事実、「不自然」だからである――自然は、存在の段階制についてなど何も知らず、有限の視点にとってのみ不調和で残酷に見える、調和ある関係の領域の中で存続だけを知っているという意味において。「変身」はグレゴール・ザムザただ一人に関するものではなく、彼を含み、彼を超える変身に関与している。

「狩人グラフス」は、読者がたぶん狩人の罪の起源に気づくことができるという点で、カフカには珍しい作品である。グラフスの生業は明らかに狼の狩人であるのに、黒い森でカモシカを狩猟している。「おいらは待ち伏せをした、狙いをつけ、見事に仕留め、皮を剥いだ。それが悪いとでもいうのかね」と彼は言う。彼は自分の罪の可能性を否定し、自分の死の船が天上の世界に昇ることができなくなったのは、三途の川の渡し船の船乗りが間違ったせいだと彼を責めるだけである。もし狩人の罪を自然に対する罪——カモシカの狩猟——と解釈すれば、物語はある程度理解できる。狩人グラフスはただ彼の役割が彼に求めていることをし、「獲物」に対する狩人の態度は忌避されることではないから、彼は狩人として自分の仕事を遂行したのだと考えれば、(道徳上の)罪なき罪、(宗教上の)罪なき罪、「流刑地にて」の「断じて疑うべきではない罪」についてのカフカの謎めき、思弁的な表現と一層一致している。しかし狩人は彼に罪があるかもしれないことを認めないだろう。それゆえ彼は「のべつ動いていて」、決して永眠できない。彼の死の船はあの世に近づくのだが、

「おいらあの世に通じるむやみに大きな階段の上に……ずっといるんだ。とてつもなく広くて大きな階段を上ったり下ったりしている。右へ行ったり左へ行ったり、のべつ動いている。……笑いなさんな」

この恐ろしい絶え間ない動きは彼の運命に対する抵抗であり、また、カフカが彼の日記や雑誌に書き込んだ徹底的な、内省的な記述を感動的に我々に思い出させる。狩人グラフスのように、カフカは彼の理性の永続的な働きに打ち勝てなかったのだが、彼はそれを人がより高い存在に上昇する前に必要なこととみなした。自分の罪、自分が罪を犯したかもしれない可能性さえ拒絶して、狩人は勇ましく言う、「いまはここにいるが、ただそれだけのこと、それ以上のことはできやしない。小舟には舵がないのでね。死の国の一番下手で吹いている風のまにまに漂っていくだけだ。」

どうやって我々は最終的に昇るのか？　どうやって我々は最終的に完璧な自己防衛のための避難場所を築き、最も雄弁で最も痛烈な法廷論争を組み立てるのか？　どうやって人は老年の父親を出し抜くのか、どうやって城は連絡を望んでいないのに、城と連絡を取るのか？　どうやって人は寺院の中の豹たちの脅威を「操る」ことで、「儀式」に吸収するのか？　――どうやって人は最終的かつ究極的に、いつも、敵対者になりそうな全ての人々を征服し、もしかしたら彼らに恥すらかかせ、すっかり粉砕するのか？　主人公は行動の人であり、しかも完璧な行動の人は――ウィリアム・カーロス・ウィリアムズが言ったように――自殺者である。征服しようとするこれら全ての自己の苦闘は自殺行為であって、皇帝の宮殿を取り囲む群衆を絶望的に押し分けて進むのと同じである。伝言、幻視、悟りの経験は、夕方になると家の窓辺にずっと座っている臣民にだけやってくる。それは夢の中で彼のところにやってくる、それは夢の中で彼に与えられる。彼は夢を創ったりしない。夢を支配したりしない。それは与えられるのである。それは贈り物である。

　悟りはカフカにおいて起こりうる――実際、それは疑ってはいけない。いつでも手に入れることができる。しかし精神と肉体を離れさせる想像性においてのみ手に入る。悟りは、使者や教会の外部装置（「流刑地にて」の精巧な拷問装置）によって、個人の外側にあるどんな権威によっても、個人にもたらされることはない。カフカは『審判』の結末部で、僧侶が他のだれの気遣いよりも一番愛すべき、一番慈悲深い気遣いをヨーゼフ・Ｋにするのを認めているが、やはりこれでもヨーゼフ・Ｋを救うには十分ではない。たぶんヨーゼフ・Ｋは彼の中にそれに相応する無私を持っていない、つまり彼のエゴは、エゴが征服できない、征服したいと思うべきではない巨大な組織に関与しているという認識を持っていないからである。それゆえ人間のこの側面が「犬のようにくたばる」のであり、彼の死の屈辱は「彼より長生きする」であろう――つまり、もし我々がジョセフ・Kの罪を切り離せられないなら、それは我々に譲られ、我々によって受け継がれることだろう。

悟り、恩寵、またはキルケゴールの信仰の飛躍に相当する心理的な経験はいつも起こりうるし、罪そのものと同じで、決して疑ってはならない。カフカは古代中国の哲学、特に老子の『道徳経』に深い興味を持っていたけれども、彼の作品を道家思想と関連づけた批評研究はほとんどない。だがカフカ自身の精神がよく分かるのは道家思想――全く非個人的で無限の大きな存在が、それを動かそうとする、または自分自身の人生さえ動かそうとする個々人の奮闘を支配しているとの自覚――においてである。道家思想は全く非科学的で、因果関係のいかなる予想も拒絶する形而上的なものに深く関わっていて、西洋人には異質だが、道《どう》〔訳注 道教の哲理で、万物が生起・存在する原理〕は喩え、または逆説として経験される。しかしそれは個人の把握を越えているように、全く言語を越えている。カフカは彼らしく謙虚に老子の書物をすっかり理解できるわけではないと言っているけれど、カフカは明らかに敏感にこの考え方を受け入れたいと思い、老子の書物に取り組んだ。グスタフ・ヤノーフは『カフカとの対話』で、カフカはドイツ語版の道家思想の書物のほとんど全巻を所有していたと言っている。老子の『道徳経』では「老子のガラス玉を受け止め、受け入れることのできない、私の思想の受け皿の絶望的な浅さを発見したにすぎなかった」けれども、[4] カフカはこれらの書物を「かなり長い間かなり深く」研究したと語っている。カフカはヤノーフに老子の門人、荘子による次の文章を読んで聞かせた。『生によって死が生かされるのではない。死によって生が死ぬのではない。生と死は互いに制約されている。生と死は大きな連環のなかにある。』カフカはこの洞察は、全ての宗教と人生についての全ての知恵にとって根本の問題であると語っているので、どのように「大きな連環」がカフカのさまざまな主人公の苦境を——言葉はないけれど——解明するかを見てみるのは有益である。

言い伝えによると、孔子の同年代の先輩である老子は「知り得る道は永遠の道ではない」と教えた。『道徳経』(道の書)は八一の簡潔な謎めいた章から成り、全く感情を含まないので西洋の神秘主義にさえ異質のある種の神秘主義を表している。それは西洋の経験主義の思想とは非常に異質なので、合理主義や「活動の原理」に専心している人々にはおそらく読解するのがきわめて困難だろう。老子の教えは常に簡潔である——「負けて勝つ。」「つま先で立つ者はずっと立ってはいられず、大股で歩く者は遠くまではいけない。」二九章では、天下は改善されるものではないと言っている。「天下にことさらなことをすると壊してしまうし、捕らえようとすると失ってしまう。」三二章ではこうある。

（道の喩えとなる）樸《あらき》が切られはじめると、名ができてくる。名ができたからには、やはり無欲の気持ちに止まることを知るべきであろう。止まることを知っているのが、危険を免れる手だてである。

道が世の中にあるありさまを喩えていえば、いわば川や谷の水が大河や大海にそそぐようなもので（万物は道に帰着するので）ある。

老子は別の章で「世の中の物は形あるものから生まれ、形あるものは形のないものから生まれる」と言い、また次の三行は、カフカの『罪、苦悩、希望、真実の道についての考察』の中の数行と著しく類似している。

部屋から出て行かなくても世の中のことは分かり、

窓から外を見なくても天の理法は見てとれる。
遠くに行けば行くほど、道のことはますます分からなくなる。(5)

どうやらカフカは仏教の書物を読まなかったようだが、それらはきっと彼の興味をかき立てたことだろう――神のみならず存在する自己も否定するのだから！　――もっともカフカは、自我が今にも悟りの境地に入ろうとするとき、それを打ち負かす「大いなる疑惑」を悪夢的な詳細さで作品に描いているのだけれども。魂を打ち砕くほどの疑惑のこの経験は、禅宗の信者たちがこれについて詳細に書いているが、キルケゴールの「死に至る病」のことであり、東洋独特の超脱で考察されると、それは感情的ではなく、心理的である。それはただ精神的な経験、人間の心の一つの現象であり、それゆえあまり重大ではない。キルケゴールとは違って、カフカはこの経験を、以前から存在する宗教的な言語によってではなく（宗教的な言語ではその経験はどうしても不明瞭になるか曲解されるにちがいない）、心理的、世俗的な経験として描こうとしている。カフカにとって、それは宇宙を神と人間の領域に分割する聖アウグスティヌスのような気難しい厳格なものではない。ちょうど地獄は楽園であり楽園は地獄であるように、人間の国は神の国であるとカフカは宣言している。禅宗の逆説の一つは、人間の「普通の心」

は「仏陀の心」という確信であるが、カフカはこれを完璧に理解したことだろう。ちょうど楽園が一連の出来事であり、一連の損であり、一連の得であるように、東洋の神秘主義では「涅槃の知恵と煩悩の無知は錯覚したように二つの物のように見える……［しかし］本当は区別されえない。[6]」

カフカの作品のあらゆる理解のための基本となるのは、カフカのこの種の考え方への共感である。さもなければ彼の作品はどうしようもなく絶望的で、不完全で、自己憐憫的である。八折判ノートの一九一八年の記載の多くはこの点を明らかにしているが、二月五日の記載はとりわけ端的である。

この現実界の破壊がぼくらの課題となるのは、第一に、現実界が悪いとき、つまりぼくらの意に反するとき、第二に、ぼくらがそれを破壊する能力を持っているとき、のみに限られるだろう。第一点については、ぼくらにはそう見えるというだけであり、第二点については、ぼくらにそんな能力はない。この現実界を破壊することなど、ぼくらにできはしない。なぜなら、現実界は、ぼくらが築き上げた、自分たちとは無関係な自主独立したものなのではなく、そのなかへぼくら自身が迷い込んでしまったもの、……

我々にとっては二種類の真理がある。それぞれ、知恵の樹および生命の樹によって表されているもので、活動するものの真理と休息するものの真理である。前者においては、善・悪の区別がなされるが、後者は、それ自体が善そのものにほかならず、したがってそこではじめから善も悪もないことになる。第一の真理は我々に現実に与えられているが、第二の真理は予感の域をでない。これは悲しいことである。ただ喜ばしいのは、第一の真理が瞬間に属するのにたいして、第二の真理が永遠に属しており、したがってまた、第一の真理が第二の真理の光のなかで消滅することである。(7)

カフカの「活動する」は「奮起する」、「休息する」は「奮起しない」を意味する。第一の真理は「現実に」与えられる――つまり客観的に、または科学的に与えられる、その結果他の人々はそれが真実だと確証するだろう。第二の真理は「ただ直観的に」与えられる――つまりただ内面から与えられる。これはパスカルが幾何学的精神と直観の間にするのと同じ区別である――パスカルは、区別は数学的でも直観的でもありえないと信じていたようであり、またパスカルは、もちろん、霊魂の一面が過剰に発展していなかった時代に生きていたのだけれど。

カフカの世俗的な時代では、罪が罰せられるのはいうまでもなく、罪は認められず、それゆえ罪人のための贖罪を否定する流刑地のあった非奇蹟的な時代では、直観的なことはずっと抑圧されていた。これゆえに、カフカはパスカルの誠実さについて少し懐疑的である。カフカは日記の中で書いている。

パスカルは神が登場する前に大整理を行う。だが、たしかに驚嘆すべきメスで切り刻むのだとはいえ、屠殺人の平静さをもって自分自身を切り刻む……人間の懐疑よりも一層深い不安な懐疑があるはずだ。この平静さはどこからくるのか？　メスの運びの確実さからか？　神は、舞台係たちのあらゆる辛酸と絶望を是認しながら遠くから舞台の上へ引っ張られてくる、劇場の凱旋車なのか(8)？

パスカルとカフカの両者は、しかしながら、「数学的」なものより「直観的」なものの優位性、時間の真理より永遠の真理の優位性を断言している。この問題についてのカフカの分析には、両方の真理の同時性の認識がある――あたかも両方の真理は、たぶん、「個性」の永久的な状態よりむしろ精神の活用または技量であるかのように。つまりカフカが語っている「二種類の真理」は絶えず変化し、いつも動き回り、存在の両極というよりはむしろ実存的な経験の可能性である。「知恵の樹」によって表される真理とカフカが名づけているものは、最初は生き延びるためだが、徐々に、文明の中で生き延びるために、環境を征服するために、つまりファウストのように、不滅を望みながら邁進するために、自分を環境に順応させる実利的で、打算的で、効果のある形態である。「活動するものの真理」はカフカが善と悪と呼ぶものを、自己と対象と呼ぶこともできるだろうが、ただちに切り離す——というのも自己は善なるもの（自己信頼や自己発展）を手に入れている、そして自己の周りの環境は、この「善」に抵抗する限りにおいて、悪である、と自己はいつも想定しているからである。このような倫理的な用語を非常に心理的、認識論的な問題に対応させているということは、一般の西洋哲学のように、世界を反対事項に分割する必要性を特徴とするユダヤ・キリスト教文化によってカフカが形成されていた程度を示すものである。だがカフカはさらに続けて、理性的な精神は、本質的に、善を悪から切り離すものであると言っている。すると、初めは、善と悪は切り離されてはおらず、自己と対象は別個の存在ではなく、一つの過程、一つの出来事、一つの経験である——道《どう》それ自体のように、言葉を越えていて、言葉を作り出した理知の部分によっては決して経験されない。

トマス・マンは『城』の一九五四年版の序文でカフカへの「賛辞」として、カフカは「超越主義の熱く重い雰囲気」がなく、また「官能」を「超官能」に変容させているところがないので、神秘家ではないと言っている。カフカには「快楽的な地獄」も「墓石でできた結婚の床」も「本物の神秘家の商売道具の残り」もない。マンはカフカを「宗教的なユーモアのある人」と特徴づけている。理性を持たない人々の危険性と彼が神秘主義とみなしたものの危険性(『ファウストゥス博士』の中の「大衆」)を研究したマンが、文明の外側にある幻想の賞賛をためらうのは理解できる。しかし同時に、全ての神秘主義がこれらのクリシェを特徴とするかどうか、超越主義――確かにカント的な超越主義ではないだろう――が「熱く重く」「快楽的」であるかどうかは疑わしい。たとえそうでも、この快楽的な地獄をカフカの中に、断食芸人の頑ななエクスタシーの中に、「流刑地にて」の拷問装置にかけられた囚人に六時間目に現れる「変容」と「輝き」の中に、「官能」が「超官能」に変わる恐ろしい、超現実的な変容の多くの中に、見ることができる。しかしカフカの神秘主義は何よりもまず統一を直観する神秘主義である(それはほんの断片を経験する、あるいは経験すると思われるのだけれども)。カフカの神秘主義は、統一しようとする精神と、自己と対象の間にまさに区別を推論する精神、を区別する。カフカが八折判ノートの警句で言っているように、休息するもの(すなわち時間を超越したもの）の真理は「それ自体が善そのものにほかならず、したがってそこではじめから善も悪もないことになる。」

カフカの日記や日誌を読んで知る、彼の苦悩は明らかに、理性的に彼が神秘主義と妥協しなければならないという彼の確信から生じている。彼は絶えず他の人々に「自分の考えを明らかに」すべきだと後ろめたく、惨めに、信じていたようである。彼は罪悪感——圧倒的な、不快な、無力にさせるような罪悪感——を確かに経験したが、トマス・マンをも非常に魅了した「ごく普通の至福」を絶っていたから、そのような罪悪を感じたようである。なぜなら「善」と「悪」という言葉を心理的な、ただ心理的な経験に当てはめる限り、我々は狩人グラフスのように、二つの世界の間に永久に閉じ込められ、いつも動き回っていることになるからである。ミレナ・イェセンスカに宛てたカフカの手紙を読めば明らかなように、彼を愛する人々から、特に女性から、カフカはいつも離れていて——それから激しく、なすすべもなく彼女たちの方に引きもどされる——そのすぐ後で、彼女たちと距離を置きながら、彼は計り知れない罪悪感に苦しむ。[9] どれほど綿密にカフカを研究し、どれほど親密にカフカのことを知っているように思っても、いつも曖昧さがある。芸術は罪悪感から生まれるのか、罪悪感は芸術から生まれるのか？

マックス・ブロートや他の人々が記したように、カフカが困難な感情面の経験を小説に変えた驚くべき方法（例えば、ミレナがフリーダに「なっている」こと）[10]について記しても、また、彼の父親を原型的な存在として想像し、時代に漂っているさまざまな不安を吸収し、ヴィクトリア朝の作家もしたように、生活様式を巡る争いを父と息子の間の象徴的な争いとして描き出す過程――それはほとんど私的な父と息子の不和の表現ではなく、文明全体が持つ神経症的な重荷の表現である――について記しても、先見性のある芸術家としてのカフカの価値を減ずることにはならない。ある種類の芸術は精神の浄化作用があり、悪霊を追い払い、魔術的である。それは必ずしも芸術家にとってではなく、たぶん読者や聞き手にとってそうである。夢のように、芸術の創造は、私的で未分化の感情や衝動を対応できる現実のイメージに変えるのだが、これらのイメージがその源と同等であるがどうか、または、ある意味では、これらのイメージは絶えず不足していて、芸術家にとって再生の解放に達していないのではないかという点は、定かではない。ミレナに宛てたカフカの手紙の中の一節で、彼ら二人が「並んで立って、地面の上にいる私であるこの生き物を見つめている。しかし私は、傍観者として、そのとき存在していない」と語っている。[11]この幻想は、しかしながら、カフカはこの時とても病状が重く、死に近づいていて、自分とミレナは決して共に生きることはできないと分かっていたから、絶望の気持ちから生まれたものである。孤立した瞬間においてのみ、芸術家として仕事をしているときのみ、カフカは普段は彼をとてもだめにしている彼の感情からの解放を経験しているようである。だが彼は彼の芸術を、飢餓——感情面の飢餓——によって必然的に彼を死に至らせるだろう「断食」の芸術性とみなしていたにちがいない。彼自身のユニークで、奇妙な心理的な経験を客観化しようとする芸術家の試みの不足が、(芸術家が不足を理解しているなら、ある意味でほとんどの芸術家にとってきわめて厄介なことであろうが)、彼は書き続けるだろうという事実を、つまり、疲労困憊し、無一文で、恋に悩んでいても、彼の時代が要求するある原初のイメージや経験を認識できる首尾一貫した形式で作品にするだろうという事実を、確実にするのである。しかしなぜ彼の時代は彼に、これらの形のない夢に形を与えるよう要求するのだろうか。なぜ他のだれかではないのだろうか。これは答えられない質問で、事実はそれどころか、精神的混乱を解放しようと賭けに出るときだけ、あるいはむしろ精神的混乱を自覚しているときだけ、発せられる質問である。なぜなら自分では把握することができない「芸術家という存在」、彼の知性では全く近づけないあの存在、個人生活が彼の体力のあまりに多くを使い尽くしそうなら、(それのために)個人生活はますます犠牲を強いられなければならないあの存在、の基盤の上に芸術家(非人格的な道具)として全面的に依存していることを喜んで認めるのは、ブレイクやホイットマンのような、まれな芸術家であるからである。ユングの見解は芸術家にとって、またたぶんほとんどの現代男性にとって、不安なものにちがいないけれども、全ての創造的な人間は表面上相反する特性の総合である、とユングが非常に直截に述べているのは全く正しい。創造的な人間は、一面において個人的な生活を持つ人間で、他面においては非個人的な創造の過程である。一九三三年の「文学と心理学」の論文の中でユングは、芸術家の作品は、彼の生活状況がそれを解き放させてくれるときを除いて、彼の個人生活とはほとんど関係ないと言っている。人間と芸術家の間には区別があり、芸術家は「即物的で非個人的——非人間的でさえある——なぜなら芸術家として、彼はその作品そのものであって、もはや人間ではないのである。」[12] ユングは体力の倹約的な使い方が芸術家の「幸福」や「不幸」を決定するかどうかについて考察していないけれども、カフカやキルケゴールのような肉体的に虚弱な芸術家の場合は、不幸は避けられないだろう。彼らが明白に創造することを運命づけられている作品を創作するためには、普通の人間関係において体力を使うことを犠牲にしなければならないからである。そうやって彼らは自分たちの孤立を贈り物と罰の両方として経験し、その両側面は受け入れるよりほかに仕方がない、二人に共通の相続である。だが皮肉なことに、そのことでずっと罪悪感に苦しまなければならない。

自分の運命を成就しているので、それを説明し自己弁護する必要はないと心のどこかでは分かっているが、体の別のどこかで恐ろしい不安、つまり時代の標準から自分が隔たり、孤立していると感じる——カフカがそうであったように、彼は楽園と地獄の両方にいて、前者つまり（カフカの芸術である）楽園を実現するためには、後者つまり（孤立していることで苛まれる）地獄をただ抹消するしかないと気づいている——そのような境遇の中に自分自身がいることに、もちろん、全ての芸術家が気づくわけではない。このような神経症的な芸術家は決して普遍的な現象ではないが、芸術家は彼の体力を保存し、それを芸術に傾け、人間関係から遠ざかっていなければならず、もし彼がそうできないなら苦しむだろうから、内面の世界と外面の世界の間で柔軟で正気の均衡がとれる可能性は他の人々よりはるかに少ないのである。『あれか、これか』の中でキルケゴールが詩人について述べている、ぞっとするような警句を考えてみたらよい。

［……詩人とはなにか?］深い苦悩を心にひめながら、唇のできぐあいのために、嘆息や悲鳴が唇から流れ出ると美しい音楽のように聞こえる、不幸な人間である。彼は、ファラリスの青銅の牡牛のなかでとろ火でじわじわと苦しめられた不幸な人々と同じ境遇にある。

彼らの悲鳴はあの僭主の耳には驚愕をおこすようには響かずに、甘い音楽のように聞こえたのである。こうして人間どもは詩人のまわりに集まって彼に言う、はやくまた歌え。ということはつまり、新しい悩みがおまえの魂を苦しめるがよい……。〔訳注　ファラリスはシケリアの僭主。ギリシャの諷刺作家ルキアノス（一二五頃―一八〇頃）によれば、青銅の牡牛の鼻の穴に笛を取りつけ、なかに囚人を入れて焼かせ、その悲鳴が音楽になるのを楽しんだといわれる。この訳注は浅井真男訳『キルケゴール著作集I』（白水社、一九七三。33-34）による。〕

明らかなことだが、このような芸術は芸術家にとって精神の浄化の働きはしない。彼は取りつかれていて、取りつかれていることに憤慨している。彼は小さな、かりそめの勝利を得ることができるが、だいたいは自分の宿命を認めている。ここに全文を載せているカフカのたとえ話の中で、この奇妙な宿命の陰鬱な受容が明かされている。

「海の精」

夜の誘惑的な声がする。海の精たちもそんなふうに歌った。彼女たちは誘惑したかったのだと考えるのは、彼女たちに不当というものだろう。彼女たちは鉤爪と不妊の子宮を持っていることを知っていて、このことを大声で嘆いていたのだった。その嘆き声がとても美しくても、彼女たちにはどうすることもできなかったのだ。(たとえ話)

カフカの個人的な書物を読んでいると、しかしながら、海の精たちとは違って、彼はどうすることもできると本当は感じていたと我々は感じてしまう。彼は自分の脆弱さと他者から自分を疎外させていることになぜか責任を感じてはいたが、彼の歌がとても美しいからさらにもっと誘惑的にさせたのだ(カフカは作家として彼の才能を疑わなかった。彼は自分が霊感を受けていて、「何でもできる」と知っていたし、頭に浮かんできた最初の文章をただ書けば、それは「完璧」だ——二七歳の若者にしては信じられないくらい自信に満ちた発言である——と知っていた[13])。このことは最も野心的な作品を未完のままにして、さらに、まだ出版していなかった原稿を焼却するようにマックス・ブロートに頼みさえしていた理由の一つかもしれない。彼の想像力に匹敵できそうにないから彼を理解しないかもしれない人々に対しては、カフカはできるかぎり痛烈に自分自身を誘惑的で、強力であると意識した。一七歳のグスタフ・ヤノーホとの会話の中で、カフカは「堕罪」について語り、それから少年に自分が話したことをあまり考え込まないように頼んだ。「私の真剣さがあなたに有毒な作用を及ぼすかもしれません。あなたは若いのです。[14]」同時に彼の芸術はフランツ・カフカの苦悩を客観的なイメージに作り変えた以上のものであると信じていた。彼の芸術は「世界を純粋で、真実なるもの、不変なものに［高めることができる］」幸福である。[15]

狩人グラフスのように、カフカは天国に昇ることも地上に降りることもできない。しかし楽園からの追放は永遠の事実であるけれども、我々が楽園にいるというのもまた永遠の事実である。分析的な心がつながれている「鎖は地上のどんな空間も自由に［人間に］与えられるほど長い……。」カフカによれば、世界は今では「堕落の罪」と人間のそれとの関係についての、人間の熱心な理由づけで満ち溢れている。しかるに「可視できる世界全体はたぶん、かたときの平穏を求める人間の、こうした理由づけにほかならないかもしれない」（「楽園」より）と――猛烈に、あざやかに――主張されるだろう。すると、とどまることのないバベルの塔の建造（あるいは仮に万里の長城に滑稽なこの塔を建設するというのはどうだろう）、つまりバベルの塔のごとき語り続けられるカフカの本以外に、カフカ自身の人生において、可視できる世界とは何だろうか。城の役人たちから承認を得るための攻撃的な策謀に疲れ果てたKではあるが、最終的には、彼が必死で望んだように城の村社会に住むことを許されるだろう――

もちろん彼自身の努力を考慮してではなく、ただ「ある付加的な状況」のゆえに。カフカの著作は、Ｋの策略同様、彼がしなければならないこと、と同時に、彼を救えるほど十分ではないもの、の両方である。救いはより高次の源から生まれる。救いは要求されえない。

　より劇的でより綿密に構成されている『審判』と同様に、読者が戸惑っている主人公に自分を重ねなければ、『城』は悲劇的な作品ではない。この作品は、意識的な心が無意識と闘う無益さ、つまり魂を知るための理性の喜劇的で奇怪なあがきを秀逸に表現したものである。多くの読者にとって『城』がとても謎めいて、とても納得がいかない作品であるということは、その基本的な前提が我々の時代の前提とは異質であるという事実を証明することにほかならない。だが老子が道と名づけているのと同じ原初の力を、カフカがヨーロッパの歴史的で、漠然と不吉なものとして表現したと想像されるその城は、明らかに、永遠のなかにとどまり、静止した非奮闘的な心の中でのみ認識される、あの休息する、目的のない真理である。

　Ｋは、城をながめていると、静かに腰をかけて、ぼんやり前を見やっている人間の様子をうかがっているような気がすることがときおりあった。相手は、もの思いにふけっていて、そのためにすべてのことに無関心になっているというのではなく、自分はひとりきりで、だれも自分を観察などしていないといわんばかりに平然と安心しきったように腰をかけている。しかし、そのうち、いやでも観察されていることに気づくにちがいない。(128)

Kが城から、特にクラム長官から欲しいものは何かといえば、Kの言葉によれば、「表現するのがむつかしい。」クラムがKと会いたい理由など全然ないのと同じように、本当のところ、Kがクラムに会う理由など全くないのである。クラムとKは、単にフリーダの肉体を介してではなく、つながっている。彼らはすでにつながっているのだが、Kの理性の絶え間ない動きのせいで、彼にはこのことが分からない。クラムがどんなに奇怪に思われようと——無意識がとるかもしれない形態は、カフカが通常選ぶ人々よりはるかにずっと奇怪である——彼はやはり非凡であり、彼は非難のしようがない。Kが計り知れないクラムについてさまざまの質問をするのは無意味である。女性は次のように言い、Kは警告される。「クラムから合図があった場合、わたしが彼のもとへ走っていくのを邪魔できるような男性がいるでしょうか。ばかばかしい考えですわ。まったくばかばかしいわ！　こんなばかげた考えごとなどしていらっしゃると、しまいに頭のなかがおかしくなってしまいますよ」(108)。しかし彼はこの警告を無視する、するとそれからは小説全体が我々を混乱させる方法となる——これが人生というものだ、これが本当にほとんどの人々にとっての人生なのだ、こんなにつまらないことに精を出し、こんなに取るに足りない、実りのないことばかり、人をだまそうとする気持ち、誤解がさらにずっと複雑な誤解に発展し、それから急に消えたかと思うと、新しい心配事が取って代わるだけ、ということを証明する方法となる。Kは自分の問題を作り、それからそれを解決しようとする。もしより深い、より人間的で、より自然な存在の側面が抑圧されているなら、人間の心の問題を解決するメカニズムは、自発的に、それ自身の知覚の対象、それ自身の問題を作り始めるだろう。Kは事実こう言う、「城があるところ、私はいる。」「イドがあるところ、エゴがある」と宣言したフロイトは「イド」についての西洋の概念を、霊魂の否定的で、たぶん非人間的でさえある部分として最も明確に表現し、そしてエゴの務め、エゴのまさに運命とはイドを征服し、イドを知ることであると暗示している。しかしひとたび人生のまさに基盤が危ぶまれれば――ひとたび意識と無意識の心の間の関係が闘争的なものだとみなされれば――人間は、集合をなす個人として以外は、崩壊しないで数世代は存続し続けるかもしれないけれども、正気それ自体はもはやありえない。自らの自己と戦うのは自殺行為である。少なくとも、それは滑稽である。

『城』の原稿から削除された文章の中にあるのだが、Kが土地測量師として村にやってきたことを知って、バルナバスが最初興奮したことをKは知る。というのも彼、バルナバスは、任命をもらうために三年間奮闘していたからである。「……どう見ても無益としか思えない、全然うまくいかず、恥辱あるのみ、拷問だ、時間は無駄に過ぎていく……」(467)。Kの到着は、するとバルナバスとオルガの視点から見ると、カフカの喜劇の傑作において、一種の救いである。何とうまいのだろう！　これを聞きながら、Kはオルガに「きみの悲惨な話はまるで自分のことを聞いているようだ……」と言う。もちろん、全くその通りである。カフカは次に、バルナバスとオルガ——オルガはバルナバスの成功がはっきりしたこと（城の使者としての任命を獲得したこと）で元気を取り戻す——より下級の人物を作り出すことができただろう。そしてその人物よりさらに下級の人物、と無限に続けることができただろう。論理的で、経験主義的で、事実を積み上げる方法の基本的な無益さをこれほどうまく作品にした作家はいない、ルイス・キャロルでさえしていない。プルーストだけが、精神的な堕落のためのメタファーとしての社会生活を見事に選択したことによって、不必要な混乱や退屈さがない点でカフカをしのいでいる。

『城』は喩えであり、人々はいつも喩えの中では負けている。しかし現実では負けてはいない。それゆえKは、小説は未完という形で存在するので、小説の拘束の外では「救われる。」

Kの努力とは何ら関係のないある状況のおかげで、Kは最後は城社会にとどまるだろうと城の役人たちが決定したことを死の床で告げられるはずだから、カフカはKに、どんなにささやかであろうと、ある程度の幸福を与えるつもりであった。老子はこのことを次のように表現している。

根元に回帰していくのが道の運動であり、
柔弱なのが道の作用である。
世の中の物は形のあるものから生まれ、
形のあるものは形のないものから生まれる。

（第四〇章）

究極的には、我々が城について知らないように、Kも城について知らない。彼はただ城社会とそこの村人——それに逆らうのは「ばかばかしい、まったくばかばかしい」と知る以外には、知りえない不可思議な組織から生まれ、その組織によって支えられている「世の中の物」——を知っているだけである。城には秘密があるのだろうか。秘密はどこにあるのだろう。カフカは、探偵小説が嫌いな理由を説明して、現実の生活では秘密は背景に隠されていないからだと言った。「それどころか、赤裸々な姿で我々の鼻先に立っているのです。秘密とはじつは自明なもののことであって、そのために我々には見えないのです。日常というものが、およそ最大の探偵小説です。」[16]多くの現代作家が感じているように、もし世界が精神的な意義を奪い取られているのなら、何が残っているのだろう――物質だろうか。だが「物質」、もしくは物質という言葉で意味されるものは、精神がそうであったと同じくらい不可思議である。用語それ自体が、なぜか秘密ではなく「物質」と名づけられることで解決したという口実のもとで、別の秘密を指す方法にすぎない。主人公は決して彼の目標に近づかないが、死の床に横たわるとき願いをかなえてもらえるという暗く、喜劇的で、逆さまの叙事を創造するとき、カフカは永遠の真理を表現している。しかしカフカは彼の時代に適したイメージでその真理を表現しなければならなかった。芸術家は、自分が誤解されていることについて、または「有害」でさえあることについてどれほど不安に感じようと、彼が生きている特定の時間に応じて自分の想像を具体化するほかない――あるキュービニストの静物画とデフォルメされた婦人群像を見ながら、カフカがピカソについて語っているように、そのような芸術は奔放な歪曲ではなく、まだ我々の意識に浸透していないさまざまな歪像を記録するものである。「芸術は一種の鏡です。この鏡は時計のように——ともすれば——「進む」ことがあるのです。[17]」カフカが愛したトマス・マンは（カフカは自明の理由で『トリオ・クレーゲル』を特に好んだ）、『ヴェニスに死す』で死ぬ運命にある、孤独な芸術家アシェンバハ（灰で汚された小川を意味する）を創造した。アシェンバハは「彼自身の自我とヨーロッパの魂によって彼に課せられた仕事にとても忙しく」、喜びのない彼の人生は握りしめたこぶしと、決してくつろいで開くことのない手に最もよく象徴されている。[18]『城』のKがフリーダによって代表される楽な平穏と彼自身の男性的で闘争を好む性格を統合することができないように、アシェンバハはこぶし（活動するものの原理）と開いた手（休息するものの原理）を統合することができず、突然歴史と文明の重荷から解放されて、彼自身の中に獣への好感を発見する——トリオ・クレーゲルによって望まれた「この上なく清らかな幸福感」を論理的心理的結論にまで敷衍する全く自由奔放な幸福感である。

しかしマンとカフカの両者はまだ一般的な意識に浸透していなかった時代のさまざまな歪像を記録したが、マンには是認されていない超越の可能性をカフカの中に見出せる。我々にはマンは歴史的な作家で、文明が——その最高の業績においては——比類のないものであったヨーロッパ人の視点から、ヨーロッパにおける文明の瓦解を分析した天才でもある。カフカは、しかしながら、たぶん彼のユダヤ性ゆえに、たぶん彼の気質ゆえに、歴史とは無関係の、時間を超越した精神性を自分の本質と見たようである。彼にとって自我をかき消すことは、自我を越えた何かが現れるかもしれないために必要な経験であった。マンにとって自我の不在は、空想と「現実の生活」の両方において、暴力的で、恥ずべき、悪夢的で、根本的には性的な活動を解き放つことになる。だからフロイトにとってと同じように、マンにとっての悲劇的な問題は、文明とその抑制力は不可欠であり、よって文明の不満は必然的で、その結果個人の神経症はより大きな神経症の中に吸収されるだろう、というものである。しかし一体この状況下でどこに人間の精神はあるのだろうか。それは想像性に乏しく、勤勉で、役割志向の中産階級においてのみ最も安全で、最も安心である、なぜならそこでは人間のエネルギーを善と悪の両方に使い果すからである。カフカは、周知のように、深淵を恐れなかった――ニーチェのように、カフカは深淵をのぞき込み、深淵に彼をのぞき返させる代償を払うことをいとわなかった。

「真実は常に深淵です。人は――水泳学校でやるように――狭い日常の体験という不安定な飛び込み板から、敢えて身を躍らせ、深みに沈まねばなりません。そして――笑いながら苦しい荒い息使いとともに――いまは二倍にも光に満ち溢れるものの表面に浮かび上がるのです。(19)」

カフカにとって自我の喪失はこの深淵への唯一の方法で、そして深淵は——東洋の言葉では「空」にあたる——必ずしも悪夢ではなく、必ずしもアシェンバハの熱っぽくエロティックな夢想ではなくて、未分化の原初の楽園そのものである。そこでは「善」と「悪」は引き離されて、まだ対抗勢力になっていないから、我々は「善」なるものを経験できない。そこには文明の習癖はいうまでもなく、人間の言語も存在しない。意識は、それが無意識という前の状態から生じ、いつか無意識の元に戻らなければならないから、原初のものではありえない。そして意識が眠りに沈むとき、この原初の世界が意気揚々と、否定できない存在として、起き上がる。どんなに巧妙で傲慢であろうと、自我の活動は原初の未分化の心の知識を記憶から消去することは決してできないのであって、このことがたぶん、原初の未分化の心が詩人、芸術家、神秘主義者によって客観化されるとき、自我がそれを攻撃する自暴自棄の原因であろう。芸術作品は理解できるものであるべきだとの要求は、芸術それ自体は言語に絶する経験に参加する方法ではなく脅威である、と考える人々だけがする要求である。カフカの著作の全ては、どんなに恐ろしくても、魂の変化に身を任せる必要性を詩的に表現したものである。入れ墨で肉体に刻み込まれた特別の言葉を熟考することによってのみ、人は自分を知ることができ、唯一無二の個人として認識されるのだけれども、人はすでに究極的な自己である、宿命であるという核心が「流刑地にて」で写実的に指摘されている。あるいは西洋における個性に関する実験は、滑稽にもばらばらに壊れていく拷問の機械に象徴されているように、失敗だったのだろうか。学術調査の探検家は世界の別の地域を探検するために、流刑地を去るのだろうか。

典型的なカフカの主人公の最後は最初にある。ジョセフ・Kは彼の三〇歳の誕生日の朝逮捕され、一年後に処刑される。しかし処刑——彼のエゴの消滅——は、彼のアパートの経営者の女中がいつも通りに現れない、あの朝に始まっていて、そして、ある意味では、それはすでに完了しているのである。最初の敗北に続くどの敗北もただ最初の敗北を一時的に強調するものにすぎない、そして事態が絶望的に見えれば見えるほど、人はますます貪欲になる。楽園では楽園と知らず、人は地獄にいて、そこでは飽くことを知らない——人は自分の中に人間の業たる飢餓を持ち続け、その飢餓は必滅なるものでは決して満足できない。カフカの人物の多くは「飽くことを知らない」ために非難される——皮肉にも十分に断食できない断食芸人、長い実りのない年月を掟の門前で待っている田舎からやってきた男。ジョセフ・K自身もいつも確実な釈放、無罪放免を要求するのだが、僧侶（教誨師）に「判決は、藪から棒に下されるものではない。手続きが徐々に進行して判決になるのだ」と教えられる（『審判』 264）。ジョセフ・

Kは、彼の判決、彼の宣告、彼の処刑、これらが彼自身であり、これ以外に自己はなく、ジョセフ・Kはいない、とは決して認識しない。彼は自分を手放すことに身をゆだねないだろうから、自分を発見できない。自己消尽という人間の努力をすることを拒絶しながら、彼は犬のように死ぬ。

カフカは日記の中で、この「自我の消尽」は平凡な、複雑でない生活、つまり「普通の」結婚と彼に見えたものを通して可能かもしれないという考えを述べている。この普通の結婚もまた、彼には一種の深淵、救いの方法、速く進みすぎる時計を止める方法と思われた。「自分の子供のゆりかごのそばに、母親と向かい合って座っているということの、無限の、深く、暖かく、救いをもたらす幸福……」についてカフカは語っている。さらに

> その幸福の中には、お前が望まない限りは、それはどうしようもないことだという感情も幾分あるのだ。一方、子供のない男の感情はこうだ。お前が望むか望まないかは、つねにお前次第であり、終りに至るまでのあらゆる瞬間、神経を引き裂くあらゆる瞬間においてお前にかかっており、そしてなんの成果もないのだ。シジフォスは独身者だった。[20]

だが家庭生活のこの精神状態を越えるには感覚の放棄が必要であり、そうすることで配偶者の一人の体はなぜかもう一人の配偶者のための「救い」を提供する。しかしカフカはこの考えを受け入れない。フラナリー・オコナーの頭のおかしい聖人たちの一人のように、カフカは本当にあまりに純粋なので、「精神的」でないことなど何も考えられないのである――わいせつさでさえ、価値を持つためには精神的でなければならないのである。『城』のKは宿の床の上で、こぼれたビールの水たまりや床一面にちらばったごみの中でフリーダと情交し、クラムに当てつけて勝利の叫び声を上げずにはおれない――必要のない、自滅的な嘲りである。もっとも、確かに無益な嘲りではあるが。土地測量師が彼の愛人を盗んだところでクラムの知ったことではない。普通の人々は「忘れない」けれども、今ではもうクラムは彼女のことなど忘れている。彼女の存在は彼の記憶から消されていて、クラムにとって彼女は全く存在しない。救いは内面からのみ生まれるから、人は別の人の努力を通して、城に住む愛人たちが進んで差し出す熱心な母性のような肉体を通して、また法廷の役人を通しても、救いを得ることはできない。救いは心理的な経験からのみ得られる。性愛の経験は別の「自己」、つまり愛する者たちが精神的に一つになった成果である人格を生みだすことをカフカは信じていなかったようであるし、おそらく彼にとって心理的な経験が全くの真実だったのだろう。カフカの宗教的、文化的背景も肉体の愛の精神性を禁じていたのだろう。女性は、たぶん、必ずしも男性とは対等ではないからである。

女性は罠のようなものです。男たちを四方から狙っていて、単なる有限へと引きずり込むのです。人が自ら進んで一つの罠に跳び込んでゆけば、それらは危険性を失います。しかし慣れによってこれを克服するならば、ふたたび女のあらゆる鉄の爪が口を開くのです。(21)

これは聖パウロやアウグスティヌスの言葉ではなく、たまたま女友達と一緒にいたヤノーホ少年と出会った後で、カフカ自身が彼に率直に語ったものである。

カフカの想像の中では、すると、人が自我からの解放の出口を見つけるのは、性愛を通してはありえない。カフカは意識的に内面に無限性を探求し始めなければならない。よく引用される言葉であるが、カフカは書物とは「内面にある凍った海」を打ち壊す斧でなければならないと言い、また彼が「地上的なものの最後の限界への突進」と呼んだものに全く故意に近づいたことが、一九二二年一月一六日の日記の記載から明らかである。「全ての感覚の体系的な錯乱」を請け合うだろう活動に没頭したランボーとは違って、カフカは成るにまかせたようだ、あがくのをやめたようだ。『城』の初めの頃にある奇妙な文章にあるのだが――カフカは自然主義的な小説を書いていないのだから、主人公の以前の生活を詳細に書く必要はないという意味で奇妙なのだが――Kは少年の頃、教会の塀をよじ登り、それを「人生の勝利感」(38)として経験したように思えたときのことを思い出した。勝利感はそこに、心の中にある。それは意識の表面下に沈むが、決して絶えることはない。その「勝利感」は一種の最初の洗礼である、つまり無垢を取り戻し、そして芸術家カフカに(人間カフカではないけれど)彼は完璧に手が届こうとしているという秘密の知識、彼が書く最も簡単な文章でも「すでに完璧である」という秘密の知識を許す自我の洗礼である。そのような瞬間は、カフカはカフカではなく、彼の芸術である。彼は彼が書く文章であり、彼が書く文章はカフカ自身の完璧、つまり芸術家としての完璧の表れである。外の世界はどうなるのか? 「普通の」生活はどうなるのか? それは断念されなければならない、最終的には。一九二二年一月のあの日に記せられているように、カフカは自己観察を十分に駆りたてた結果、外部と内部の世界が離ればなれになり、それぞれの別の時間がもはや同時に起こりえなくなった。「二つの時間が一致しないのだ。内部の時間は、悪魔のような、もしくは魔神のような、いずれにしても人間離れしたやり方で突き進み、外部の時計は、つまずきながら平生通りの歩みを続けている」とカフカは書いている。二つの世界がそのとき分裂しそうになっている。カフカは人生の苦悶を未来への恐怖とみなしたが、未来そのものではなく、経験されえない未来、自分のいない未来を想像するのは恐怖であった。善や悪や恐怖を知ることがより高次の人生ではなく、あたかも、恐怖から自己を解放するとき、途方もない損失を被るかのように、より高次の人生に昇ることを恐れている自分をただ知ることである。

カフカの中国哲学への興味にもかかわらず、彼は内面の世界と外部の世界を和解させることは、彼の人生の大半、できなかったようである。人生の最後の一、二年前までずっとカフカは罪悪感に心を奪われていたが、マックス・ブロードによれば、最後の一、二年は、それ以前の長い年月のカフカとはくっきりと対照をなす、活力の目覚めと生きる欲望を経験した。皮肉にも、カフカの経験は『城』のKの経験と近似する。カフカの作品は、しかしながら、知識の樹と生命の樹を総合するために、人生の面から彼自身を、カフカを認識するために、絶えず苦闘した苦悶を反映している。一九二二年の次の日記の記載でほのめかしているように、たぶん彼の苦悶は言語を失う恐怖、彼の魂を明確にする手段を失う恐怖だったのだろう。

悪は存在しない。いったんお前が閾《いき》を越えれば、全てが善である。いったん別の世界に入

れば、お前は黙らなければならない。(22)

地上の限界に向かって絶えず自己破壊的に「突進」するか、あるいは「空」へと、沈黙へと変貌するか。彼自身をいつも喩えとして想像する――論理的には相容れない人々がかくも美しく調和している一連の喩え話として彼の人生を想像する――以外に、ほかにどのようにカフカは彼自身をかくも非人間的な宇宙と和解させえただろうか。

原注

1章

（1）ウィリアム・ジェイムズがヘンリーに宛てた二通の手紙から。Quoted in Margaret Knight's *William James* (London, 1954), p. 60.

（2）率直で貴重なエッセイ「女性のための職業」（『蛾の死及び他のエッセイ』に所収）で、ヴァージニア・ウルフは彼女の作家としての人生の冒険の一つである「肉体としての私自身の経験についての真実」を語ることを申し分なく解決できたとは思っていないと語っている。彼女はさらに続けて、女性でそれを解決した人がいるとは疑わしいと語っている。しかしながら、一九六二年にドリス・レッシング（Doris Lessing）が『黄金のノート』（*The Golden Notebook*）を出版したことによって、女性文学の冒険のこの側面は「解決」された。

2章

（1）Quoted in John Paterson's *The Novel as Faith* (Boston, 1973), pp. 198-99. たぶんウルフは自分の小説の中に「より少ない人生とより多くの詩」を非常に意識的に望んだから、創作の行為を奇妙なほど二重に頑迷にしている――まるで芸術家は、ピューリタンのように、芸術活動がなぜか悪いことのように恐れて、自分の芸術活動を楽しんではいけないかのように。

（2）*A Propos of Lady Chatterley's Lover* の次の雄弁で、情熱的な発言を参照。「セックスは宇宙における男と女の均衡である……愛が個人的な、ただ個人的な感情になり、太陽の日没を奪われ、……昼夜平分点の魔法のような接点から切り離されるとき、ああ、何という破局、何という愛の傷害だろう！」(Penguin Books, 1961), p. 110.

(3) Calvin Bedient, *Architects of the Self* (University of California Press, 1972), p. 179. この本はロレンスのほかに、ジョージ・エリオットとE・M・フォースターによって想像された「理想的な自己」について書かれている。フォースターは三人の中で最も理性的な人物だと明らかにされているが、たぶん最も面白くない人物だろう。

(4) 批評家たち、とりわけ Graham Hough は *The Dark Sun* (London, 1968) で、ロレンスが想像力豊かに彼自身を彼の短編の人物、男性と女性の両者、に分割している点を考慮に入れないで、「女王さま」や「まっぴら御免」などの短編の中に、ロレンスにある「独善的な残酷さ」を見ている。ロレンスの批評の姿勢は、しばしば猛烈であるが、単に「テーマ」のようなものではなく、物語の全体的有機的構造の観点から理解されなければならない。ロレンスは、彼が復讐しているように見える白人の女性たちであり、ロレンスが「女王さま」であり、冷たく閉ざされたエゴである彼女の父の道徳が彼女を性的不感症に運命づけていると読者が分かるなら、物語は劇のように生きし、「意識」と「本能」の要素の中でそれほど単調でも対立しているようにも思われない。大抵の小説家は小説では彼ら自身を無制限に分割するものである——ロレンスはあの奇妙で、複雑で、むしろ狂乱的なチャタレイ卿であるよりはるかにメラーズであると信じるのは間違いである(チャタレイ卿は彼の役割の一つにおいて、成功した作家である)。

(5) *Reflections on the Death of a Porcupine* (London, 1934), p. 6.

(6) 主体が対象の中に消滅するのは、ほとんどの詩人——ことに自分の感情に激しくのめり込む詩人——が成し遂げられない芸当である。ジェイムズ・ディッキーが自然に抱く異常なほどの感情移入は、彼に「魚の動き」「馬の夕暮」「冬のマス」のような詩やその他多くの詩を創作させ、それらの詩では人間のエゴが魔法にかかったように変容する感覚を表している。西洋の詩は、しかしながら、一般的に十分に考え抜いた感情でいっぱいで、イマジズムでさえ自意識の強い審美的な技巧に発展している。書く余地があるならば、「魚」のような詩を、禅宗の悟りの詩、特に、詩人と対象が融合するとき、自然の中の一瞬の究極的な唯一無比を認識することに集中している、そのような詩との関連で論じてみたいのだが。

5章

（1）この論文を書き終えた後で、ニーチェ的な「悲劇」と今日の文学との関係について、Roy Fuller による複雑な考察を偶然読んだ。"Professors and Gods," in *The Times Literary Supplement*, March, 9, 1973. である。フラーは今の時代、詩は小説に大きく負けていると認めながら、小説という芸術が小説家に強制していること——「必ずしも作家自身のものではない観点と他者の境遇への配慮」を詩がすっかり放棄する必要はないとも認めている。個人についての作品化された「悲劇」と共同体についてのより高い、より形式的な、はるかに理想的な「悲劇」の間のフラーの区別は重要な区別であり、なぜ芸術形式としての悲劇が非常に困難であり、そして実行すれば、今の時代ではしばしば期待外れのものになるのかということを説明できている。

6章

（1）Eliseo Vivas, *Creation and Discovery*（New York, 1955）, p. 42.

（2）Lewis A. Lawson, "Flannery O'Connor and the Grotesque: *Wise Blood*," *Renascence*, XVII (Spring, 1965), pp. 137–47.

（3）Quoted by Lewis A. Lawson, *loc. cit.*, p. 139.

（4）Philip Rahv, Introduction, *Eight Great American Short Novels*（New York, 1963）, p. 15.

（5）Flannery O'Connor, "The Violent Bear It Away" in *Three by O'Connor*（New York, 1964）, p. 357.

（6）O'Connor, *op. cit.*, p. 151.

（7）Pierre Teilhard de Chardin, *The Phenomenon of Man*（New York, 1959）, p. 262.

（8）Flannery O'Connor, *Mystery and Manners*（New York, 1969）, p. 68.

(9) *Ibid.*, p. 44.
(10) Teilhard, p. 291.
(11) *Ibid.*, p. 290.
(12) *Ibid.*, p. 289.
(13) Gustav Janouch, *Conversations with Kafka* (New York, 1971), p. 90.
(14) Teilhard, p. 309.
(15)「作家と祖国」の論文で、オコナーは「私にとって生の意味は、キリストによる罪の償いを中心にしている」と宣言している。『秘義と習俗』p. 32.
(16) John Hawkes's essay, "Flannery O'Connor's Devil," *Sewanee Review*, LXX (Summer, 1962), p. 400. を参照。
(17) Quoted by Robert Fitzgerald in his introduction to *Everything That Rises Must Converge* (New York, 1965), p. xiii.
(18) Teilhard, p. 256.
(19) フラナリー・オコナーは、ユングが名づけた神秘的関与を特徴とする性格と、「いわば低級な物語においてのみ苦しむが、上級の物語では、楽しい出来事と同様に痛ましい出来事からも著しく切り離されている」性格、の驚くべき総合体である。"Commentary on *The Secret of the Golden Flower*," in Jung's *Psyche and Symbol* (New York, 1958), p. 340.

7章

(1) メイラーのよく知られているエッセイ「白い黒人――ヒップスターに関する皮相な考察」『ぼく自身のための広告』(281–302) を参照。本質的に全く異なるタイプの人間をこのようにすばやく分類するのはメイラーらしいのだが、不運にも多くの真面目な読者を落胆させたのは、彼の考え方のある傾向である。つまりメイラーが一方で

「神秘家と聖人」、他方で「精神病者、実存主義者、愛人、闘牛士」の間にある根本的な相違点を見落としているということは、メイラーの時間への完全な没入、わずかに進んでいる時計によって測定されたものとしての時間に迅速に刺激され反応することに没入していることを証明している。二つに分類された人間の決定的な差異は、もちろん、現世の「実存主義」に属する前者による超越性である。

(2) D・Jが示しているような攻撃的で精神病的機智は今の時代にとって重要な詩的意味がないかのように、批評家が総体的にこの小説を真剣に受け入れたがらないことに読者はただ戸惑いを感じるだろう。小説の英語版用の広告でも品位を落とすのなら、たぶんD・J自身によって次のように書かれただろう――「今年の中で最も馬鹿げて、滑稽で、最もかん高く、泡立つ小説である。」『鹿の園』(*The Deer Park*)(一九五五年に *Village Voice* の中で出版された)のためのメイラー自身による広告の方がずっと威厳がある。

(3) 簡略化しすぎたことによる間違いであろう、たぶん。神秘家の経験も含めて、芸術の中で最も高い形式は全て、簡単な言葉で記録する頭脳の能力を超えて飛翔する。人は経験をするためにではなく、経験の意味を明確にするために、言語を所有していなければならない。美術、音楽、個人のちょっとした夢でさえ、最低限しか、あるいは全く、言語に頼らない。アインシュタインは彼の複雑で知的な理論を言語に移す前にしばらくの間、明らかにその理論を「感じたのだ。」

(4) メイラーが彼自身を「左翼系保守派の革命論者」と分類するときのように、また『実在の使い』というタイトルで彼が書いている出来事と彼のますます末梢的な関係について、我々の注意を引こうとするときのように。

(5) In *The Eye-Beaters, Blood, Victory, Madness, Buckhead and Mercy* (Garden City, New York, 1970), p. 55.

(6) Richard Poirier, *Norman Mailer* (New York, 1972), p. 124.

(7) 「退場に先だって、ぼく自身のための最後の広告」で、メイラーは彼の個人的なジレンマと時代のジレンマを以下の率直な数行で分析している。「ぼくが自分自身を評価して、自分がふたたび構想しているあの大作を実際に書くチャンスがどれだけあるかを考えるとき、自分ははたしてこれを書きあげることができるかどうか、まことに残念千万ではあるが、自分にも分らない。自分の認識を他の人たちと分つためには、他の人たちのことを考えなければならないし、ことにそれが他の人たちに生命を与えることができる認識の場合には、なおさらそうであるのだが、今日、ぼくは人類の大部分のもののことなど何とも思わないことが、あまりにもしばしばだからである」(『ぼく自身のための広告』411 山西英一訳)。メイラーの芸術は彼の内面の闘い、「いくつかの自己」との葛藤、創造的自己を絶えず追及する殺人的な自己、を自伝的に小説化するものであり、彼はそれを我々残りの人々に投射せざるをえない。それゆえに、『なぜぼくらはヴェトナムへ行くのか?』の父親と息子の殺人者たち、双子のような少年殺し屋たちについての強力な集中と女性の「悪」(メイラーの最も深い恐怖)の不思議な排除が生まれる。もし神秘家が彼の多くの声を総合できないなら、彼の運命は上昇するのではなく、急に横か下にそれるはずである。

8章

(1) *The Suspect in Poetry* (Madison, Minnesota: The Sixties Press, 1964), p. 47.
(2) Lewis Thomas, M.D., "Information," in the *New England Journal of Medicine*, December 14, 1972, pp. 1238–39.
(3) ディッキーは文字通り、そして比喩的にも、あらゆる詩で仮面をつけている。「鎧」「ヘルメットで飲む」「近づく祈り」(ここでは彼は「中身のない豚の頭」をのせている)で顕著である。
(4) 最高に鋭い視力のため、ディッキーは陸軍航空隊で夜間戦闘機のパイロット養成員として選ばれた。詩全体を通して、ただ想像的比喩的にではなく、視力——視覚——の関心があり、そのことは彼の青春は「盲目を生涯探し求めることであった」という、「誤った青春——二つの季節」(「落下」より)における結論を二倍に辛らつにしている。また、「目を打つ者たち」の結論は、「こじつけて/まったく創作に絶望した」詩人が「倍もよく見える遠近両用めがねをはずし」、それから狂気へと後退していく空想に身を任せる姿を我々に見せている。
(5) 『詩における疑念』、p. 77.「無力感」という言葉がジャレルとの関連で幾度も繰り返されている。またハワード・

ネメロフについてのエッセイ（a review of Nemerov's *Selected Poems*, 1960）で、ディッキーは、著者には間違っていると思われる理由で、ネメロフを賞賛している。「彼の作品から生じている、覆うような感情は無力感である。今の時代や人生そのものの出来事に直面するとき、我々全員が感じる無力感である。全てのものの中にある合法だが慢性的に不公平な運命として人が感じる、静めることも説明することもできない無力感である」（67）。本質的なディッキーの優秀さを正当に評価していない、別のジェイムズ・ディッキーによる作品のように思われる『自己会見記』のいたるところで、まるである感情のひがみがそこ、人間の本性にあるかのように、そして人はその感情のひがみに黙従してもよいかのように、内面の、精神的な「無力感」への依存がある。他の場合では、ディッキーが真の芸術家は現状の世界を一瞬たりとも黙認したりはしないものだと感じるときは、ニーチェと同じくらい苛烈なほど闘争的な口調を帯びるのだが。

（6）ハワード・ネメロフ編の *Poets on Poetry*（New York, 1966）で、詩人としての成長についてのディッキーの記述から（225–38）。ディッキーは自分自身が「二流の生まれ」の詩人――つまり仕事に切磋琢磨する詩人――だと知っているので、彼の思索的で知的な性格をこれほど信用せず、嘲るとは皮肉である。だが彼の最も優れた詩は非常に速く書かれたような印象を与える。読者は、まるでその言葉に後れを取らないように速く読もうとする奇妙な衝動を感じる。ディッキーの詩は、詩が表現する勢いをかろうじて収容する構成をとっている。「私」として知られる詩の中のあの「代理人」は、我々をどんなところにでも連れて行くかもしれないので、予測できず、時おり怖いほどの存在である。もしディッキーがほとんどもっぱら詩人として励むことを選ばなかったなら、彼は傑出した短編小説を書いたかもしれない。『出撃』の中の「エージェントとしての自己」の優れたエッセイで、詩を書く一番大きい誉と興奮は「詩を書かなかったなら、表に出なかっただろう自分自身のある部分に直面し、それを作品にする機会を与えてくれることである。詩は真実にではなく、可能性に向かって開かれている窓である」と語っている（161）。

（7）『吠える』（*Howl*）と『ガディッシュ』（*Kaddish*）についてのディッキーの批評はどちらにも否定的である。キンズバークの主な精神状態は「幻覚」であり、その詩は本当に「まき散らした、めちゃくちゃな散文」であるとディッキーは言っている。だがディッキーは、訓練できていない現代詩人の言葉の混乱の中にあっても、どこかで、「お上品で、ほとんど息苦しいほど行儀がよくなってしまったけれど、現代アメリカ詩が本当に必要とする生き生きとした本物の作品を提供してくれる書き手がある日現われるかもしれない」と認めている（『詩における疑念』16–19）。詩人兼批評家がこのような口調で語るとき、ディッキーが気づいていようがいまいが、ディッキーは彼自身について話していると人は常に憶測するだろう。

（8）Raymond Smith, "The Poetic Faith of James Dickey," *Modern Poetry Studies*, Vol. 2, No. 6, pp. 259–72. ディッキーの詩に対する男性の反応はおそらく必然的に女性の反応とは異なるだろう。

（9）ディッキーは多くのインタヴューに応じて、その全てに信じられないくらい率直に答えているのが特徴的である。詩人ウィリアム・ヘイエンが『救出』の暴力的な「道徳性」について語ってほしいと頼むと、ディッキーは自分の地域の田舎の人たちにはある種の「絶対主義」があると述べている。「生と死は……非常に基本的で肝心の事柄であって、もしだれかが彼らの掟を犯す何かをすれば、彼らはその人間を殺すのであり、そのことをもう一度考えたりしない……我々の時代の何よりの恐怖は、特に都会やその他のところで犯罪率が増え続けるにつれて、最も恐ろしいことは、それらが悪意に満ちた見知らぬ他人によって扇動されているということである……。」ディッキーはそれゆえ彼の人物が小説の中で下す決意に同意していて、エド・ジェントリーの殺す決意と、自分は「生まれながらの殺人者」（ディッキーの言葉）だとジェントリーが認識するようになることについてディッキーが解説していることから、詩の多くがそうであるように、小説は本質的に神秘的な経験を扱う試みであるのは明らかである。小説が残忍で、人間性が失われていることも、ディッキーの関心ではない。殺害は小説の主人公を「静かに変貌させる影響力」である。"A Conversation with James Dickey," ed. by William Heyen, *The Southern Review* (Winter, 1973) IX, 1, pp. 135-56.

9章

（1）Franz Kafka, *Dearest Father: Stories and Other Writings*, ed. by Max Brod, trans. by Ernst Kaiser and Eithne Wilkins（New York, 1954）, pp. 48, 41.

（2）*Parables and Paradoxes*（New York, 1961）, p. 11.

（3）In "Kafka's Distorted Mask," from *Creation and Discovery*（New York, 1948）.

（4）Gustav Janouch, *Conversations with Kafka*, trans. by Goronwy Rees（New York: New Directions, 1971）, p. 153.『道徳経』のほかに、カフカは以下の本を所有していた。Kung-Futze's *Conversations*, Tzchung Yung's *The Great Doctrine of Measure and Mean*, Lao Tzu's *The Book of the Ancients Regarding Sense and Life*, Liä Tze's *The True Book of the Spring of the First Cause*, Chuang Tzi's *The True Book of the South Land of Blossom*. これらの本は「人を容易に耽溺させる海である」とカフカは言った。著者の知る限りでは、カフカは *Bardo Thödol*（死者に関するチベットの書物）は絶対手に入れていない――この本はカフカの最も恐ろしい想像を具現しただろうし、フロイトの思想への彼の関心が中国哲学への彼の関心と総合されたかもしれない一つの方法を提供しただろうから、この本と出合わなかったのはカフカにとって幸運だった。

（5）『道徳経』からの引用は全て Gia-Fu Feng と Jane English（New York, 1972）による優れた新訳による。

（6）From "The Yoga of Thatness of Tibetan Buddhism," in *World of the Buddha*, ed. by Lucien Stryk（New York, 1969）, p. 315.

（7）*Dearest Father*, pp. 90–91.

（8）『日記』一九一七年八月二日。*The Diaries of Franz Kafka: 1914–1923*, ed. by Max Brod（New York, 1965）, p. 173.

（9）「時おり私は、私ほどこの人間の堕落をよく理解できるものはいない、と思っています」――ミレナ・イェセンスカへの手紙より。*Letters to Milena*, ed. by Willy Haas, trans. by Tania and James Stern（New York, 1953）, p. 167.

(10) Max Brod, *Franz Kafka: A Biography* (New York, 1960), pp. 219–22.
(11) *Letters to Milena*, p. 197.
(12) Carl Jung, "Literature and Psychology" in *Modern Man in Search of a Soul* (London, 1933), p. 194.
(13) *The Diaries of Franz Kafka: 1910–1913*, ed. by Max Brod (New York, 1948), p. 45. Martin Greenberg は *The Terror of Art* (New York, 1968) において、芸術家としてのカフカについての詳細で解明的な研究をこの引用文で始めている。
(14) Janouch, p. 127.
(15) 『日記』一九一七年九月二五日。*Diaries 1914–1923*, p. 187.
(16) Janouch, p. 133.
(17) *Ibid.*, p. 143.
(18) *Death in Venice and Other Stories* (New York, 1958), p. 6.
(19) Janouch, p. 155.
(20) *Diaries 1910–1913*, p. 7.
(21) Janouch, p. 178.
(22) P. 205. カフカ自身が世界を分割しているので、否定的（歴史から見て）と肯定的（人間の精神から見て）の両面として彼の作品を解釈できる。もし人が歴史や物質に捉われていると信じているなら、すると『城』の「ウェストウェスト伯爵」は終始絶滅した神であり、城は錯覚にすぎず、ニーチェが彼の時代の教会を「神の墓であり聖体安置所」と見たように、神の墓である。しかしながら、カフカは歴史から個人を切り離して、単なる歴史性からの超越を成し遂げる個人の能力を確かに信じていた。個人はいつも楽園にいるけれども、必ずしもその事実を自覚しない、だから自分が神聖なものと共にいることを自覚できないことこそ、自我の錯覚する本性を見抜けないことこそが、唯一の地獄（その重要な部分が扇情的に歴史として記録された！）を可能ならしめる。カフカは、この研究で考察されたどの作家にもまして当てはまる文学のロールシャッハ検査［訳注 投影法に分類される性格テストの代表的な方法の一つ］であって、我々の前に差し出され、我々があらかじめ抱いている期待のみを映し出すあの鏡である。しかしカフカは「実存的な苦悩」を作品に描いていると繰り返し言われているけれども、長年にわたって彼の作品を徹底的に、系統的に、深く黙想的に研究すれば、全く別のカフカが現れる——全てのクリシェのあの「カフカ」を知ってさえいて、嘆き悲しむ、もう一人のカフカが現れる。

訳者あとがき

多彩なジャンルで精力的に創作活動を続けているJoyce Carol Oates（1938–）は、実は、文学研究や文芸批評にも真摯に取り組む優れた研究者であることはあまり知られていない。最初に出版された批評書である本書のほかにも数編の本格的な批評書があり、また、ニューヨーク・タイムズなどに継続的に書評を寄稿している。シラキュース大学の図書館にあるジョイス・キャロル・オーツ・アーカイヴの定期刊行物のセクションにはぎっしりとオーツの研究成果が並べられている。作家になろうとは思わなかったが、研究者になりたかったと語っているのを読んだことがある。一九八七年から現在に至るまでプリンストン大学で教えながら、教鞭、創作、研究にほぼ均等に励んでいる。

訳者が本書の翻訳を試みるきっかけとなったのは、拙訳『作家の信念——人生、仕事、芸術——』（二〇〇八）（Joyce Carol Oates, *The Faith of a Writer: Life, Craft, Art*, 2003）と本書『新しい天、新しい地——文学における先見的体験』(*New Heaven, New Earth: The Visionary Experience in Literature*, 1974) はある種の姉妹編として読めると感じたからである。『作家の信念』では本書にある作家や詩人はもとより、欧米にとどまらず多くの芸術家の創造に関する発言を引用解読し、また自身の体験も控えめに語りながら、文学の起源や創作にまつわる種々相が読者のために興味深く明かされている。その『作家の信念』より三〇年も前に出版されている『新しい天、新しい地』では、文学の新天地を拓いた一〇人の先見的な作家と詩人が、彼女の類まれな洞察力と学識で、人間の心の深部に切り込んで重厚に論考されている。論じている対象も各作家と詩人の重要な作品をほとんど網羅している。

本書で論じられている作家と詩人のほとんどは、怜悧な知性と感受性そして想像性で、現実や経験の意味を個人の内面や意識の深みから、また無意識の世界から探究し、意識の交流、内面と外面の現実のぶつかり合いや経験の内面性を表すために、あるいは現実の一瞬を永遠なるものにするために、独自の技法や文体を開拓した革新的な芸術家たちである。一般社会からの精神的な孤立を余儀なくされるが、彼らの深い内面の経験から、人間の生命力、直観、理解力を信じて人間や人生を肯定する、それまでにない、時に神秘的ともいえるヴィジョンを創造することを、オーツは「文学における先見的体験」と名づけている。そしてこれらの批評の根底には「真剣な芸術家は世界の尊厳を強く主張する」(xvi)、「作家の責務は世界の神聖化を試みることにこそある」(169) というオーツの根本的には宗教的と思える作家の信念が揺るぎなくある。オコナーとカフカの批評が特に深みがあるのはこの点と無関係ではないだろう。『作家の信念』の中で、「自分はウルフやベケットよりディケンズやドストエフスキーの伝統に属する作家」(213) と言っているが、特に差別に対する反逆精神や反主流、反二元論の立場をとるオーツがこれらの内面的、精神的な文学を人間の原初的、本源的なところで捉え、さらに、作家だからこそ分かる構想やプロットの蓋然性や必然性を指摘し、作品を通して芸術家その人の特性や人生にまで言及しているところが本書の本領だろうと思う。心理学、精神分析学、宗教、哲学などの広範な知識、文学の力を信じる信念、人間観察の鋭さと人間性の理解に基づく批評は、独自性とともに説得力がある。今まで読むのを避けてきた感のあるこれらの作家や詩人の作品をオーツの指導を得て、遅まきながら、学生時代の気持ちで読めたことはこの翻訳にあたって一番の喜びであった。

それにしても、各芸術家の最大の特徴を把握する鋭さはやはり作家ならではだと思う。「ジェイムズの力量は積み上げていく力量である (13)。」「ウルフは日常生活を超越する意味を日常生活の中から案出しようと試みている (3)。」ロレンスの詩「新しい天地」から、「文学における先見的体験」を言い表している「有頂天の狂人」（目次の前頁。『新しい天、新しい地』はロレンスの「新しい天地」から取られている）を引用するあざやかさ。そして「ロレンスを理解するには猛烈に想像力を膨らませる必要がある（49）。」ベケットの人物の「意識の動きは上や外に向かうのではなく、ベケットの場合はいつもそうなのだが、内面に、原初ゼロに向かう（108）。」『人形を作る人』の「ガーティは芸術家である。だが原始的で、はっきりと口に出さない芸術家である（138）。」「かけがえのない個性は孤立を必要とせず、「私」もその一部である生気に満ちた生命体に存在している（180）」ことにプラスは気づかなかった。「無垢なる者を誘惑するために、ごく当然のように悪魔がじかに現れるオコナーの小説の具体的な想像性に読者は驚かされるかもしれない（205）。」ノーマン・メイラーは「作者探しの冒険をしている（234）」のコメントは強烈である。ディッキー（James Dickey 1923-97 ジョージア州アトランタ生まれ）は「シャーマンとして理解されなければならない（351）」と言われれば、納得がいく。「長年にわたってカフカの作品を徹底的に、系統的に、深く黙想的に研究すれば、全く別のカフカが現れる――全ての（例えば、実存主義の苦悩という）クリシェのあの「カフカ」を知ってさえいて、嘆き悲しむ、もう一人のカフカが現れる（418）。」

個人的には、ヘンリー・ジェイムズの巧みさに引き込まれるように読み、オコナーの読み方を提示してくれたのも大きな収穫であったが、最も感動したのは『人形を作る人』のガーティであった。ガーティは私の中で忘れられない最も悲劇的なアメリカ的な人物となった。だが同じくらい圧倒され、作家としての魂のようなものを感じたのはオーツの次の発言である。「私がこの瞬間存在していること――私が作家で、女性で、生き延びている人間であること――は偶然とはほとんど関係なく、我々に人生は価値あるものだと思わせてください、我々に人生を高めさせてください、我々に別の新しい世界、別の民主主義を想像させてください……とだれかが思うことの、わずかではあっても、直接的な結果である（332）。」別のところでは、「我々は相互に結ばれているのです。我々は個々で、別々の存在のように思われますが、事実はそうではないのです」（Milazzo 35）と、エゴのせめぎあいとは対極にある、人々の相互依存という人間の本来の形態に目覚める必要性について語っている。オーツのこれらの発言には「他者」という概念は含まれない。オーツと同様に、ロレンスにとっても「他者」は究極的には受け入れるべき神秘的でさえある存在であり、敵や他者の排除は個人を抹殺することにつながるとみなされている。「敵意のある太陽」と「魚」の創造と解釈において、ロレンスとオーツはぴったり歩調が合っている。「エゴ、自意識、個性、理性、文明」に対して「他者、無意識、直観、自然、宇宙（生命体・生命力）」が本書を理解する上でのキーワードであろう。

この翻訳は、Joyce Carol Oates, *New Heaven, New Earth: The Visionary Experience in Literature*（The Vanguard Press, Inc. New York, 1974）が底本となっている。一点言い添えたいのは、オーツの論文の文体は、しばしば別の言い換えをするため、また言いたいことがありすぎて、ダッシュを多用していることである。Ms. Kathleen Manwaringが「オーツにダッシュを控えるよう言わなければいけない」といつものお茶目な口調で笑いながら言っていたのを思い出す。ダッシュをとって訳すと前文とのつながりが弱められてしまうので、ダッシュはほとんど全てそのまま使っている。また、何も恐れない直截な、時にアイロニカルな表現もオーツ特有のものである。

オーツの他の文学批評書は以下のとおりである。

The Edge of Impossibility: Tragic Form in Literature（1972）
The Contraries : Essays（1981）
The Profane Art: Essays and Reviews（1983）
（*Woman*）*Writer: Occasions and Opportunities*（1988）
Where I've Been, and Where I'm Going: Essays, Reviews, and Prose（1999）
Uncensored: Views &（*Re*）*views*（2005）

In Rough Country: Essays and Reviews（2010）

小説 *The Gravedigger's Daughter*（2007）と日記 *The Journal of Joyce Carol Oates: 1973–1982*（2007）はアメリカ三大文学賞の一つであるNational Book Critics Circle Awardに二〇〇七年フィクションとノンフィクションで同時にノミネートされた。また二〇一〇年National Humanities Medal、二〇一一年ペンシルベニア大学よりHonorary Doctor of Artsを授与されている。私生活では、二〇〇八年の夫の死後、オーツは悲嘆に暮れていたが、一年半後の二〇〇九年、プリンストン大学医学部教授Professor Charles Grossと再婚している。再婚直後にプリンストン大学で再度オーツ氏にお会いした時、とても幸せそうだったのが印象的だった。まだまだ精神的に若く、創作と文学批評・研究に専念している（二〇〇五年から現在までで小説八冊、短編集八冊、評論集二冊等、計二七冊を出版）ジョイス・キャロル・オーツの文学研究に少しでも役立てればと思い、ここに取り上げられている作家の研究者でもないのだが、敢えて翻訳を試みた次第である。十分でない点があればご指摘を頂ければ幸甚である。

なお、ジェイムズ、ウルフ、ロレンス、ベケット、プラス、オコナー、メイラー、カフカに関する引用箇所は長らく世に出ている優れた翻訳から全て引用させていただいた。今回ほど翻訳が有難かったことはなかった。特に、詩の翻訳、広範囲にあるいは度々引用させていただいた本の翻訳は次のものである。

ジェイムズに関しては、『鳩の翼』（青木次生訳）、『黄金の盃』（工藤好美訳）、『メイジーの知ったこと』（川西進訳）。

ウルフに関しては、『燈台へ』（伊吹知勢訳）、『波』（川本静子訳）。

ロレンスに関しては、『鳥とけものと花』（羽矢謙一・虎岩正純訳）、『どうだぼくらは生きぬいてきた！』（上田保・海野厚志訳）、『三色すみれ・いらくさ』（福田陸太郎・倉持三郎訳）、『最後詩集』（成田成寿訳）、『戀する女たち』（福田恆存訳）。

ベケットに関しては、『モロイ』（安堂信也訳）、『マロウンは死ぬ』（高橋康也訳）、『名づけえぬもの』（安藤元雄訳）、デイヴィッド・ヒューム著『人間知性研究』（斎藤繁雄・一ノ瀬正樹訳）。

プラスに関しては、『シルヴィア・プラス詩集』（徳永暢三編・訳）、『シルヴィア・プラス詩集』（皆見昭訳）。

オコナーに関しては、『フラナリー・オコナー全短篇（上・下）』（横山貞子訳）、『烈しく攻むる者はこれを奪う』（佐伯彰一訳）、『賢い血』（須山静夫訳）、テイヤール・ド・シャルダン著『現象としての人間』（美田稔訳）。

メイラーに関しては、『なぜぼくらはヴェトナムへ行くのか?』（邦高忠二訳）、『月にともる火』（山西英一訳）、『夜の軍隊』（山西英一訳）。

カフカに関しては、『カフカ短篇集』（池内紀編・訳）、『カフカ寓話集』（池内紀編・訳）、『城』（前田敬作訳）、『審判』（本野亨一訳）、マックス・ブロード編『カフカ全集三（「罪、苦悩、希望、真実の道についての考察」、父への手紙）』（飛鷹節訳）、マックス・ブロード編『カフカ全集七（日記）』（谷口茂訳）、マックス・ブロード編『カフカ全集八（ミレナへの手紙）』（辻瑆訳）、G・ヤノーホ著『カフカとの対話』（吉田仙太郎訳）、『老子』（蜂屋邦夫訳注）、キルケゴール著『キルケゴール著作集Ⅰ（「あれか、これか」）』（浅井真男訳）、ドストエフスキー著『地下室の手記』（江川卓訳）。

以上の訳者の方々と多少引用させていただいた他の訳者の方々にも深くお礼を申し上げる。

この翻訳にあたってシラキュース大学の図書館の原稿保管責任者で、ジョイス・キャロル・オーツ・アーカイヴの主任でもあり、オーツの信頼も厚い Ms. Kathleen Manwaring に今回も大変お世話になった。この三年間毎夏四、五日彼女のもとを訪れて、不明な点を教わった。今年はメールで訊ねることもあった。その都度全く労をいとわず、どの質問にも妥協をせず熱心に答えて下さった。彼女の誠実で、寛大で、献身的な支援に心より深く感謝申し上げる。
出版を快諾してくださり、私の要望を全て聞き入れて下さった開文社社長、安居洋一氏に心よりお礼を申し上げる。

平成二四年　九月

吉岡葉子

58, 77
『どうだ、ぼくらは生き抜いてきた！』(*Look! We Have Come Through!*) 66, 89
『鳥とけものと花』(*Birds, Beasts and Flowers*) 53, 79, 93, 99,
「愛された男の歌」(“Song of a Man Who is Loved”) 76
「新しい天地」(“New Heaven and Earth”) 66, 68-9, 72-5, 96
「雄山羊」(“The He-Goat”) 80-3
「下りよ、おお、神の如き精神よ」(“Climb Down, O Lordly Mind”) 63-4
「彼女はこうも言った」(“She said as Well to Me”) 87-8
「機械の勝利」(“The Triumph of the Machine”) 95
「空白」(“Blank”) 49-50
「現代の死」(“The Death of Our Era”) 77
「婚姻」(“Wedlock”) 76
「魚」(“Fish”) 99-103
「肢体切断」(“Mutilation”) 57-8
「死の船」(“The Ship of Death”) 47-8, 66, 96-9
「重要なこと」(“What Matters”) 72
「終了したゲーム」(“A Played-Out Game”) 77
「新世界」(“The New World”) 77
「西洋かりんとななかまどの実」(“Medlars and Sorb-Apples”) 53-6
「太陽の貴族」(“Aristocracy of the Sun”) 79
「たそがれの国」(“The Evening Land”) 60
「ただ人間」(“Only Man”) 61-2
「恥辱」(“Humiliation”) 75-6
「敵意のある太陽」(“The Hostile Sun”) 77-8
「ネメシス」(“Nemesis”) 43, 77
「バヴァリアりんどう」(“Bavarian Gentians”) 96
「はちどり」(“Humming-Bird”) 58, 80
「春への渇望」(“Craving for Spring”) 53-4
「反逆の人」(“The Revolutionary”) 52-3
「一人の女よりすべての女へ」(“One Woman to All Women”) 90
「ぶどう」(“Grapes”) 51
「蛇」(“Snake”) 79
「無」(“Nullus”) 77
「雌山羊」(“The She-Goat”) 81-4
「夕暮の雌鹿」(“A Doe at Evening”) 59, 282

【ワ】

「私」 123, 140, 141, 147, 148, 153, 157, 160, 168, 176, 180, 273, 330

Rainer Maria) xiii, 313

【ル】

ルソー、ジャン＝ジャック（Rousseau, Jean- Jacques） 68
ルネッサンス 147, 148

【レ】

レトキ、セオドア（Roethke, Theodore） 165, 313
「療養所を去るにあたっての詩」（“Lines Upon Leaving a Sanitarium”） 165

【ロ】

ローウェル、ロバート（Lowell, Robert） 167
『人生研究』（*Life Studies*） 167
『ノートブック』（*Notebook*） 167
『昔の栄光』（*The Old Glory*） 167
『模倣』（*Imitations*） 167
老子（Lao-Tzu） 375
『道徳経』（*Tao Te Ching*） 375, 376-8, 396
道（Tao） 375, 382
道家思想（Taoism） 375, 376
ローソン、ルイス・A・（Lawson, Lewis A.） 191
ロード・バイロン（Lord Byron） 264
ロマンティシズム・ロマンチスト・ロマンチック 92, 115, 148, 151, 160, 174, 180, 245, 249, 250, 251, 254, 268, 335
ロマン派（詩人）・抒情詩（人） 86, 141, 164-74
ロレンス、D・H・（Lawrence, D. H.）
小説・短編他
『カンガルー』（*Kangaroo*） 58
『恋する女たち』（*Women in Love*） 68, 69-70, 89, 93, 99, 104-5, 257, 264
『書簡集 I 』（*Collected Letters* I） 52
『チャタレイ夫人の恋人』（*Lady Chatterley's Lover*） 95
『翼ある蛇』（*The Plumed Serpent*） 58, 93, 94
『虹』（*The Rainbow*） 65, 94
『黙示録』（*Apocalypse*） 58, 142
「馬に乗って去った女」（“The Woman Who Rode Away”） 86
「王冠」（“The Crown”） 87
「王女さま」（“The Princess”） 68
「まっぴら御免」（“None of That”） 86
詩集・詩他
『いらくさ』（*Nettles*） 58
「現代の詩」（“Poetry of the Present”） 55
『最後詩集』（*Collected Poems*） 96
「序文」（1928）（Introduction） 48
「序文」（『三色すみれ』の序文）（Introduction of *Pansies*） 56
『続三色すみれ』（*More Pansies*）

ミルトン、ジョン（Milton, John）
265-6

【ム】

無意識（の世界）（the unconscious）
xvi, 41, 42, 59, 65, 90, 91, 193, 194, 201, 202, 209, 230, 233, 249, 250, 252, 261, 268, 276, 331, 332, 392, 393, 394, 400

【メ】

メイラー、ノーマン（Norman, Mailer）
『アメリカの夢』（*An American Dream*） 232, 260
『実在の使い』（*Existential Errand*） 261
『性の囚人』（*The Prisoner of Sex*） 238, 242
『大統領のための白書』（*The Presidential Papers*） 244
『月にともる火』（*Of a Fire on the Moon*） 232, 251, 266-7
『なぜぼくらはヴェトナムへ行くのか？』（*Why Are We in Vietnam?*） 232, 235-41, 244, 246-7, 250, 251-61, 262-3, 264-5, 323, 337
『人食い人とクリスチャン』（*Cannibals and Christians*） 243
『ぼく自身のための広告』（*Advertisements for Myself*） 233, 265
『夜の軍隊』（*The Armies of the Night*） 240, 243
メフィストフェレス的（Mephistophelian） 99
メルヴィル、ハーマン（Melville, Herman） 6, 33
『白鯨』（*Moby Dick*） 33, 256
『ビリー・バッド』（*Billy Budd*） 14

【ユ】

ユダ 129
ユダヤ教・ユダヤ人・ユダヤ性 136, 146, 224, 382, 398
ユートピア 94, 183, 238
ユング、カール・ダフタフ（Jung, Carl Gustav） 92, 215, 325, 387
アニマ（“anima”） 325
個性化（individuation） 215
「文学と心理学」（“Literature and Psychology”） 387

【ヨ】

予定説 197
ヨブ（記） 303, 304

【ラ】

ラーブ、フィリップ（Rahv, Philip） 200
ランボー、ジャン・N・A・（Rimbaud, Jean N. A.） 278, 404

【リ】

リルケ、ライナー・マリア（Rilke,

Richard) 261
文明　xii, xiii, 82, 92, 93, 191, 193, 199, 201, 211, 212, 221, 232, 239, 254, 263, 272, 275, 310, 324, 329, 333, 351, 383, 398, 399

【へ】

ベケット、サミュエル（Beckett, Samuel） xv, 123, 124, 238, 363, 369
『ゴドーを待ちながら』（*Waiting for Godot*） 248
『名づけえぬもの』（*The Unnamable*） 107, 110, 112-3, 114, 117-8
『マロウンは死ぬ』（*Malone Dies*） 107, 114, 115, 117, 119, 120
『モロイ』（*Molloy*） 107, 115, 116, 119, 120-1
ベディエント、カルヴィン（Bedient, Calvin） 65
ヘミングウェイ、アーネスト（Hemingway, Ernest） 251, 313
ベリー、ウェンデル（Berry, Wendell） 130
『地上の場所』（*A Place on Earth*） 130
ベリマン、ジョン（Berryman, John） 70-1
ペルソナ　93, 273

【ホ】

ホイットマン、ウォルト（Whitman, Walt） xii, 55, 95, 237, 273, 275, 307, 308, 387
「ぼく自身の歌」（"Song of Myself"） 308
暴力　209, 221, 352
ホーソン、ナサニエル（Hawthorne, Nathaniel） 5, 6
ポープ、アレクサンダー（Pope, Alexander） 37
英雄対連（heroic couplet） 37
ボルヘス、ホルヘ・ルイス（Borges, Jorge Luis） 238

【マ】

マズロー、エイブラハム（Maslow, Abraham） 254
マートン、トマス（Merton, Thomas） 67, 169
マニ教　214, 238, 250, 251, 262, 263
マルクス、カール・ハインリヒ（Marx, Karl Heinrich） 184
マルクーゼ、ヘルベルト（Marcuse, Herbert） 239, 311
マン、トマス（Mann, Thomas） 184, 383, 384, 398-9
『トリオ・クレーゲル』（*Tonio Kröger*） 398
『ファウストゥス博士』（*Dr. Faustus*） 383
『ベニスに死す』（*Death in Venice*） 184, 398
『魔の山』（*The Magic Mountain*） 184, 259

【ミ】

詩集他
『エアリアル』(*Ariel*)　139, 180
『巨像』(*The Colosus*)　139
『湖水を渡る』(*Crossing the Water*)
140, 149
『冬の木立』(*Winter Trees*)　140
『ベル・ジャー』(*The Bell Jar*)
139, 175, 176
詩
「嵐が丘」("Wuthering Heights")
162
「お父さん」("Daddy")　158,
170, 172
「鏡」("Mirror")　139, 140
「曇った田舎にいる二人のキャンパー」("Two Campers in Cloud Country)　163
「湖水を渡る」("Crossing the Water")　175
「最後のもの」("Last Things")
148
「三人の女たち」("Three Women")
142-5, 152-3, 170-1, 174-5, 179,
180-1
「水仙の間で」("Among the Narcissi")　154
「男娼」("Gigolo")　176
「父なき息子のために」("For a Fatherless Son")　154, 172-3
「チューリップ」("Tulips")　158
「鈍重な女たち」("Heavy Women")
145
「秘法修行者」("Mystic")　177
「不安」("Apprehensions")　71-2
「冬の木立」("Winter Trees")
158
「メイジャイ」("Magi")　149-51
「ラザロ夫人」("Lady Lazarus")
176
「レスボス島の二人」("Lesbos")
154, 171-2,
「ろうそく」("Candles")　152
ブラックマー、R・P・(Blackmur, R. P.)　10, 46-7
「ロレンスとぜいたくな形式」(『ジェスチャーとしての言語』より)("Lawrence and Expensive Form")(*Language as Gesture*)
46-7
ブラックユーモア作家　369
プラトン(的)(Plato)　45, 151,
156, 238, 283, 284
『国家』(*The Republic*) 238
プルースト、マルセル(Proust, Marcel)　395
ブレイク、ウィリアム(Blake, William)　xii, 342, 359, 387
フレーザー、E・フランクリン(Frazer, E. Franklin)　184
フロイト、ジークムント(Freud, Sigmund)　52, 81, 82, 83, 91-2,
148, 184, 189, 193-4, 254, 394,
399
「人はなぜ戦争をするのか」("Why War?")　254
『文明と不満』(*Civilization and Its Discontents*)　81
プワリエ、リチャード(Poirie,

ジィックス』より)(“Unity”)(*Manual Metaphysics*) 170

【ハ】

ハイデッガー、マーチン(Heidegger, Martin) 37
バージェス、アンソニー(Burgess, Anthony) 179
『時計じかけのオレンジ』(*A Clockwork Orange*) 179, 242
バース、J・シモンズ(Barth, J. Simmons) 157
パスカル、ブレーズ(Pascal, Blaise) 380, 381
バーセルミ、ドナルド(Barthelme, Donald) 157
パーディ、ジェイムズ(Purdy, James) 157
バニヤン、ジョン(Bunyan, John) 155
『慈愛に満ちて』(*Grace Abounding*) 155
ハフ、グレアム(Hough, Graham) 87
ハムレット(Hamlet) 193, 275, 371
パラノイア・被害妄想・偏執狂 47, 70, 178, 179, 245, 354
バローズ、ウィリアム(Burroughs, William) 157, 244, 262
パロディー 117, 118, 194, 220, 339

【ヒ】

ピカソ、パブロ(Picasso, Pablo) 50, 397
ヒューズ、テッド(Hughes, Ted) 178, 335
「ラブソング」(『カラス』より)(“Lovesong”)(*Crow*) 178, 335
ヒューム、デイヴィッド(Hume, David) 62, 111-3
『人間知性探求』(*Inquiry Concerning Human Understanding*) 111
『人間本性論』(*Treatise on Human Nature*) 111
「人間本性論概論」(“An Abstract of a Treatise of Human Nature”) 111-2
ピューリタン 6, 26
ヒルビリー 132, 133, 134, 136
ピンチョン、トマス(Pynchon, Thomas) 157

【フ】

ファウスト的 91, 94, 239, 249, 263, 268, 382
フォークナー、ウィリアム(Faulkner, William) 186, 237, 256
『熊』(*The Bear*) 256
フォースター、E・M・(Forster, E. M.) 2, 7, 244
『小説の諸相』(*Aspects of the Novel*) 2
不条理 190, 229
物象化(reification) 175
プラス、シルヴィア(Plath, Sylvia) xvi-xvii, 249, 329

「蛇よ、さようなら」（“Goodbye to Serpents”） 297-8
「ヘルメットで飲む」（“Drinking from a Helmet”） 288, 299-301
「包囲」（“The Enclosure”） 281
「目を打つ者たち」（“The Eye-Beaters”） 247, 274, 286-7, 323, 339, 346-9, 359
「モーム」（“Mangham”） 345
「落下」（“Falling”） 318, 327-8, 350
「労働祭の説教」（“May Day Sermon”） 290, 297, 315-20, 350
「私の足もとで眠っている犬」（“A Dog Sleeping on My Feet”） 284
テイヤール、ド・シャルダン（Teilhard de Chardin） 183, 207, 208, 209, 212, 215, 218, 228
『現象としての人間』（*The Phenomenon of Man*） 207, 209-10, 212, 216, 228
デカルト、ルネ（Descartes, René） 110, 328
テルトゥリアヌス（Tertullian） 196

【ト】

トウェイン、マーク（Twain, Mark） 3, 241
同性愛・ホモセクシュアル 246, 337
匿名性 239, 259
ドストエフスキー、F・M・（Dostoyevsky, F. M.） 35, 107, 108, 115, 131, 169, 192, 213
『地下室の手記』（*Notes from the Underground*） 107, 108, 115, 124, 131, 371
『白痴』（*The Idiot*） 10
トートロジー（tautology） 113
トマス、ディラン（Thomas, Dylan） 278, 319
『脚長の餌の唄』（*Ballad of the Long-Legged Bait*） 319

【ナ】

ナボコフ、ウラジーミル（Nabokov, Vladimir） 159, 160, 161, 169, 238
『アーダ』（*Ada*） 161
ナルシスト 176

【ニ】

二元論 193, 214
ニーチェ、フリードリヒ（Nietzsche, Friedrich） 49, 51, 183, 368, 399
『超人』（*Übermensch*） 368

【ネ】

ネメロフ、ハワード（Nemerov, Howard） 164
「青いツバメ」（“The Blue Swallows”） 163-4
『青いツバメ』（*The Blue Swallows*） 164
ネルーダ、パブロ（Neruda, Pablo） 170
「統一」（『マニュアル・メタフィ

「咽頭炎」(“Angina”) 320
「馬の夕暮」(“The Dusk of Horses”) 289
「がん競争」(“The Cancer Match”) 290, 339, 343
「姦通」(“Adultery”) 328
「帰郷」(“Going Home”) 345-6
「木と牛」(“Trees and Cattle”) 282, 293
「救助員」(“The Lifeguard”) 284
「狂気」(“Madness”) 339, 341
「共同墓地」(“The Common Grave”) 320-1
「霧が動物たちを包む」(“Fog Envelops the Animals”) 282, 285
「クーサ川で」(“On the Coosawattee”) 293-5
「化身 (I)」(“Reincarnation (I)”) 327
「化身 (II)」(“Reincarnation (II)”) 326-7
「功績」(“The Performance”) 282, 302
「最後のクズリのために」(“For the Last Wolverine”) 329-30
「魚の動き」(“The Movement of Fish”) 284
「シェニール」(“Chenille”) 293, 320
「焼夷弾攻撃」(“The Firebombing”) 302-13
「植物王」(“The Vegetable King”) 281
「水面下の追跡」(“Pursuit from Under”) 321-3
「背を向けて——さまざまな乖離」(“Turning Away: Variations on Estrangement”) 274, 278, 338, 339, 353, 354-8, 359
「ダリエン橋で」(“At Darien Bridge”) 293
「チェリーログ街道」(“Cherrylog Road”) 283, 295-7, 302
「近づく祈り」(“Approaching Prayer”) 299
「天空の主」(“The Lord in the Air”) 342, 359
「伝言」(“Messages”) 342-3
「糖尿病」(“Diabetes”) 290, 339-41
「動物たちの天国」(“The Heaven of Animals”) 284-5
「毒」(“Venom”) 341
「毒にやられた男」(“The Poisoned Man”) 297
「毒蛇にかまれた傷」(“Snakebite”) 276-7, 297
「奴隷地区」(“Slave Quarters”) 325-6
「バックヘッドの少年たちを捜して」(“Looking for the Buckhead Boys”) 346
「フクロウ王」(“The Owl King”) 285-6, 347
「復活祭に野宿する」(“Sleeping Out at Easter”) 280-1

(Thoreau, Henry David)　237

【タ】

ダーウィン、チャールズ（Darwin, Charles）　184
他者(性)　57, 63, 79, 80, 82, 83, 94, 99, 104, 136, 146, 161, 178, 213, 245, 284, 293
喩え　363, 367, 368, 395, 407
タナー、トニー（Tanner, Tony）　236
『言語の都市――アメリカのフィクション　1950–1970』（*City of Words: American Fiction, 1950–1970*）　236-7
タブー　242, 272
タブラ・ラサ（tabula rasa）　245
ダン、ジョン（Donne, John）　234
ダンテ、アルギエーリ（Dante, Alighieri）　362

【チ】

超越(的)　8, 37, 41, 42, 67, 77, 89, 103, 104, 186, 256, 260, 262, 287, 320, 323, 333, 358, 362, 364, 383, 398, 399
超自我　82, 148, 189

【テ】

ディケンズ、チャールズ（Dickens, Charles）　3
ディストピア(地獄郷)　238
ディッキー、ジェイムズ（Dickey, James）

詩集・小説他
『石のなかへ』（*Into the Stone*）　273, 280, 281, 282, 315
『いっしょに溺れて』（*Drowning with Others*）　273, 284, 285
『救出』（*Deliverance*）　285, 294, 310, 323-4, 336-7
『自己会見記』（*Self-Interviews*）　285, 287, 323
『詩集　1957–1967』（*Poems 1957–1967*）　315, 326
『詩における疑念』（*The Suspect in Poetry*）　276, 278, 288, 313-4
『出撃』（*Sorties*）　272, 275, 277, 325
『バックダンサーズ・チョイス』（*Buckdancer's Choice*）　273, 298, 302, 313, 315, 320, 327, 345
『ヘルメット』（*Helmets*）　273, 290, 293, 298-301
『目を打つ者たち、血、勝利、狂気、バックヘッド、そして慈悲』（*The Eye-Beaters, Blood, Victory, Madness, Buckhead and Mercy*）　273, 278, 313, 338, 345, 353, 354
詩
「悪魔」（"The Fiend"）　281, 324
「アポロ」（"Apollo"）　283-4, 341-2, 344
「石の中へ」（"Into the Stone"）　282-3

シャーマン（Shaman） 351-2
ジャレル、ランダル（Jarrell, Randall） 288
シュヴァイツァー、アルバート（Schweitzer, Albert） 280, 308
シュウォーツ、デルモア（Schwartz, Delmore） 179
重複決定（overdetermination） 40
シューレアリスム・超現実的 186, 201, 230, 293, 383
ジョイス、ジェイムズ（Joyce, James） 3, 40, 44
神経症 91, 93, 131, 385, 388, 399
神聖化 167, 168, 169, 296
人道主義 211, 213, 254
神秘家・神秘主義 xi, xii, xiv, xv, 15, 56, 57, 65, 169, 185, 234, 266, 298, 319, 332, 333, 334, 355, 359, 376, 379, 383, 384, 400

【ス】

スウィフト、ジョナサン（Swift, Jonathan） 174, 241
スウェーデンボリ、エマニュエル（Swedenborg, Emanuel） 15
スコトゥス、ドゥンス（Scotus, Duns） 196
スタインベック、ジョン（Steinbeck, John） 137
『怒りの葡萄』（*The Grapes of Wrath*） 137
スタンダール、M・H・（Stendhal, M. H.） 35
スティーヴンス、ウォレス（Stevens, Wallace） 159, 160-1, 164, 290
「壺の奇談」（“Anecdote of the Jar”） 290
「メタファーの動機」（“Motive for Metaphor”） 159
ステッド、クリスティナ（Stead, Christina） 133
『子供たちを愛した男』（*The Man Who Loved Children*） 133
スピノザ、バールーフ・デ・（Spinoza, Baruch de） 169
スミス、レイモンド（Smith, Raymond） 350
「ジェイムズ・ディッキーの詩の信念」（“The Poetic Faith of James Dickey”） 350

【セ】

聖アウグスティヌス（St. Augustine） 120, 214, 216, 378, 404,
精神医学・精神分析 91, 92, 93, 167, 176, 202
聖パウロ（Saint Paul） 188, 196, 404
生命体・生命力 xvi, 79, 104, 180
先見的・予見的・予言（的） xii, xiv, xvi, xvii, 52, 104, 198, 232, 233, 234, 319, 350, 351, 364, 385
全体主義 95, 234, 235, 238, 239, 244, 266

【ソ】

荘子（Chuang-tzu） 376
ソロー、ヘンリー・デイヴィッド

恒常性（ホメオスタシス）
（homeostasis） 92
コスモス（Cosmos） 142, 143, 161, 176
ゴードン、ジャン・B・（Gordon, Jan B.） 158
コリングズ、アーネスト（Collings, Ernest） 51
根本主義 191, 204
コンラッド、ジョセフ（Conrad, Joseph） 4

【サ】

サッカレー、ウィリアム・M・
（Thackeray, William M.） 4, 35
サディスティック 87, 232
サリンジャー、J・D・（Salinger, J. D.） 241
サルトル、ジャン＝ポール（Sartre, Jean-Paul）、サルトル的 108, 131, 161, 189, 220
　『嘔吐』（*Nausea*） 131

【シ】

シェイクスピア、ウィリアム
（Shakespeare, William） 11, 55, 121
　キャリバン（Caliban）（『テンペスト』（*The Tempest*）より） 121
　プロスペロ（Prospero）（『テンペスト』（*The Tempest*）より） 274
ジェイムズ、ウィリアム（James, William） 20, 231, 333
　『宗教的経験の諸相』（*Varieties of Religious Experience*） 231, 333
ジェイムズ、ヘンリー（James, Henry）
　『黄金の盃』（*The Golden Bowl*） 14-9, 35
　『使者たち』（*The Ambassadors*） 6-7, 27
　『大先輩の教訓』（*The Lesson of the Master*） 35
　『ねじの回転』（*The Turn of the Screw*） 6, 14, 19, 26
　『鳩の翼』（*The Wings of the Dove*） 9-14, 15
　『悲劇の美神』（*The Tragic Muse*） 16
　『メイジーの知ったこと』（*What Maisie Knew*） 14, 15, 19
シェリー、P・B・（Shelley, P. B.） 55
シスター・ベルネッタ（Sister Bernetta） 200
自然 104, 148, 149, 150, 151, 152, 156, 157, 160, 161, 162, 163, 164, 263, 272, 298, 330
自然主義文学 124, 137, 138, 195, 223, 224, 405
実存主義（者） 113, 118, 186, 189, 194, 220, 234, 250, 254, 261, 263
シニシズム（cynicism）・冷笑的 115, 143, 145, 167, 221, 338, 352
釈迦（Gautama Buddha） 333

「狩人グラフス」(“The Hunter Gracchus”) 372-3, 384, 391
「皇帝の使者」(“An Imperial Message”) 365-6
「断食芸人」(“The Hunger Artist”) 370-1, 383
「変身」(“The Metamorphosis”) 368-9, 372
「楽園」(“Paradise”) 391
「流刑地にて」(“In the Penal Colony”) 208, 221, 367, 372, 374, 383, 401
カミュ、アルバート (Camus, Albert) 189
カント、イマニュエル (Kant, Immanuel) 30, 62, 112, 114, 183, 383

【キ】

儀式(的) 190, 191, 196-7, 200, 204-5, 215, 246, 256, 281, 285, 287, 310, 337, 352-3, 374,
キーツ、ジョン (Keats, John) 55, 79
キャロル、ポール (Carroll, Paul) 313
『若いアメリカ詩人』(*The Young American Poets*) 313
キャロル、ルイス (Carroll, Lewis) 395
救済・救い 65, 131, 213, 216, 310, 365, 392, 395, 402, 403
虚無主義・虚無的 103, 268, 308, 323
キルケゴール、セーレン・オービエ (Kierkegaard, Søren Aabye) 117, 186, 188, 190, 203, 220, 229, 284, 364, 375, 378, 387, 388
『あれか、これか』(*Either/Or*) 388-9
ギンズバーグ、アレン (Ginsberg, Allen) 233, 316-7
『アンコール・ワット』(*Ankor Wat*) 316
「エーテル」(『リアリティ・サンドイッチズ』より)(“Aether”) (*Reality Sandwiches*) 317

【ク】

グリエ、ロブ (Grillet, Robbe) 157
クレー、パウル (Klee, Paul) 1
『創造の信条』(*Creative Credo*) 1
グロテスク 186, 187, 190, 201, 207

【ケ】

経験主義 190, 376, 395
形而上学(的) 5, 27, 37, 109, 113, 118, 119, 185, 187, 195, 292, 375
ゲーテ、ヨハン・ヴォルフガング・フォン (Goethe, Johann Wolfgang von) 362
原光景 (Primal Scene) 253
原罪 216, 223, 229
幻視 (vision) 222, 226, 228, 233, 247, 257, 260, 323, 351, 374

【コ】

公案 (koan) 362, 364

「田舎の善人」（“Good Country People”） 194, 226
「河」（“The River”） 191, 204-6
「啓示」（“Revelation”） 201, 223-8
「障害者優先」（“The Lame Shall Enter First”） 190, 209-12, 213-4, 220
「小説家と信仰者」（“Novelist and Believer”） 219
「すべて上昇するものは一点に集まる」（“Everything That Rises Must Converge”） 213, 218, 219-21
「聖霊の宿る宮」（ “A Temple of the Holy Ghost”） 188, 201
「善人はなかなかいない」（“A Good Man is Hard to Find”） 187
「長引く悪寒」（“The Enduring Chill”） 215-7, 218
「パーカーの背中」（“Parker's Back”） 208
オースティン、ジェーン（Austen, Jane） 3, 7, 35
オーデン、W・H・（Auden, W. H.） 362
オニール、ユージン（O'Neill, Eugene） 146
オールディントン、リチャード（Aldington, Richard） 44

【カ】

カトリック教（徒） 185, 196, 200, 216, 222
カフカ、フランツ（Kafka, Franz）、カフカ的 xi, xiv, xvii, 114, 186, 189-90, 208, 214, 215, 230
イェセンスカ、ミレナ（Jesenska, Milena） 384, 385
ブロード、マックス（Brod, Max） 385, 390, 406
ヤノーフ、ダスタフ（Janouch, Gustav） 376, 390
『カフカとの対話』（*Conversations with Kafka*） 376, 399, 404
小説他
『城』（*The Castle*） 365, 392-6, 403, 405, 406,
『審判』（*The Trial*） 365, 374-5, 392, 401-2
『父への手紙』（*Dearest Father*） 379-80
『罪、苦悩、希望、真実の道についての考察』（*Reflections on Sin, Suffering, Hope, and the True Way*） 361, 377
『日記』（*The Diaries of Franz Kafka*） 381, 402, 404, 405, 406-7
『ミレナへの手紙』（*Letters to Milena*） 384
短編他
「歌姫ヨゼフィーネ、あるいは二十日鼠族」（“Josephine the Singer, or the Mouse Folk”） 367-8
「海の精」（“The Sirens”） 389-90
「掟の門」（“Before the Law”） 367

【ウ】
ヴィクトリア朝　24, 93, 385
ウィリアムズ、ウィリアム・カーロス（Williams, William Carlos）　374
ウェスト、ナサニエル（West, Nathanael）　186
ウェルズ、H・G・（Well, H.G.）　8
ウォーフ、ベンジャミン（Whorf, Benjamin）238
ウルフ、ヴァージニア（Woolf, Virginia）　xiii, 12-3, 39, 40
『ある作家の日記』（*A Writer's Diary*）30
『歳月』（*The Years*）　24-5
『ダロウェイ夫人』（*Mrs. Dalloway*）27
『燈台へ』（*To the Lighthouse*）21-3, 26, 28-34
『波』（*The Waves*）　22, 23-4, 31
『船出』（*Voyage Out*）3
『幕間』（*Between the Acts*）　22, 27

【エ】
エゴ・エゴイスム・自我　xiii, xvi, 42, 47, 68, 91, 92, 121, 124, 146, 148, 153, 154, 157, 158, 160, 161, 177, 193, 194, 201, 207, 209, 220, 221, 228, 232, 243, 249, 257, 261, 268, 276, 306, 330, 333, 334, 354, 364, 371, 375, 394, 399, 400, 401, 404, 405
エディップス・コンプレックス　254
エピファニー　8, 21, 218
エマソン、ラルフ・ウォルド（Emerson, Ralph Waldo）　142, 237, 284
『精神の法則』（*Spiritual Laws*）143
エリアーデ、ミルチャ（Eliade, Mircea）　351
エリオット、T・S・（Eliot, T. S.）41, 43, 48, 149, 185, 279, 355
「四つの四重奏」（"Four Quartets"）355
エントロピー（entropy）　315, 330, 331

【オ】
オイディプス（Oedipus）　193, 371
オーウェル、ジョージ（Orwell, George）　238
『1984年』（*1984*）　238
オコナー、フラナリー（O'Connor, Flannery）
小説・短編集
『賢い血』（*Wise Blood*）　185, 187-8, 191-3, 197, 200, 201, 215
『すべて上昇するものは一点に集まる』（*Everything That Rises Must Converge*）　207, 208
『善人はなかなかいない』（*A Good Man is Hard to Find*）　220
『烈しく攻むる者はこれを奪う』（*The Violent Bear It Away*）190, 196-203, 209, 211
短編他

索　引

【ア】

アイデンティティ　xv, 24, 25, 32, 34, 35, 82, 110, 115, 116, 117, 231, 263, 272, 306, 345, 356, 365

アイロニー　16, 188, 207, 218, 219, 303, 352

アウエルバッハ、エーリヒ（Auerbach, Erich）　32

『模写』（*Mimesis*）　33

アクィナス（Aquinas）　196

アップダイク、ジョン（Updike, John）　222

アテ（ate）　12

アーノー、ハリエット（Arnow, Harriette）

『人形を作る人』（*The Dollmaker*）　123-38

アリストテレス的　91, 149, 238

アレン、ウォルター（Allen, Walter）　2

『イギリス小説』（*The English Novel*）　2

【イ】

イェイツ、ウィリアム・バトラー（Yeats, William Butler）　42, 45, 63, 77, 85-6, 96, 98, 131, 149, 166, 313

『最後詩集』（*Collected Poems*）　96

「サーカスの動物は逃げた」（"The Circus Animals' Desertion"）　44-5

『W・B・イェイツ詩集』（*Collected Works of W. B. Yeats*）　42

『何もないところ』（劇）（*Where There is Nothing*）　86

「ベン・バルベンの下で」（"Under Ben Bulben"）　96

イド　82, 92, 148, 394

イニシエーション　195, 208, 262, 263

イマジスト　50

イヨネスコ、ユージーン（Ionesco, Eugène）　194, 369

隠喩・メタファー　xiii, xiv, 108, 120, 159, 161, 168, 217, 243, 250, 259, 260, 268, 311, 334, 339, 351, 358, 395

訳者紹介

吉岡葉子（よしおか　ようこ）
1950年　徳島県生まれ。
1975年　同志社大学大学院修士課程修了。
現在　高知大学、高知県立大学の非常勤講師。

著書
『南部女性作家論―ウェルティとマッカラーズ』（旺史社、1999）
訳書
ジョイス・キャロル・オーツ著『作家の信念―人生、仕事、芸術―』（開文社出版、2008）

新しい天、新しい地
――文学における先見的体験――　（検印廃止）

2012年10月20日　初版発行

訳　　者　吉　岡　葉　子
発行者　安　居　洋　一
印刷・製本　創栄図書印刷

〒162-0065　東京都新宿区住吉町8-9
発行所　開文社出版株式会社
TEL 03-3358-6288・FAX 03-3358-6287
www.kaibunsha.co.jp

ISBN 978-4-87571-064-6　C3098